ブルズアイ

小森陽一

集英社文庫

ブルズアイ　目次

主な登場人物

坂上　陸　2等空尉　小松基地　飛行教導群
高岡　速　1等空尉　入間基地　飛行教導群
大安　菜緒　3等空尉　小松基地　小松救難隊
篠崎　舞子　金沢大学　薬学部学生

坂上　春香　陸の母　専業主婦
坂上　雪香　陸の姉　ANA客室乗務員
坂上　一八郎　陸の祖父
坂上　護　陸の父

高岡　芙美　速の母　高岡小児医院　医師
高岡　聡里　速の妻
高岡　有里　速の娘

長谷部　一朗　1等空尉　岐阜基地　飛行開発実験団

笹木　隆之　1等空尉　築城基地　第8飛行隊
村田　光次郎　3等空尉　松島基地　第11飛行隊　整備員

尾方　一成　2等空佐　小松基地　飛行教導群　隊長
阿部　眞一　3等空佐　小松基地　飛行教導群　飛行班長
甲本　潤一　1等空尉　小松基地　飛行教導群　訓練幹部
下塚　進　1等空尉　小松基地　飛行教導群　訓練幹部
小城　賢吾　1等空尉　小松基地　飛行教導群
須山　喬　3等空佐　小松基地　飛行教導群　整備隊長
宮下　葉子　3等空曹　小松基地　飛行教導群　整備員

進藤　将夫　2等空佐　入間基地　飛行教導群　管制班長
河津　譲二　3等空佐　入間基地　飛行教導群
真鍋　美夏　3等空尉　入間基地　飛行教導群

浜名　零児　1等空尉　松島基地　第11飛行隊
大松　雅則　2等空佐　三沢基地　北部航空方面隊　方面運用課長

ブルズアイ

空を飛ぶ者よ
強さを厭《いと》うな
空では強くなければならない
強くなければ、家族も仲間も、己も守れない
空を飛ぶ者よ、忘れるな
弱きは罪だ

――坂上一八郎

プロローグ

山の中腹にある浄泉寺《じょうせんじ》の本堂は、しんしんと冷えていた。

広さは六十畳ほどある。それだけでも十分な広さなのに、奥の板張りには三つの大きな仏壇が並んでおり、同じくらいのスペースがある。天井もやたらと高い。古びた大きな梁《はり》の、そのまた上は、薄暗くてはっきりと見えないほどだ。三方向にある障子戸からは、じわりと隙間風が忍び込んでくる。大小合わせて八台のストーブがめいっぱい火勢を上げているが、今もって温まる気配は一切ない。そんな中、ただ、住職のお経を誦《よ》む朗々とした声だけが響き渡っている。

坂上陸《さかがみりく》は畳に置かれた薄い座布団の上に正座して、小刻みに身体《からだ》を震わせていた。少しでも気を許すと、歯の根が合わなくなってガチガチ鳴ってしまいそうになる。奥歯を嚙《か》んで必死に耐えていた。住職のすぐ後ろには、家族が横一列に並んでいる。父親の護《まもる》は平然とした顔で前を向いたままだ。微動だにしない。母親の春香《はるか》はちょっと俯《うつむ》き加減で、じっとお経に耳を傾けている。いつもは口煩《くちうるさ》い姉の雪香《ゆきか》も、身じろぎもせずに黙ったままだ。陸の後ろには父方や母方の親戚、従兄弟など総勢十人ほどがおり、中にはまだ小学校にも入っていない小さな子供もいる。さっきからなんの物音もしない。誰もが声も立てず、咳《せき》もせず、身じろぎもせず、じっと正座を続けている。そわそわしているのは陸だけだ。でも、これには訳がある。

「今日はまた一段と寒かけん、遠慮せんと、コートや襟巻をしたままでよかですけんね」

本堂とは廊下で隔てられた場所にある応接室で法要の始まりを待っていた時、襖《ふすま》が開いて住職がにこやかな顔を覗《のぞ》かせた。法要はお経と住職のありがたい法話で約一時間。そこそこ長い。もちろん、ここを訪れたのは初めてではないから、本堂の寒さは知っている。ソファに掛けた厚手の黒いロングコートに手を伸ばしかけた時、護と目が合った。今ではもう、昔のような確執はない。完全に角は取れていた。とはいえ、長年口を利かない関係を続けてきたわけで、多少のぎくしゃくした感じは残っている。

陸はひょいと手を引っ込めた。年寄りや子供ならいざ知らず、若いお前がコートを着込むなんて情けない。そんな風に言われた気がしたからだ。春香が「着ていきなさい」と声をかけたが、

「寒いかなぁ。小松《こまつ》に比べたら別に大したことないんだけど」

あえておどけた口調で答えた。

護がコートを羽織って応接室から出ていった。陸はちょっとした優越感を感じた。

「なんで笑ってんの？」

いきなり雪香に顔を覗き込まれてギクリとする。雪香は昔から見なくてもいい場面をちゃっかりと見ているところがある。慌てて「元からこんな顔」と取り繕うと、「気持ちワルっ」とそっぽを向かれた。陸は聞こえないように「うっせぇ」と悪態をついた。だが、ものの十分も過ぎた頃にはもう、後悔が頭をもたげていた。つまらない意地など張らずに、言われた通りにしておけばよかった。

陸は音を立てないように細心の注意を払いながら、かじかんだ指から数珠を抜き取って膝の上に置くと、両方の手をお椀《わん》のようにして、その中に息を吹きかけた。温かい空気がお椀の中に溜《た》まり、手のひらや鼻の頭がほんのりと温かくなる。それを何度か繰り返した。ふいに障子がガタリと音を立てた。強い風が吹いたのだ。すーっと冷気が辺りを包む。スーツの下の薄いシャツを突き抜け、直接、素肌に触れてくる。途端、ブルッと身震いした。数珠が畳に落ちて音を立てた。急いで拾い上げたが、雪香越しに春香と視線が合った。冷ややかな目だった。陸にはそれが、「それみたことか」という表情に思えた。もちろん春香は喪服の上に上着を着ている。首にはスカーフも巻いている。雪香にいたっては、厚手のコートをしっかり着込み、おまけに手袋まではめている。びくともしないところを見ると、きっとあちこちにカイロを忍ばせているに違いない。陸は春香の視線から逃れるように正面を向いた。すると、別の視線とぶつかった。仏壇に飾られた一八郎《いっぱちろう》の遺影だ。腕組みをして僅かに頭を後ろに反らしているから、自然と目線はこちらを見下している感じになる。不遜な態度この上ない。

「陸よぉ、カッコつけるんやったら、最後までつけ通さんか」

今、ここに、一八郎がいたらそんな風に言う気がする……。

一八郎は三年前の十二月十六日、この世を去った。今日みたいに底冷えのする、とても寒い日だった。突然、居間で倒れ、春香が救急車を呼んだそうだ。以前にも倒れて病院に運ばれたことがあった。その時、医師から告げられた病名は脳梗塞。あちこちの血管に瘤《こぶ》ができているということだった。しかし、高齢ということもあって手術はせず、投薬治療で様子をみようということになった。それ以来、春香も雪香も、一八郎をなるべく一人にしないように気を配っていたそうだ。でも、いつまた倒れてもおかしくないと、家族はどこかで覚悟もしていた。

陸は死に目に会えた。三日後に、眠るように息を引き取った。何も苦しまず、とても安らかな顔だった。

陸にとって一八郎は、物心つく頃からずっと同じ印象のままだった。明るく、世話好きの女好きで、一切他人の話を聞かない。第二次世界大戦の際、陸軍のパイロットとして出撃回数は百回を超え、死線を何度も経験した凄《すご》い人物だと聞かされても、どこか掴《つか》みどころがなく、現実感がなかった。陸の知っている一八郎は、映画やテレビに出てくるような歴戦の勇者ではなく、近所をぶらついては仲間を集め、どこまでも好き放題生きている気ままな自由人といった風情だった。弱音を吐いたところなんか見たことがない。脳梗塞で倒れるまで、寝込んだことすらなかった。入院している病院でもつねに冗談を飛ばし、看護師さんにちょっかいをかけ、周りを呆《あき》れさせた。風邪をひいて熱が出ていたり、肩や腰が痛かったり、他にもいろいろあったとは思う。一応、人間だから。でも、そんな素振りすら見せなかった。この遺影も生前、本人が選んだものだそうだ。春香は「もっと優しい感じのものにしたら」と提案したそうだが、ガンとして受け付けなかったと言っていた。これが自分。たとえ死んでしまっても、人からこんな風に見られたい。カッコつけ通した人生。坂上一八郎とは——今思うと、どこまでも小粋なクソジジイだった。

護と陸の都合が合わず、一年延ばしの三回忌法要は一時間ほどで終わった。身体はすっかり冷え切り、足は痺《しび》れ、陸はまるで壊れかけのロボットのようなぎこちない足取りで応接室に向かった。本堂と違って応接室の中は暖かく、さらに、住職の奥さんが淹《い》れてくれたコーヒーが身体の隅々にじんわりと沁《し》み込み、ようやく人心地がついた。

護と春香が住職と今後の話をし始めた。話の感じだともうしばらくはかかりそうだ。陸はそっと立ち上がると、今度はコートをつかんで外に出た。

どんよりとした鉛色の空からときおり小雪が舞い、石畳の上に落ちて、たちまち溶けてなくなる。陸は落ちてくる小雪の軌跡を辿《たど》るようにして顔を上げた。多分、北陸の空も似たような色だと思う。雪も舞っているはずだ。唯一ここと違うのは、F－15が奏でる、雷にも似た轟音《ごうおん》がするかしないかだ。

今回、三日間の休暇を取って帰省したのだが、もう、空に上がりたくて仕方がなかった。燃料の匂い、エンジンの振動、操縦桿《そうじゅうかん》の感触、何層にも分かれた空のグラデーション。思い出すだけで身体の芯がムズムズする。早く上がって来いと空に呼ばれている感じがする。

「あんたも坂上の血を引いてる証拠よ」

昔、春香から言われた言葉が甦《よみがえ》る。山口県にある防府北《ほうふきた》基地で、飛行準備課程に籍を置いていた頃だ。その時の練習機はプロペラ機であるT－7だった。楽しみにしていた体験搭乗、文字通り天にも昇る気持ちだったのに、帰ってくる頃には気分は地の底まで落ちていた。ひどい空酔いになったのだ。始めは興奮と緊張からかと思っていたのだが、何度やっても結果は同じ。とうとう教官からは「お前とは乗りたくない」と拒否される始末だった。それを救ったのは、春香の漬けた梅干しだった。飛ぶ前に一つ口に入れると、嘘《うそ》のように酔わなくなった。そのおかげで無事に検定を乗り切ることができたのだ。聞けば一八郎も、雪香も、なんと護までもが空酔いに苦しんでいたんだそうだ。同じ体質を持って生まれてきたことを嘆いた時、春香は苦笑して続けた。

「そうじゃなくって、空が好きってこと」

自分の身体の中には、坂上の血が流れている。どんなことがあっても空に上がろうとする血が流れている。たとえ、「陸」と名付けられても、やっぱりこの気持ちはどうしようもない。抑えようがない。もっと高く、もっと速く、もっと遠くを見てみたい。気持ちは収まるどころか、日増しに強くなっている。留《とど》まるところを知らないこの想《おも》いに、空はどこまで応えてくれるのか。そしていつか、その先にあるものを確かめてみたい。

天神《てんじん》……。

最初は一八郎が教えてくれた。護も信じていた。それは何なのか。文字通り天の神なのか、自分に宿るのか、それとも不可思議な現象なのか。まったく分からない。だからこそ、確かめてみたい。想いは片時も消えず、いつも頭の中に、心の内にある。

「何してんの！　置いてくわよ！」

雪香の怒鳴り声で物思いから覚めた。声にイライラが混じっている。怒らせると面倒だ。陸は踵《きびす》を返すと、濡れた石畳の上を裏手に向かって小走りに駆け出した。

駐車場にはアイドリング状態のマイクロバスが待機している。このマイクロバスはこれから会食する店が用意してくれたものだ。もちろん運転手もである。結婚式の際、式場やホテルなんかでは耳にするが、最近では一般の店でも送迎サービスをするようになったなんて知らなかった。陸がマイクロバスへ乗り込むと、すでにみんなが揃《そろ》っていた。そんなに長い間空を見上げていたつもりはなかったのだが、意外と時間が経《た》っていたようだ。空を眺めるといつもそうなる。悪い癖だ。陸は誰にともなく「すみません」と小声で謝りながら、素早く車内に目を走らせ、空いた席を探した。空いているのは雪香の前の一人掛けの座席だけだった。仕方なくそこに座ると、「これ持って」と風呂敷包みを手渡された。中身がなんであるかは見なくても分かる。一八郎の遺影だ。

「姉ちゃんが持っとけよ」

陸は風呂敷包みを押し戻そうとした。一八郎は女好きだ。しかも、若い子が大好きだ。自分より六歳年上の姉はもう若いってほどではないかもしれないが、自分が持つよりは喜ぶと思う。

「イヤ」

にべもない返事が返ってくる。陸は諦めて一八郎の遺影を掴むと、心の中で「祖父《じい》ちゃん、勘弁しろよ」と呟《つぶや》いた。

「それでは出発しますね」

運転手がバックミラー越しに声をかける。髪も眉も白く目じりが下がった容貌は、昔話に出てくるお爺《じい》さんといった雰囲気だ。一八郎とはぜんぜん違う。

「お願いします」

運転手の斜め後ろに座った護が応えると、マイクロバスはゆっくりと動き出した。

浄泉寺を出てしばらく走ると、大きな道にぶつかる。国道3号線だ。陸の実家がある福岡県春日《かすが》市は、福岡市の南東に隣接する人口十万人ほどの市である。一八郎が家を建てた頃はまだ畑が点在していたそうだが、陸の記憶の中では、最初からそこそこ大きな街だった。デパートもあれば電車も走り、道路は年中渋滞している。子供の頃はそれこそ数珠のように繋《つな》がった車を横目に、自転車を飛ばして友達と遊びに行っていた。陸は窓の外を熱心に眺めながら、懐かしい景色を見つめた。あまり変化はないように見えるが、よく観察すると知らない店がちらほらできている。ハンバーガー屋、カレー専門店、卓球場。それらは陸の記憶にない店だ。

「なんか珍しいもんでもあんの」

雪香が座席越しに尋ねてきた。

「なんで？」

「バカみたいに窓に顔くっつけて見てるから」

バカってなんだよ……。

窓から顔を離すと、ガラスが蒸気で白く曇っている。雪香の指摘通り、顔を寄せて眺めていたようだ。陸は掌《てのひら》で素早くガラスを拭うと、

「この辺も知らない店が増えたなぁって」

「なにそれ」

雪香が呆れた顔をした。

「何年も外国に行ってたわけじゃあるまいし。あんた、家に帰ってきても、友達から電話があったらすぐ飛び出してたでしょうよ」

それはあんただろ。

「昔の話だろ。ここ何年かはずっと家にいるよ」

雪香はちょっと考える風に眉をひそめた。やがて、その顔のまま「なんで？」と問い

かけた。

「なんでって……」

陸は口籠った。もちろん、理由はある。でもそれは、口に出すにはちょっと抵抗があるものだ。だから、「そっちはどうなんだよ」と半ば強引に話題を変えた。

「どうって?」

「勇一《ゆういち》さんとは上手《うま》くいってんのかよ」

雪香は答える代わりにきゅっと口角を上げた。これは、雪香が自信たっぷりの時にやる仕草だ。

去年、雪香は突然再婚して家を出た。結婚の素振りすらなかったのに、いきなりだった。驚く陸に「結婚なんて交通事故みたいなもんよ」と平然と言ってのけた。相変わらず雪香のやることは唐突だ。今は福岡市内のマンションに二人で暮らしている。義理の兄となった勇一は歯科医で、初婚で、おまけに自分とたいして歳が変わらない。これはもう悪質な詐欺だと思う。

「あんたに心配されることなんか何一つない。今日もほんとは来ようとしてたんだけど、歯科医師会とバッティングしたから、そっちを優先させたの。私のためにも、しっかり出世してもらわないと困るしね」

雪香みたいな女と結婚すると男はどうなんだろう。幸せになれるんだろうか。ふいに頭の中に二人の女の姿が浮かんだ。一人は小松救難隊の回転翼パイロットで、バリバリの大阪弁を操り、怒れば口も出るし手も出る大安菜緒《おおやすなお》。もう一人は金沢大学の薬学部に通い、欲しい情報があれば手段を選ばず、ストーカーや探偵も顔負けの行動力を見せる篠崎舞子《しのざきまいこ》。二人とも雪香とはタイプは違うが、共に個性的であり、何より信念が強い。こうと決めたら障害なんか撥《は》ね飛ばし、どこまでも真《ま》っ直《す》ぐに突き進む。

「そっか。なるほどね」

一瞬、雪香が何を言っているのかわからなかった。

「なにが?」

「あんたが遊びに行かなくなった理由よ。お母さんでしょ」

「………」

言葉に詰まった。雪香が図星でしょと言わんばかりにニヤリとする。

そうだ。その通りだ。一八郎がいなくなって、家の中が急に静かになった。四十九日の法要が終わって一息ついた時、居間ではテレビの音だけがくっきりと聞こえていた。春香は主《あるじ》のいなくなった座布団を見つめ、「煩くて仕方なかったけどね……」とポツリと言った。陸はその言葉尻に、春香の寂しさが紛れている気がした。それは陸も同じだった。

生前は本当に煩くて仕方なかった。人の部屋に勝手に入り込んでは持ち物を荒らし、博物館に展示するといってはどこかからガラクタを引っ張ってきた。一度話し出すと止まらない。しかも自分の興味のあることだけだ。嫌になって話を途中で区切ろうものなら、「目上のもんの話はちゃんと聞け」と叱られた。こっちの話はなんにも聞かないくせに、だ。本当にやりたい放題で家族はみんな振り回され続けた。でも、いなくなってわかった。この家にとって、一八郎の存在は大きかった。大袈裟《おおげさ》かもしれないが、太陽がどこかに隠れてしまったようだった。そんなわけで、帰省した僅かな間だけはほとんど家から出ず、なるべく家族と、とりわけ春香と過ごそうと思った。転勤でずっと家を空けている護、なかなか家に戻れない自分。それに、雪香は結婚して家を出た。これ以上、春香に寂しい思いはしてほしくなかった。

「陸ちゃんは優しいねぇ」

「ちゃんとか言うな」

なおも雪香がニヤニヤしながらこっちを見つめる。陸は前を向いた。

「あんたがそんな心配しなくても大丈夫よ」

背中越しに雪香が呟く。

「私も時々帰ってるし」

一応、雪香も気にはしていたようだ。あくまでも一応だが。

「それにさ、お母さん、楽しみにしてるみたいよ」

いきなり背中の方からにゅっと雪香の腕が伸び、前に並んで座っている護と春香を指した。

「夫婦水入らずの時間」

この春、護は退官を迎える。空自を退官した後のことを本人から何も聞いてはいないが、かつて護の部下であった高岡速《たかおかはやり》からの情報によれば、打診された再就職先はすべて断り、田舎に帰ると話していたそうだ。

「親父《おやじ》、ほんとに帰ってくんの……」

「らしいわよ。私も聞いた時はびっくりしたけど」

やはり速の情報は正しかった。それにしても、今までほとんど家を空けていた護が帰ってくるなんて、ちょっと想像がつかない。空自から離れること以上に想像し難いことだ。しかし、帰ってきて何をするつもりなのだろう。空自の定年は階級で決まる。2佐、3佐は五十五歳、1佐は五十六歳。護は階級が2佐なので、前者の方だ。そこに二年の定年延長が加わり、五十七歳で古巣を離れることになった。世間で五十七歳といえばまだ若い。働き盛りといってもいい。

「姉ちゃん、親父が何すんのか聞いてる？」

これは速の情報にもなかった。未知の部分だ。

「農業」

雪香の一言に「えっ⁉」と思わず声が上擦《うわず》った。運転手がバックミラー越しにこっちを見つめる。護と春香も話を止《や》めて、陸の方に視線を向けた。陸は何事もなかったかのように、澄ました顔をして窓の外に目を向けた。だが、内心はまったく穏やかではなかった。

農業だって……？

麦わら帽子を被《かぶ》り、首にタオルを巻いて、農作業をする護の姿を想像してみる。しかし、ダメだった。まったくイメージできない。よりによってどうして農業なのかも分からない。これを知ったら速はなんと言うだろう。「隊長らしい」とでも言うのだろうか。いや、さすがにそれはないだろう。それよりこのことをお袋は知っているのだろうか。雪香が知っているところをみれば、当然分かっているだろう。もしかして一緒にやるつもりなのか。そもそもどれくらいの規模でやるつもりなのか。次から次に疑問が溢《あふ》れてくる。

不意にマイクロバスが停《と》まって、陸は危うく座席からつんのめりそうになった。身体がとっさに反応し、F-15のブレーキングと同じように床を両足で踏ん張った。

「到着いたしました」

運転手が後ろを振り向き、にこやかな顔で声をかけた。陸は窓の外を見た。竹垣が立てられ、その奥から大きな松の木が覗いている。雪香が放った衝撃の告白に頭が真っ白になり、ここがどこだか分からない。後部座席に座っていた親戚たちが、陸を追い越してどやどやとバスから降りていく。呆然《ぼうぜん》と立ち上がると、「それ」と雪香が顎をしゃくった。見ると、一八郎の遺影を座席に置いたままだった。

「あぶね」

慌てて遺影を抱える。

「一人にすると、あんた、ジジイに呪い殺されるよ」

雪香はさっさとバスを降りていった。女っぷりを全面にアピールするかのように、ダークブラウンに染めた長い髪が左右に揺れ、香水の香りが僅かに漂う。確かに美人かもしれない。でも、口は悪い。性格も歪《ゆが》んでる。間違いなく。

「忘れ物はありませんか」

運転手が最後に残った陸に声をかけた。

「あ、はい」

「では、お店の方へ」

陸は一八郎の遺影をしっかりと胸元に抱えてバスを降りながら、雪香にほんの少しだけ感謝した。

法事のあとの会食も無事に終わり、陸は夕方、家族と一緒に自宅に戻った。雪は相変わらずちらちらと舞い続けてはいるが、積もる心配はなさそうだった。

陸は真っ先に家の中に入ると、リビングだけでなくキッチンや一八郎が使っていた部屋まで電気を点《つ》けて回った。それが済むとストーブだけでなくエアコンのスイッチを押した。しばらくして暖かい風が部屋の中に通り始める。明るく暖かい家。でも、いくらそうしても静けさだけはどうにもならない。だから、陸はテレビを点けてちょっと音量を大きくした。

「あっちの方も電気点けてくる」

キッチンでお湯を沸かそうとしている春香に玄関から声をかけると、「お願いね。多分、帰って来てるだろうから」と返事がきた。寒かったけれど靴を履くのも面倒くさいので、サンダルを履いて外に出た。徒歩五歩。自宅の隣にある掘っ立て小屋然とした博物館に到着すると、鍵を開け、入り口の電気を点ける。

「あ……」

足が止まった。あれほど雑然としていた館内がきちんと片付けられ、展示品がきちんと区分けされている。それだけじゃない。床や陳列棚はもちろん、机の上にも埃《ほこり》一つなく、綺麗《きれい》に掃除が行き届いている。

母さん……。

これだけのことをするのに、どれほどの時間がかかったことだろう。陸は奥へと進みながら、胸が熱くなるのを感じた。

いつも一八郎が座っていた場所で足を止め、お気に入りの椅子に腰を下ろした。机の上にある入館者を記したノートをパラパラとめくる。驚いたことに、連日のように客が訪れていた。九州はもとより、関東や関西、海外からの住所も記されている。一八郎が生きていた頃より遥《はる》かに多い入館者だった。

一八郎の死後、家族会議で真っ先に議題に上がったのが博物館の今後だった。一八郎が自宅の隣に立てた平屋の建物、通称『坂上戦闘機博物館』。ここにはF－１０４、スターファイターのボディを始め、戦時中に使っていた飛行服や小物類、護が隊長をしていた頃のブルーインパルスのワッペンやヘルメット、陸の所属先だった小松第306飛行隊のワッペンの他、勝手に持ち出された航空学生時代の成績表なども展示されていた。

雪香は売れるモノは売ってお金に換えて、家のリフォームをしようと提案した。これは自分のためというわけではなく、随分と古くなった台所をシステムキッチンにして、家事全般をこなす春香をもう少し楽にさせようという気持ちから出たものだった。確かにこのまま博物館を置いておいたとしても、維持費はかかるし、もとよりお客さんなんてほとんど来ない。館長を名乗っていた牢名主《ろうなぬし》もいなくなったわけだからと、いったんは処分する方に傾きかけた。それを揺り戻したのは意外にも春香だった。

「そんなに慌てなくてもいいんじゃない。掃除は時々私がやるから」

春香の一言で、しばらくは博物館を存続させることに落ち着いたのだった。

「やっぱお袋はすげぇな」

思わず声が出た。この現状には、一八郎もさぞ天国で喜んでいるだろうと思った。

「入館料二百五十円。細かい解説付きならプラス百円」

腕組みをして、ふんぞり返りながら、一八郎の口癖を真似《まね》てみる。陳列棚にぼんやりと映った自分の姿を見て、「くくく……」と笑い声が漏れた。もし、自分が定年を迎えてここの館長に就任したらと想像したのだ。一八郎は日がな一日、この椅子に座ってこの景色を眺めていた。

その時、初めて気がついた。この場所からはやけに護と陸の飾り棚がよく見えるのだ。

いや、むしろそうなるように棚が配置されていた。これまでこの博物館は、一八郎が自分を誇示するために作った自慢の城だとばかり思っていた。だが、そうではなかった。一八郎がここに座って眺めていたのは、息子と孫の持ち物だったのだ。

空に上がった息子は自ら翼を折り、飛ぶことを止めた。空に上がり始めた孫は、迷いながらも一つずつ階段を昇っている。展示された飛行服、ヘルメット、エンブレムの数々。それは護が歩いてきた、陸が歩いている、軌跡そのものだった。一八郎はきっと、息子と孫の行く末を常に案じ、黙って見守ってきたのだろう。亡くなって三年経って、初めてそんなことに気づくなんて……。

笑顔はいつの間にか消えていた。見つめる先の飾り棚がぼんやりと滲《にじ》んできて、やがて照明灯の光と混ざり合う。陸はそんなしんみりした気分を吹き飛ばすように、勢いよく椅子から立ち上がると、自分の持ち物が飾られている棚に歩み寄った。大きなガラスの戸をゆっくりと開き、Ｇパンの尻ポケットに手を突っ込むと、中からワッペンを取り出した。

「祖父ちゃん、報告、遅くなったけど。俺の新しい道が決まったよ」

ドクロマークの額に星印。陸は飛行教導群《アグレッサー》の部隊マークが入ったワッペンを、飾り棚の一番端に加えた。

第一章　精彩《せいさい》

1

……時々、起きたままで夢を見る。

いや、この場合、夢というのは正しくはない。だって起きてるんだから。どう言えばいいんだろう。しっかり目を開いているのに、ぼんやりしている。心がここにない。魂が抜けた感じ。さっき、海鳥の群れを眺めていたらこうなった。自分が鷲《わし》になって飛んでいた。大きく羽を広げて、空中を滑るように進む。羽の傾きを僅かに変えるだけで、身体全体が大きく旋回する。翼に風を招いて自由自在に空を飛ぶ。頰に当たる風は強過ぎず、冷た過ぎもしない。実に心地良い。すっと視界を何かが横切った。雲の層に飛び込んだのだ。地上にいる時はどれだけ手を伸ばしても触れられない雲が、ここでは目の前にある。触れようと思えば、僅かに羽を伸ばすだけでいい。たったそれだけで好きなだけ、好きなように触れられる。飛び込むことも、寝そべることだってできる。やがて雲の隙間を抜けると、一気に視界が開けた。見上げると、薄い雲の層が一段、二段と重なって見える。さらにその上には地上で見るのとは桁違いの濃い空がある。見つめていると吸い込まれそうなほどの深い藍色。しかし、そこにもグラデーションがあり、高度を上げるに従って濃さがどんどん増していく。太陽から降り注ぐ光を一切遮るものがないのに、どうしてあんなにも濃さが増すのだろう。ここは不思議な世界だ。離れがたい魅力がある。同時に少しだけ怖くもある。

――あそこへ。

昇りたい。強烈な欲求が湧き上がる。あの藍色の中に溶け込むまで、高く、遠く、果てしなく。羽を丸めてその内側に上昇気流を包み込むと、ぐんと突き上げられるように身体が持ち上がっていく。眩《まぶ》しい。何一つ遮るものがないから、太陽の光は強い。顔を背けても目が潰れそうだ。

でもまだだ。まだ、行ける。

「空と戯れるのはそれくらいにしておけ、サード」

無線越しに呼び掛けられ、坂上陸は我に返った。

「そんなこと……」

「俺は高度2万をオーダー《指示》したはずだぞ」

慌ててコクピットの中央にある姿勢指示計《ADI》の右隣に目を向けると、高度計の針は確かに2万より1000ft《フィート》分オーバーしていた。

「飛び方を見ていれば、お前が今、どんな状態なのかくらいすぐに分かる」

いつも通り、穏やかで冷静な声だ。そして、完全に見透かされている。陸は入間《いるま》基地の地下にある薄暗い防空指揮所《DC》の中で、レーダープロットを見つめながら自分のことを見守ってくれている高岡速の端整な顔を脳裏に思い浮かべた。

「なんでもお見通しですね。さすがスピードだなぁ」

「おだてでごまかそうとしても無駄だ。まさか夢心地で他のオーダーまで忘れたんじゃないだろうな」

そんな訳ない。

1030《ヒトマルサンマル》。小松基地を離陸してすぐに海側へ出た。辺りは低い雲で覆われており、視程は悪かったが、高度を上げるに従って雲の影響は受けなくなった。一月の北陸としてはまずまずの天気だ。陸はここまでのルートを頭の中に浮かべながら、酸素マスクで覆われた渇き気味の唇をぺろりと舐《な》めた。

「佐渡より北東方向には厚めの雲。ただし、北、東側は視程良好。本日の訓練内容に支障なし」

報告はできるだけ的確に、なるだけ簡潔に。これは訓練中から教官に口煩く言われてきたことだ。戦闘機の一秒は地上の一秒とはワケが違う。刻々と変わる状況を前にして、慌てず騒がず状況を正確に伝えること。だらだらと喋《しゃべ》っていては状況の変化に対応できない。何よりマスク越しの会話はくぐもっていて聞き取りづらいのだ。

速からすぐに返答がない。今しがた陸が伝えた情報を、きっちりと自分のものと照らし合わせているのだ。レーダーでも雲の範囲や高度、風向など細かいことまで分かるのだが、それだけでは不完全だ。パイロットが直《じか》に見た生の情報を上書きすることで、状況把握はさらに正確さを増す。

「西側に雲はないんだな」

速が重ねて尋ねた。上空は偏西風の影響で常に西風が吹いている。訓練中に西側から雲が入ってこないか、速はそのことを気にしているのだ。

「ない。ウエザーチェック、コンプリート」

「270《ツー・セブン・ゼロ》」

速が訓練空域《エリア》への誘導を開始する。方角は北なら360《スリー・シックス・ゼロ》、東なら90《ナイン・ゼロ》という風にすべては数字で表される。

「エメリッヒ01、ウィルコー」

エメリッヒとはアグレッサーのコールサイン。ウィルコーは「We will copy」の略だ。管制官の指示に従うという意味になる。

陸がまだ新田原《にゅうたばる》基地で戦闘機操縦課程に在籍していた時、空でこのコールサインを聞いた。呼びかけてきた相手はかつてアグレッサーのエースと呼ばれていた浜名零児《はまなれいじ》だった。あの時の生々しい恐怖は今も身体に刻まれている。しかし、数年後にアグレッサーのコールサインをまさか自分が使うことになるなんて想像もできなかった。

「スピード、あとはよろしく」と最後に付け加えた。「分かった」と速が返してくる。それだけですっと気持ちが楽になる。同時に、全身に熱いものが巡り始める。陸にとって速の声はオフからオンへと変わるスイッチだ。速の声は自分にとっての大切な命綱であり、同時に指針でもある。

ひたすらこの声を信じて飛べばいい。それですべては上手くいく。

陸は操縦桿を右に倒して、指示されたポイントへと機首を向けた。

「お前ら、ほんとに仲いいよな」

しばらくして無線の中に別の声が混じった。陸はコクピットにあるバックミラー越しに後席を見た。ヘルメットを被り、バイザーを降ろして酸素マスクを着けているから表情までは分からない。アグレッサーの使用する機体は一人乗りのF－15JではなくDJと呼ばれる二人乗りの機体だ。原則、前席が操縦を担当し、後席は周囲の安全確認を行うことになっている。前後合わせて四つの目で360度をカバーする。強さと的確さの一端はここにあるとも言われている。

「そりゃあね。元チャーリーですから」

陸が答えると、後席の男は鼻を鳴らしながら「チャーリーね」と繰り返した。無線越しでもはっきりと感じるくらい甲高くて耳障りな声質。そこに、ちょっと小バカにしたようなニュアンスが混じっている。

「なんです？」

陸が聞き返すと、「別に。なんでも」と答えが返ってきた。

「気になるじゃないですか」

「いいって」

「私語はそれくらいにしておけ、ガンモ」

速が後席の男をTAC《タック》ネームでたしなめた。ガンモが「なんで俺だけなんだよ」とブツブツ文句を言うのが聞こえたが、陸は苦笑しつつ無視した。

新田原基地で数ヵ月を共に過ごした小城賢吾《おぎけんご》と、再び一緒に空を飛ぶことになるとは思いもよらなかった。それ以上に、小城がアグレッサーの一員になっていたことに驚いた。戦闘機操縦課程のカリキュラムは同期の中では一番進んでいたし、猛者揃《もさ》いで有名だったかつての百里《ひやくり》第305飛行隊に着隊していった。とはいえ、当時の記憶からはとてもアグレッサーを目指すようなタイプとは思えなかった。どちらかといえば、女子にモテたいがため、ブルーインパルスになっていた方がしっくりくる。

ガンモって、見かけによらず操縦技術もあって闘争心も強かったんだな。

そうでなければたった二十名ほどで構成されているアグレッサーの一員になどなれるはずはない。

「ライト040・ゴー・AGRポイント」

再び速の声がした。

空の上にはなんの目印もないが、今いる位置が自分達の待機場所《ポイント》であることをコブラが教えてくれる。

「ブルー、上がったぞ」

速が演練側の離陸を知らせてきたのは、ポイントに着いて三分後のことだった。

この場合のブルーとは、ブルーインパルスを指す言葉ではない。航空自衛隊では敵、味方を表す表現として「レッド」と「ブルー」を使用する。演練側、即《すなわ》ち空自側がブルー。対抗側、侵略する敵側がレッドという具合だ。今頃、小松基地の滑走路からは、轟音と白煙を残して第303飛行隊のF-15が四機、空へと駆け上がっているはずだ。レッド《敵》役のアグレッサーは空で待ち受ける。これにはれっきとした理由が存在する。ひたすらブルーに戦闘に集中してもらうため。かつ、無駄な燃料を使わせないためである。もちろん、訓練が終わったら先に基地へ帰投するのもブルーとなる。とにかく、余計な気をつかわず一切を戦闘に集中してもらうこと。これが部隊と行う巡回教導でのルールとなる。裏を返せば、アグレッサーと部隊とでは、それほどまでに力の差があるという証明でもある。

陸はコクピットの左側にあるレーダーを操作し、捕捉距離を最大に設定した。四つの光点が真っ直ぐにこちらへと向かってくる。今日の訓練内容は2VS4《ツー・バイ・フォー》の格闘戦。当然、二機しかいないこちらの方が不利となる。逆にブルーはその数的優位をどう生かすか、それが問われるところとなる。

「FTRポイント」

ブルー側が目標地点に到着したことを速が伝えてきた。

「訓練ルールは計画通り」

陸は無線を聞いているブルー、レッド双方に向けて告げた。

「スタート・ミッション」

訓練は速の凜《りん》とした声で幕を開けた。

さてと……。

陸は正面を見据えた。まだ肉眼では捉えられない空の向こうの状況が、レーダーを通してくっきりと分かる。

どう攻めてくる……？

やがて、向かってくる四つの光点が二手に分かれた。二機が先行し、残りの二機が後ろに下がる。これは最初に二機で戦いを仕掛け、残りの二機がフォローにあたるということだ。強い相手と戦うにはこの戦法は有効である。当然そうなるだろうと陸も踏んでいた。

「コブラ、フォローの位置、よろしく」

「あぁ」

短い答えはすべて分かっているという証拠だ。レーダーには相手の位置がすべて映ってはいるが、格闘戦が始まればそんなものを見る余裕はなくなる。陸はフォローする二機の捕捉を速に任せ、先攻する二機のみに意識を集中させた。

十八秒後、陸の目が黒い点を捉えた。こっちが見えているということは、向こうもこちらのことが見えていると思った方がいい。

航空自衛隊でのF－15の機体色は基本的にグレーだ。理由は飛行中に発見されにくい色だからである。これをロービジ（低視認性塗装）という。一方、アグレッサーの機体は派手な迷彩色で塗られている。かつて浜名が愛機として使用していたマダラ3号は、黒、茶色、黄土色を基調とした砂漠地帯の迷彩塗装だ。陸のウイングマン（僚機）を務めているミドリガメは、濃緑やオリーブ色を使用した森林地帯の迷彩塗装であり、陸が搭乗している機体は、水色と青色が稲妻のように走っている青系洋上迷彩になっている。通称、ブルーマーダー。他にもグレー塗装や折れ線、黒・暗色迷彩、非青系洋上迷彩、白色塗装など様々なパターンのものがある。当然、派手な塗装は空では不利だ。すぐに見つかってしまう。だが、それでいい。なにせこちらはアグレッサー（侵略者）なのだから。

ついでに言うと名前にも様々な所以《ゆえん》がある。例えばブルーマーダーはその昔、見た目通りに青マダラと呼ばれていたそうだが、いつしか航空ファンの間でブルーマーダー《青の殺戮者》と呼ばれるようになった。青マダラよりもカッコ良かったからか、航空ファンへの定着が思ったよりも広がったからか、理由は知らない。

空でアグレッサーと対峙《たいじ》すると、異様な機体が目に飛び込んできた瞬間、心拍数が跳ね上がる。新田原での訓練生時代、小松の306に着隊してからも、戦技競技会や訓練で何度か体験した。見慣れない塗装をしたF－15が空の向こうから現れる威圧感は、今でもはっきりと覚えている。逆の立場に立った今、相手の心理状態がどんなものか、手に取るように分かる。

先行してきた二機が猛スピードでブルーマーダーの右下を駆け抜けた。垂直尾翼には303を示すエンブレム、龍の横顔がはっきりと見えた。通り過ぎた後、急旋回でこちらの背後を奪おうとする。

遅い！

リーダー機にウイングマンが歩調を合わせられていない。外側に大きく膨らむようにしながら弧を描いている。陸は右に旋回しながら降下した。陸のウイングマンを務めるミドリガメは、吸い付いたように機動を合わせてくる。やがて、旋回を終えたファイター二機が猛然と追いかけてきた。陸は相手の意図を読むために、逃げながらも細かい動きを入れた。左に機体を傾けて左旋回する素振りをしたり、機首を下げて降下するように見せかけたりという具合にだ。相手はその動きに合わせ、必死で牽制《けんせい》してくる。機体の動きからは決して逃さないという意志が透けて見える。

なるほど。追い込み猟をする気だな。

狙った獲物を常に追い立て、仲間が網を張って待ち構えている場所へと誘導する。そこで数的優位を全面に押し出し、一気に勝負を決める。いい作戦だ。だが、そんなことはこちらも当然予測している。陸はフォローに回った二機の位置を確認するために、再び速に呼びかけようとした。それを待っていたかのように、「アナザー、２８０度30マイル、高度１万５０００ｆｔ」と声がした。さすがスピードだ。欲しい情報を完璧なタイミングで送ってくれる。格闘の最中にもかかわらず、思わず頬が緩んだ。

「そろそろ仕掛ける」

陸は無線でウイングマンに告げると、「５、４」とカウントを開始した。

「３、２、１、ＧＯ！」

陸の合図でミドリガメが左へ旋回。同じタイミングで陸は操縦桿を目一杯手前に引き、ブルーマーダーを急上昇させた。これはディフェンシブ・スプリット（防御的分離機動）と言い、文字通り二手に分かれることで襲ってきた相手にどちらを選ぶのかを迫る方法だ。陸が上昇しながら振り向くと、二機が揃ってミドリガメを追いかけていくのが見えた。動きに迷いがない。分離したら、長機ではなくウイングマンを追尾する。これもあらかじめ決めていたことなのだろう。陸は小さく笑みを浮かべた。

そうだ、そのまま食らいついていけ。

上手くいけばほんの僅かな間、１VS４《ワン・バイ・フォー》という最高のシチュエーションが生まれる。戦いにチャンスは何度も訪れない。最大のチャンスを最高のタイミングで最大限に活《い》かすことができなければ、確実に負けに繋がる。つまりは死ぬということだ。

陸は合流を遅らせるため、あえて旋回を大きく取った。

「ミドリガメ、ショットダウン」

速が味方のウイングマンが撃墜《キル》されたと伝えてきた。ブルーは見事、アグレッサー一機を撃ち落とすことに成功したのだ。

「やるなぁ」

思わず言葉が口を突いて出ると、「ここまではな」と速が冷静に返してきた。

そう、ここまではいい感じだ。満点をあげてもいい。問題はここからだ。数的優位を保ったまま、いかなる戦法で残る一機を攻めるのか。確実に仕留められるのか。それが重要となる。

「サード、10時の方向を見てみろ」

陸はコクピットから伸び上がるようにして、速が指示した方向に目を凝らした。しばらくすると、雲の隙間に黒い点が見えた。嫌な予感がした。機体を倒してもう少し近づいてみる。一つ、二つ、三つ、四つ。ブルーすべての機体が仲良く揃っているのがはっきりと見えた。

「おいおいおい……」

後席のガンモがバカにしたように呟いた。

「いくらアグレッサーの一機《こ》を落《っ》としたか《ち》らって、ちょっと気ぃ抜き過ぎだろう」

まったくその通りだった。興奮で我を忘れているのだとしてもこの状況はあり得ない。2VS4からウイングマンのみが離れて1VS4へと移行。そこで一機を撃墜。この状況がブルーの力のみで勝ち取れたと思ったら大間違いだ。この流れはレッド、即ちアグレッサーが練り上げた、何パターンかある中でのシナリオに沿った行動なのだ。ここまでブルーはベストな選択をし、しっかりと結果を出した。しかし、そこに一瞬の隙を作ってしまった。

戦いはまだ終わっていないのに……。

陸は静かに宣言した。

「モードチェンジする」

ここまではある意味、抑えて飛んでいた。相手のレベルに合わせていたと言ってもいい。だが、ここからは違う。モードチェンジとは即ち全開、リミッターを外すということだ。

バイザーの奥、陸の目が鷲のようにカッと見開いた。操縦桿を倒して一気に急降下する。激しい戦意をまき散らしながら接近するブルーマーダーにようやく気づいたのだろう、慌てふためいて四機が逃げ始めた。まったく統率が取れていない。バラバラだ。陸はすれ違いざまに一機を撃墜《キル》した。そのまま急速反転してもう一機を撃墜《キル》する。文字通り瞬殺だった。残りは二機、後続のリーダー機とウイングマンだった機体だ。陸から逃げるようにしながら懸命に編隊を整えようとするが、あっという間に味方を二機撃墜されたことで動揺が収まらないでいる。機動がまったく定まっていない。さっきまでの勢いはすでになく、今はもう狼に追われる憐《あわ》れな羊のようだ。

「コブラ、雲を迂回《うかい》して正面に出たい」

速は陸の意図をすぐさま理解し、高度と右旋回を指示してきた。陸はアフターバーナーを全開させて上昇すると、雲の塊を廻《まわ》り込むようにして飛んだ。ファイター側の二機は今、雲の陰に隠れて見えない。しかし、陸には一片の迷いもない。速の言う通りに機体を操れば、すべては最高の結果に繋がると信じている。

「出るぞ」

速の言葉通り、雲の隙間から飛び出すと、ドンピシャのタイミングで二機が正面にいた。攻撃や反転の隙など与えずにウイングマンを撃墜する。リーダー機が慌てふためいて右へと急旋回するが、その時には背後にピタリと張り付いた。コクピットのヘッド《H》アップディスプレイ《UD》には、ミサイル発射の条件が整ったことを知らせる「SHOOT」のサインが点滅している。今頃、前方を逃げ惑うリーダー機のコクピットの中はロックオンを知らせる警報が充満し、パイロットは喘《あえ》ぎ、呻《うめ》き、叫び、全身の毛穴という毛穴からは冷や汗が噴き出しているはずだ。

どうだ、怖いか？

陸は心の中でパイロットに呼びかけた。

だったらなぜ一機を撃墜《キル》しただけで気を抜いた？　敵が一機じゃないことは分かっていたはずなのに。それでもTACの一員か？　フライトリーダー《四機編隊長》か？　言い訳なんか聞きたくない。

「おい、もうよかねぇか……」

ガンモが声を上げたが、陸は答えなかった。逃げる相手を見据えたまま、ひたすら追い続ける。

いいか、しっかり刻め。全身にこの恐怖を刻みつけろ。

陸は親指でミサイルの赤いピックルボタンを押すと、機体を倒してその場を離れた。

次の瞬間、無線を通して「ストップ・ミッション」と告げる速の声が耳に届いた。

ざらついた気分のまま、Gエリアを後にして帰投する。今日のデブリーフィングはいつもより長くなりそうだ。


「小松タワー、エメリッヒ01」

陸が呼びかけると、「ボイスクリア」と小松管制隊から返答がきた。

「リクエスト・ランディング」

小松空港に着陸の要求を出す。ここは航空自衛隊と民間航空が滑走路を共用している空港であり、天気の悪い日や離発着で混雑する時間帯などは空中待機を命じられることもある。航空管制は航空自衛隊がやっているので、こちら側を優先的になんてそんなことは一切ない。すべてにおいて平等だ。

「エメリッヒ01、小松タワー。クリアード・トゥ・ランド」

小雪の舞う小松空港の滑走路に着陸し、タクシーウェイを通って基地の方へと戻る。

もちろんミドリガメも一緒だ。途中、何気なく飛行教導群庁舎の方に目を向けた時、ポールに取りつけられた部隊旗が見えた。この時期特有の強い北風に煽《あお》られ、激しくはためいている。深い青色に染め抜かれた旗の中央には、日の丸と同じ赤い円がある。太陽を象徴とする赤一色の日の丸と違って、こちらの円には顔が描かれている。額に星のある不気味なドクロだ。まったくもって部隊旗にするには最悪のセンスだと思うが、でも、これがこの部隊の象徴なのだ。「敗北は死」。負けたらこうなるという戒めを込めたデザインであり、ドクロの額にある赤い星は米ソ冷戦時代、仮想敵国の第一だったソビエトを表しているとも言われている。

戦闘機パイロットの技量向上を目的とし、全国の戦闘機部隊《TAC》に戦闘技術を教える部隊。求められるのは鬼神のごとき強さと完璧なまでの状況認識。そして、揺ぎない誇り。それが唯一無二と称される飛行教導群、通称アグレッサーだ。かつては浜名零児の存在と共に目を背けていたドクロマークが、今は自分の右胸に貼り付けられている。

三年近く前、小松基地で開催された戦技競技会が終わったあと、アグレッサーに入ることが少しずつ現実的な目標になった。きっかけはかつてアグレッサーの隊長だった西《にし》脇《わき》2佐からの言葉だった。

「仲間を守るために飛ぶ。場合によっては敵すら守る。そんな奴《やつ》が一人くらいいてもいい」

居場所が見つからず、目標を見失いかけていた陸にとって、西脇2佐の一言は胸に沁みた。これから進むべき方向を示唆してくれた気がした。それ以後はどんな訓練の最中も、頭の片隅でアグレッサーのことを意識するようになった。

アグレッサーならどう動く？　どう考える？　どう決断する？

レンジ《視野》がぐんと広がった気がした。目で見えるものだけでなく、その向こうにあるものを想像するようになったからだ。それまでなんとなくやってきた状況判断も、一つ一つの意味を考えるようになった。これから起こるであろうことの予測、状況に対応する決断力、操縦技術も格段に進歩した。意識を変える。たったそれだけで見える世界がガラリと変わった。あれほど力の差があったバッカスやホッパーとも互角に戦えるようになり、いつしかフライトリーダーに昇格していた。

だが、幸運はそれだけではなかった。

昨今、航空自衛隊には大きな変革の波が押し寄せている。福岡県にある築城《ついき》基地からは第３０４飛行隊が沖縄県の那覇《なは》基地に移駐して、第２０４飛行隊と共に２個飛行隊となった。その築城基地には青森県の三沢《みさわ》基地からＦ－２部隊である第８飛行隊が移駐し、現在は第６飛行隊と共に２個飛行隊となっている。茨城県の百里基地からは第３０５飛行隊が宮崎県にある新田原基地に移駐、代わりにファントム部隊である第３０１飛行隊が百里基地へ移った。まさに部隊の大移動だ。その波はアグレッサーにも押し寄せた。

二〇一五年八月、航空戦術教導団の新編に伴い、飛行教導隊は「隊」から「群」へと改編された。翌年、それまで三十年以上に亘《わた》って本拠地《ネスト》としてきた宮崎県の新田原基地に別れを告げて、なんと陸のいる石川県の小松基地へと移駐してきたのである。「小松に来たのはここが空自最大の訓練空域を持ってるから」だとか「ロシア、中国、北朝鮮に睨《にら》みを利かせるため」だとか噂《うわさ》は無数に出回った。どれが本当のことなのかは知らない。別に知りたいとも思わなかった。ただ、この偶然は陸の心にさらなる火を点けた。

何しろイメージトレーニングを続けてきた存在が常に隣にいるのだ。アグレッサーの一挙手一投足が見え、離発着を見ることはおろか、時には訓練の相手を務めることもできた。大松《おおまつ》隊長から今後の進路を尋ねられた時、迷わずアグレッサー行きを志願した。かつて護が隊長を務めていたブルーインパルスのことは頭の片隅にもなかった。

整備員の誘導に従って機体を駐機場《エプロン》に滑り込ませると、エンジンを停止させた。キャノピーを開けると、途端に寒風が吹き込んでくる。背後で「ヘックション！」と盛大なくしゃみが響いた。

「風邪ですか？」

返事のないガンモが気になって後ろを振り向くと、整備員に二人掛かりでショルダーハーネスを外されているところだった。

「何してんです？」

「手がかじかんでいうこときかねぇんだよ。しょうがねぇだろう」

ガンモは不貞腐《ふてくさ》れ気味に早口でまくし立てた。寒くはあるが、しかし凍えるほどではない。小松市の一月の最低気温は平均しても0度前後だ。実はそれほど積雪量も多くはない。九州に住んでいた頃は北海道や東北とイメージを重ねていたが、実際に住んでみると随分と違っていた。

手のかかる人だなぁ。

そうは思ったが口には出さなかった。同じ部隊、同じ階級だが、先輩だ。陸はさっさとシートベルトを外すと、整備員が掛けてくれたラダーを伝わって地上に降りた。

「先行きますよ」

フライトを終えたらすぐに速とハンガートークをする。といってもこの場合、格納庫《ハンガー》で直接ではなく、電話でのやり取りなのだが。

VTRを使っての細部戦闘解析をする前、あくまでも記憶がはっきりと生きているうちに、気づいたことや反省点などをざっと伝え合う。エレメントリーダーになれば、これは隊の約束事なのだが、陸は速と早くからそれを始めていた。もちろん速から言い出したことである。でも、おかげで新たな気づきや判断の是非をしっかりと確認することができた。かつて学生だった頃、こんなに近しく会話ができていたら、もしかすると速は課程免《かていめん》にはならなかったかもしれない。そんな風に思うことは今でもある。でもそれはあくまでも仮定の話だし、そうなっていたら今のような空地連携には至っていなかった。すべてはこうなる運命だったと思うしかない。結果オーライだ。

駐機場から格納庫に向かって歩き出すと、「ちょっと待て」とガンモが呼んだ。

「なんです？　急いでるんですけど」

「いいからそこにいろ」

仕方なく立ち止まると、陸はガンモがラダーを伝わって降りてくるのを眺めた。出っ張った腹が動くたびに揺れている。まるでGスーツが力士の廻しみたいに見える。明らかに新田原の頃よりも一回り以上は大きくなっている。ちなみにガンモの由来は昔の漫画のキャラクターにあるらしい。陸は知らないが、なんでも体型がそっくりなんだそうだ。まぁそんなことはどうでもいいけど。

「話ってなんです」

ようやくラダーを降りてきたガンモを急《せ》かすように促した。ガンモは黙ったままだ。陸はチラリと腕時計を見た。着陸して五分以上が経つ。今日は速が電話をしてくる番だった。すでに一度か二度は電話をしているだろう。

「なんかさ」

声が小さくてよく聞き取れない。エプロンでは点検・整備のためにF－15がエンジンを唸《うな》らせているのだ。

「さっきみたいに大きな声出して」

「……んーっとだな！」

「ねぇガンモ」

陸は右手を広げて話を遮ると、「後にしません？」と言った。だが、ガンモは陸の申し出を無視するように、「あの時のこと、覚えてるか」と続けた。

「あの時のことって」

「新田原にいた時、俺達二人してバイクに追いかけられたことがあったろう」

あの夜のことは忘れようとしても忘れることはできない。自転車に乗った陸は、後ろから大型のハーレーに激しく追い立てられた。ヘルメットを被っていたからまったく顔は見えなかったが、あれは間違いなく浜名だった。その時、たまたま陸を呼びにきて巻き込まれたのがガンモだったのだ。

「俺は今でもあん時のことを思い出して夜中に目が覚めることがある」

確かガンモは途中で茂みに突っ込んで離脱したはずだ。でも、あの時の記憶はそれほど強烈に焼き付いているのだろう。

「なんで今、そんな話なんです？」

「俺は今日のお前を見て……あん時のことを思い出した」

「はぁ？　冗談じゃないです。一緒にしないでくださいよ！」

思わず声のトーンが高くなった。格納庫いっぱいに陸の声が反響して、何人かの整備員が驚いたようにこっちを見た。

「いいですか、あの時のことは完全な嫌がらせですよ。怖がらせようという意図が先にありました。でも、さっき俺がやったのは違いますよ。俺は油断したらダメだって伝えようとしたんです」

「だからそれよ」

ガンモが我が意を得たりという風に陸を指さす。

「方法は違っても、やってることは浜名1尉と同じじゃねぇのか」

ガンモは初めて浜名の名前を口にした。

「だってそうだろう。たった今、お前が言ったじゃねぇか。浜名1尉もそれを教えようとしたんだ。あの人なりのやり方でよ」

カッと身体が熱くなった。陸は黙ったまま、ガンモから踵を返すと、そのまま奥に進んで救命装備室のドアノブを摑んだ。「サード」と呼びかけられたが無視した。救命準備室に入ると、左右に装備品の置かれた通路を進み、自分用のスペースの前に立った。

「俺が……浜名さんと一緒……」

嘘だ。あり得ない。あの浜名零児と自分が同じだなんて、絶対に。

格納庫側とは反対の方にあるドアが開いた。

「何してる、スピードから何度も電話が入ってるぞ」

顔を覗かせた男が呼びかける。色白で、ストレートの髪がさらさらと揺れる。以前、情報通の篠崎舞子から聞かされたことがある。ブルーインパルスに追っかけがいるのは当然のことだが、TACでブルーに匹敵するか、それ以上の人気を誇るパイロットがいると。甲本潤一《こうもとじゅんいち》1尉。現アグレッサーの若き訓練幹部。TACネーム、ホッパーだ。

ホッパーは少し眉をひそめると、「……どうかしたか？」と尋ねてきた。

「いや……」

陸は努めて平静を装いながらスタンドにヘルメットを下げると、

「ちょっと疲れたかなって……」

「相手が慌てふためいて逃げてたとはいえ、一気に四機もキルしたんだからな」

陸が頷《うなず》くと、「コーヒーでも飲みながら話をするんだな」と告げてドアを閉めようとした。

「あ、ホッパー、本日のウイングマン、ありがとうございました」

同じ部隊だという以上に、陸にとってホッパーはかつての飛行隊でも同僚だった。気心はもちろん技量も知り尽くしている。陸がもっとも安心して飛べるパイロットの一人だ。ホッパーは「いいさ」と軽く笑った。また、さらさらと髪が揺れた。

ホッパーが立ち去ると、陸は「ふぅ……」と溜息《ためいき》を漏らした。左手で顔を撫《な》でる。やけに脂っぽいのは汗だけのせいじゃなさそうだ。その時、バイザーに映った自分の顔に気づいた。髪が逆立ち、目はひどく充血し、毛細血管が切れた目元はどす黒く鬱血している。

「……うそ」

ゾッとした。初めて浜名零児を見た時の印象そのままだった。

2

夜七時、とっぷりと陽《ひ》が暮れた街の中を走るタクシーは、古い木造の一軒家の前に着いた。こぢんまりとした玄関には灯《あか》りがともり、入り口の暖簾《のれん》をぼんやりと照らしている。風に揺れる暖簾には漢字が二文字、「西尾」と書かれている。

「おう、いらっしゃい」

玄関を開けると威勢のいい大将の声が店内に響く。若い職人二人が争うように大将のあとを追って、「いらっしゃい」と声を張った。ぷーんと酢飯のいい匂いが鼻をくすぐり、一気に唾が湧き上がってきた。

「陸くん、今日は小鉢三つまでならいいわよ」

お盆にお皿を載せて座敷の方から戻ってきた女将《おかみ》が笑った。まるでお腹《なか》が空《す》いていることを見透かされたようだ。

「あかんあかん。女将さんがそない甘やかすから、どんどんつけあがるんや」

小松救難隊所属の回転翼パイロット、大安菜緒が大将とどっこいの威勢のいい声を放った。

「別につけあがってなんかないって」

陸が口を尖《とが》らせると、「あのな、普通のお客は小鉢は一つしか食わんのや」と畳み込んでくる。

「正論だな」

淡々とした口調で場を締めたのは、飛行教導群の管制部隊、通称コブラの高岡速だ。

速もまた要撃管制官《GCI》から兵器の管制を扱う資格を得て兵器管制官《WCO》（ウェポン・コントロ

ール・オフィサー）に昇格した。

「これからの空自の未来を担うお三方だ。陸ちゃん、遠慮すんな、小鉢なんざ好きなだけ食え」

カウンター越しに声をかけられ、「ほんと、大将！」と勢い込む。

「あかん言うてるやろ」

間髪入れず、菜緒が陸のお尻に膝を蹴り込んできた。

「イテェッ！　何――」

反論する隙など与えず、菜緒は陸の右耳を摑むと、「ほら、行くで」と廊下の方へ引きずり始めた。菜緒は陸を引っ張りながらも「生《なま》三つと刺し盛りよろしくね」と注文も忘れない。

「痛いって！　マジ痛いって！」

このような状況に慣れている速は一切表情を変えず、さっさと二人を追い越して先に小上がりへと上がった。テーブルの上には二対一で向き合うように箸とコップが用意してある。速が躊躇《ちゅうちょ》なく手前の一人席へと座るのを見て、陸は「そこ？」と尋ねた。

「何か問題か？」

「いや……問題っていうか」

菜緒と並んで座るのは今更どうということはない。でも、この並びならば普通は男同士が横になるのが自然なんじゃないだろうか。

「二人とも早く座れ。落ち着かない」

速に急かされ、菜緒が奥の右手の座布団にひょいと座った。Gパンだからあぐらをかいている。靴下は赤で女の子っぽいが、いきなりあぐらっていうところが菜緒らしいといえば菜緒らしい。

「はよ座らんかいな」

陸はなんとなく落ち着かなさを感じながらも菜緒の隣に腰を下ろした。

女将が運んできた生ビールで乾杯を済ますと、話題は自然と先日の訓練へと向かった。一週間に亘る第303飛行隊との巡回教導はつつがなく終了した。といってもそれはこちら側の話で、部隊側には散々な内容だった。

最初の2VS4での失敗から始まり、4VS4、4VS8とことごとく綻《ほころ》びを露呈してしまった。それだけではない。ブリーフィング中の態度、休憩時間や雑談をしている時の部隊の雰囲気、服装、言葉遣い。整理整頓や掃除の行き届きまで様々なものを見たが、どれ一つとして満足なものはなかった。

「なんでや、303言うたら戦競でもぶいぶい言わす部隊やったやん」

菜緒が不思議がるのも当然だ。確かに陸が知っている頃の303は強かった。現在、アグレッサーが使用している庁舎は、かつては303が使っていたものだ。陸のいた306とは小道を挟んで隣同士であり、二階建ての建物の二階部分を飛行群本部が、一階を303が使用していた。僅かだが306よりも食堂や風呂に近く、タッチの差で場所取りに負けていたのを覚えている。だが、アグレッサーが新田原から小松へ来ることになり、一階の303のみが押し出される形となってしまった。今では基地の最奥に追いやられており、時折食堂に向かって懸命に自転車を漕ぐパイロットを見かけると、ちょっと気の毒だなと思うことがある。だからこそ、今回の訓練ではベースを奪ったアグレッサーを見返してやろうと、とんでもなく士気が高いと前評判が聞こえてもいた。それなのに、蓋を開けたら中身はお寒いものだった。訓練の最終日、アグレッサーの隊長から部隊の隊長へ所見が送られるのだが、かなり厳しい内容の文言が盛り込まれたと聞いている。

「あんたらのことや。その辺、きちっと分析してるんやろ」

菜緒がビールを口に運びながら陸と速を交互に見る。

「いろいろ細かい理由はあると思うんだけど、多分……というかおそらく一番大きいのは隊長と飛行班長が替わったことだと思う」

以前の隊長は小菅《こすげ》2佐、飛行班長は塩澤《しおざわ》3佐という人だった。小菅2佐は寡黙な感じのする人で、あまり喋っているところを見た記憶がない。片や塩澤3佐はとても明るく豪快な人で、陸達が飲んでいる店に突然乱入することもあった。部下だけでなく、所属部隊が違うパイロットにまで声をかける気さくな人だった。この二人が父親と母親の役割を担い、隊員達は家族のように打ち解けていた。

「昔はさ、訓練をやってても、サッカーをやってても、食堂の場所取りにしたって全部本気だったんだ。でも、今の303にその頃の雰囲気は感じなかった。会話も少ないし、変によそよそしくて、みんながギスギスしているように見えた」

「それは俺も同じ匂いを感じた」

速が箸をきちんと箸置きに置いて話し始めた。

トイレからブリーフィングルームに向かった時、ドアの向こうから笑い声が聞こえてきた。速が顔を出すと、全員が一斉に立ち上がった。303の管制は中警団（中部航空警戒管制団）の担当だ。

「デブリーフィング準備完了。始めに戦闘概要について発表します」

「その前に、笑い声が聞こえていたようだが、今日の戦闘で何人死んだ？」

速が問うと、中警団の一人が「……四人です」と答えた。部屋の中の空気が一気に張り詰める。

「お前が描いた解析図を見た。3番機と4番機、解析図ではドッグファイトしている最中、敵からキルされているが、実際は違う。支援に入った敵から撃たれてる」

「え……」

「なぜ、お前の解析図にその敵が描かれていないか分かるか？　お前が味方に一度も通報していないからだ」

「それは……」

「俺はゲーム感覚で管制している人間に教導することは何もない。以上だ」

速はそれだけを言うと、ブリーフィングルームを出て行った。

「コワ……」

菜緒が速の話を聞いて思わず苦笑する。が、速は真顔のまま、

「コントロールできてない。パイロットに遠慮しているのか、それとも別の理由があるのか分からんが、ただ情報を流すだけで共に戦う姿勢が見られなかった」

そう言うや、再びビールジョッキを口に運んだ。

教導訓練は空だけで行われているのではない。地上でも同じように訓練が行われている。

陸が所属していた306も中警団の管制であり、そこに所属していた速の声に導かれて何度もスクランブルし、アグレッサー入りを意識したあの戦競も共に戦った。

「やっぱり地上もそんな感じだったんですね」

「戦っている相手がアグレッサーではなく味方同士では、空地連携も上手くいくはずはない。たっぷり指摘させてもらったけどな」

その時の光景が目に浮かぶようだ。速の口振りは淡々としているから威圧感は感じないが、抜群の記憶力と正確さで相手を追い詰めていく。きっと中警団の管制官達は、とてつもない高い壁が周囲から迫ってきた気がして息苦しさを感じたことだろう。

「隊長や飛行班長みたいな重要なポジションが替わると、部隊の雰囲気は一発で変わるからなぁ。そういや、座頭《ざとう》班長って今年で定年なんだよな」

「そうやねん……」

菜緒が神妙な顔になった。

座頭班長とはこれまで何度か顔を合わせ、一緒に食事をしたこともある。大柄で、顔もかなりな強面《こわもて》だ。声も低くてどすんと腹に響く。だが、話し始めるとすぐに親しみを覚えた。話は明快でなんの誇張もなく、救難の生き字引でありながらも自慢などは一切しない。それに、菜緒にとっては育ての親の存在だ。菜緒はよく座頭班長のことを軽口に乗せて揶揄《やゆ》するが、そこには深い尊敬と愛情のようなものが感じられた。俯いたまま、箸で醤油《しょうゆ》の入った皿を掻《か》き回し続ける菜緒の様子からは言葉以上のものが伝わってくる。その日のことを考えると、不安と寂しさが募るのだ。

ふと、速はどうだったのだろうと思った。陸の父親、坂上護が職場を去る時、同じような寂しさを感じたのだろうか。速もきっと同じ思いをしたはずだ。そうでなければ、あれほど護の話を陸に伝えることはしなかっただろう。菜緒のように揶揄することこそしなかったが、護を慕っていることは言葉の端々から感じられた。ならば自分はどうだったのか。大松が部隊を去ると知った時、確かに心がざわめいた。いつかはそんな日がくるとは分かっていた。だから、取り立てて騒いだりうろたえたりすることはなかった。卒業式の日までいつもと変わらず友達と笑ってバカ話をして過ごす。でも、心のどこかには常に別れの意識が陣取っている。そんな感じだった。でも、これぱかりはどうしようもない。配置転換は人事部やそのもっと上が決めることだ。駒の一つでしかない自分達が何を言おうと、それはどうにもならない。

「日本酒にしよう」

菜緒が陸の方に僅かに顔を向ける。

「なんでや」

「なんでって……そっちの方がいいかなと思ったから」

菜緒はしばらく陸の顔を覗き込むように見つめていたが、

「なんやねんな。ほんまムカつくわ」

「はぁ？」

なんでムカつかれなきゃいけないいんだろう。ただ、この沈滞した気分を変えたいと思っただけなのに。

「女将さん！」

菜緒が小上がりの襖を開けてカウンターに呼びかける。

「こっち、『神泉《しんせん》』にするわ」

「早いのね。幾つ？」

女将さんが厨房《ちゅうぼう》の方から顔を覗かせる。

「あんたも飲むやろ」

速に尋ねると、「あぁ」と返事が返ってきた。

「三つ」

菜緒は注文を終えると、女将に向けたにこやかな顔とはうって変わって、鋭い目をこっちに向けた。

「なんだよ……」

「なんも」

そう言いながらも溜息をつく。部屋の空気がさらに重くなった気がする。気分を変えようとしたことが気に障ったのだろうが、でも、それは菜緒だって一緒だったはずだ。

速はそんなことなど一切気にしていない風で、箸を伸ばして鱈《たら》の子付けをつまんだ。小松にきていろんな美味《おい》しいものに出会ったが、その一つが鱈の子付けだ。冬の味覚の鱈。鱈の刺身に卵をまぶしてあり、口に入れるとプチプチとして、これが身のしまった刺身と実に合う。

「俺も」

すかさず箸を伸ばそうとすると、菜緒が皿ごとずらした。

「何すんだよ」

「うるさい」

「菜緒の分もそこにあんだろう」

陸がさらに箸を伸ばそうとすると、菜緒がさらに奥へと皿をずらした。

「怒るぞ」

「怒ってみぃや」

「痴話喧嘩《ちわげんか》はそれくらいにしておけ。刺身が食べれん」

速が箸を持ったまま陸と菜緒を見つめた。

「痴話喧嘩て……」

菜緒は一瞬、口ごもったが、すかさず「ウチはただ、このなんも分からんアホがたまに分かったようなことをするから――」

そこに女将が徳利と銚子を持ってやってきた。空気を察したのだろう。

「あんた達、またやってるの。ほんとに仲のよろしいことで。ねぇ」

テーブルに並べながら速に笑いかける。

「まったくです。せっかくの料理を味わって食べることもできない」

「いや……これはちゃうから……」

菜緒が慌てて自分の方にずらした皿をテーブルの中央に戻した。

「あら、ほっぺが赤くなって。可愛《かわい》いわぁ」

女将の一言で菜緒は首元まで赤くなった。

「酔ったんや……」

「ビール一杯で？」

「ウチかてそういう時もあります！」

「女の子だもんね」

女将はクスッと笑うと、「菜緒ちゃん、またサインお願いできるかしら。大将がいっつも自慢して、気前よく引き受けるのよ……」と言った。

「そんなもん、なんぼでもします」

菜緒は小松ではちょっとした有名人だ。いや、いまや全国的に見てもそうだと思う。帰省した時、高校の友人に菜緒のサインを貰《もら》ってほしいと頼まれて驚いた。友人は「こんなに可愛かとに、パイロットなんて凄かぁ」と菜緒の載った雑誌を指さして、何度も褒め言葉を口にした。

写真には性格までは写らないからな。

でも、あらためて菜緒の立ち位置を知る機会になった。航空学生時代に知り合ってからもう八年近く経つ。あまりにも近くで見ているから変化しているような気がしないが、やはり物事は大きく動いているのだ。そういう自分もいつの間にかアグレッサーになっている。速もコブラだ。しかし、三人の関係だけは変わらない。これからもずっと。

大将が握ってくれた旬のネタ満載の寿司がテーブルに並んだ。鱈の昆布〆《こぶじめ》、ビワマス、甘えびの外子《そとこ》乗せ、バチマグロ、コハダに鯖《さば》寿司。北陸の冬の幸はどれもこれも脂がのって口の中に入れるととろけるようだ。話もそこそこに三人は夢中で寿司を頬張った。もちろんお腹が空いていたこともあるのだが、お喋りに熱中し過ぎて寿司が乾くと大将の機嫌が悪くなるからだ。

「そういえば、次の巡回教導は築城だな」

七貫を平らげたところで速が口を開いた。酒で少し顔が赤らんでいる。陸は空になった速の猪口《ちょこ》に新たな酒を注《つ》いだ。

「すまない」

速は必ず礼を口にする。どんなに酔っていてもそうだ。決して乱れない。そんなところも速らしい。

アグレッサーの年間スケジュールは上部組織である航空戦術教導団が組み立てる。パイロットと兵器管制官《WCO》はそのスケジュールに沿って動くことになる。たまたま小松基地にネストを持つアグレッサーと３０３同士の訓練だったから移動することはなかったが、アグレッサーもブルーインパルスと同様、年間百日単位であちこちの基地を転々とするのだ。

「築城ゆうたら、あいつがおるやんか」

最後に残った中トロをつまもうとした手を止めて、菜緒が速を見た。

「誰？」

陸が尋ねると、「アホ」と言いつつ、自分の目を指先で吊《つ》り上げた。

「あ、笹木《ささき》さん！」

福岡県には空自の基地が二つある。春日基地ともう一つが築城基地だ。そこにはF－２を擁する第８飛行隊があり、かつてチャーリーの一員だった笹木隆之《たかゆき》がいる。笹木とは浜松《はままつ》でウイングマークを獲得した後に別々のコースへと進んだ。陸は新田原、笹木は三沢だ。

「笹木さんってどんなパイロットになってるんだろう。まったく想像がつかないや」

「俺も結婚式以来、会ってない。飛んでるところももちろん見たこともない」

「機体は操縦者のクセが思いっ切り出よるからな。絶対、嫌味な飛び方しよるでぇ」

菜緒がククッと声を押し殺して笑った。陸は頭の中でF－2の深い青色をした機体を、コクピットの中で細い目をしてニヤリと笑う笹木の顔を思い浮かべた。

「お前、F－2とは手合わせしたことはあるのか」

「いや、ないです」

「そうか。俺もだ」

速はそういって一呼吸置くと、

「F－2はF－1支援戦闘機の後継機として開発された機体だ。特徴は六つ。一つ、空対艦ミサイルを最大で四発搭載可能。二つ、短距離空対空ミサイルを最大で四発搭載可能。三つ、中距離対空ミサイルを最大で四発搭載可能。四つ、全天候運用能力を有すること。五つ、高度な電子戦能力を有すること。六つ、対艦攻撃ミッションで830㎞以上の戦闘行動半径を有すること」

陸は思わずポカンと口を開けた。

「あんたはほんまに教官みたいやな。いや、そのものや。見てみぃ、このアホ面。座学や思うて固まってるで」

菜緒が笑いながら陸を眺め、空いた口をつまんだ。だが、速はニコリともせず、

「いつもの空対空とはちょっと勝手が違うぞ。相手が笹木だといって舐めてかかると酷《ひど》い目に遭う」

「大丈夫ですよ」

陸の言葉に速と菜緒が同じタイミングで顔を向けた。

「何が大丈夫なんだ？」

「……いや、だから、パイロットがいて、機体を操縦して、管制官が誘導するのはいつもと同じですから。機体が変わろうと、どんな武器を持っていようと、何も問題ないと思います」

「それはそうだが……」

速はちょっと言葉を詰まらせた。

「ですよ。俺はいつも通り、スピードの言葉を信じて飛べばいい。それだけです」

陸は本気でそう思っている。いつも通り、速やコブラの声に導かれて自分が全力で応える。そうすれば負けるはずはない。昔、初アラートでスホーイ－27と遭遇し、あまりの恐怖に涙を流した。でも、今は違う。負ける気は一切しない。それだけの自信があった。

「坂上」

速の声が少しだけ低くなったように感じた。表情を見るとちょっと神妙な面持ちに見える。

「どうしたんです？」

「先日の訓練のことだが、ちょっと聞き忘れたことがある」

ドキリとした。ガンモに言われた言葉は今もなお、心の片隅に潜んでいる。それを押し隠すように「なんだろう。前のことはどんどんリセットしていくんで」とわざとらしく頭を掻いた。だが、速はそんな曖昧さを許してくれるはずもない。

「初日の2VS4の時だ。お前が電話に出るのが遅かったから、聞かずにおいたんだが」

やっぱりそのことか……。

「あぁ、あの時ですね。ガンモがいろいろ手間取るから――」

あえて軽い感じで答えたが、速がすかさず遮った。

「フライトリーダーをなかなかキルしなかったのは、何か考えがあったのか？」

テーブルに肘をつき、重ねた両手の上に顎を乗せて陸をじっと見つめてくる。こんな時の速にごまかしは通用しない。それは長年の経験でよく分かっている。

「もちろん考えはありましたよ。あの時、303はこっちの一機をキルして調子に乗ってましたから。それは高岡さんも同じことを感じましたよね？」

「あぁ」

「敵機はまだ残っているのに我を忘れていました。だから、そんなことをしたらこうなるんだぞってお仕置きをしてやろうと思ったわけです。それって当然のことでしょう」

「そうだな」

速が口だけを動かして同意する。陸は内心ほっとして、徳利に手を伸ばしかけた。

「もう一つ」

びくりとして伸ばした手が止まった。

「なんでしょう……」

「お前がフライトリーダーをロックしてキルするまで、どのくらいの時間だったと思う？」

「えーっと……」

十五秒くらいだろうか。時間にしたら多分、それくらいだったと思う。ガンモにも指摘されたくらいだから、いつもよりは長かったとは感じる。でも、それは仕方がない。恐怖を身体に刻み込ませるためにはそれくらいの時間が必要だと思ったのだ。

「五十一秒だ」

「……えっ？」

思わず声が漏れた。正直、そんなに長い時間が経っていたとは思っていなかった。

「お前は背後からフライトリーダーを五十一秒間ロックし続けた。それだけの時間、相手を死の恐怖に晒《さら》し続けたんだ」

「ウチにはようわからんけど、五十一秒って……。ちょっと長すぎるんとちゃうか」

それまで黙って話を聞いていた菜緒が口を挟んだ。

「俺達は飛行教導群だ。教え、導くことが義務とされている部隊だ。戦いの最中、隙を作ったらこうなるという教えは伝えることができたと思う。だが、あの行為は果たして導くことに繋がったのか」

訓練後のデブリーフィングで３０３のパイロット達は一様に沈んだ顔をしていた。その中でも特にフライトリーダーは青ざめた顔をしていた。そして、一度も陸の顔を見ようとはしなかった。

「でも、それは相手がどう感じるかの問題だと思います。俺は油断するなと伝えたかった。だから、なかなかキルしなかった。恐怖を感じることで、こんな失敗は二度としないと思ってほしかったんです。あのフライトリーダーがストップミッションの声がかかるまで、しっかりと戦う意識を保てるようになったのなら、それは導いたということになるんじゃないですか」

「俺はそうは思わん」

陸は顔を上げて速を見た。速も身じろぎもせずにこっちを見つめてくる。

「あのフライトリーダーに残ったものは、二度とこんな失敗はしないという決意より、お前に対する恨みだけだ」

恨み……？　俺に対する？

そんなことは考えもしなかった。陸はふーっと息を吐くと、心の中のざわめきを収めようとした。

「だったらそれでいいじゃないですか。恨まれることはアグレッサーとして当然です。

なるのなら」

だってこっちは侵略者なんですから。どれだけ恨んでくれてもいい。それで相手が強く

「お前、本気で言ってるのか」

「本気ですよ。俺はいつだって」

小上がりの狭い空間の中、ピーンと空気が張り詰める。ここに来た時とはうって変わって険しい雰囲気になった。でも、陸自身、ここは退《ひ》けないと思った。迷ったらアグレッサーなんてやっていられない。自分は今でも間違ったことをしたとは思っていない。ただ恐怖を相手に植え付けようとする浜名とも違う。そのことは自分が一番分かっている。たとえ恨みを買ってでも、相手が強くなればそれでいい。

「ちょっと二人ともなんや！」

菜緒の怒鳴り声で陸は速から視線を外した。

「喧嘩なんか二人でいつだってできるやろ！　今はウチもおんのや、楽しくやらんかいな！」

「だよな。ゴメン」

目尻を吊り上げた菜緒をなだめようと、陸は徳利を掴み、菜緒の猪口に注ごうとした。

「ちゃう。こっちや」

菜緒は空になったグラスを差し出し、再び女将を呼ぶと神泉を一升瓶ごと持ってくるように頼んだ。

「今日は盛り上がってんのねぇ」

嬉《うれ》しそうに言いながら女将が一升瓶を差し出す。菜緒がすかさず受け取って、陸と速のコップに酒を注いだ。

「はよグラス持ち。仕切り直しや」

陸と速ともにグラスを掲げると、菜緒の音頭でグラスを合わせた。ぐっと中身を飲み干す。喉元からお腹の中に熱いものが流れていく。いつもはそれだけだが今は違う。身体の中に酒では溶けない冷たい氷の塊があるのを感じる。陸はちらりと速を見た。ほんのり赤くはなっているが、いつもと表情は変わらない。でも感じる。速の身体の中にも同じ氷の塊が生まれたということを……。


揃って小松基地の正門前でタクシーを降りた。冷気がさっと身体にまとわりついてくる。時刻は十時をちょっと過ぎたくらいだ。いつもならもう一軒、場所を替えて飲みに行くところだが、明日の朝早く入間に戻るという速の予定を聞いて、これでお開きにすることになったのだ。陸は内心、ほっとする部分があった。今日はこれ以上話をしても盛り上がれない気がしていた。

「坂上」

ふいに声をかけられてドキッとする。

「はい」

「大安を送ってやれ」

「ええよ。ここからすぐやし」

「いや、送るよ」

陸が答えると速は微《かす》かに頷き、ゆったりとした足取りで小松基地のゲートの方へと歩いて行く。出張で来た速は、基地の中にある宿泊所へ泊まっているのだ。

「近々、聡里《さとり》さんとお嬢ちゃんに会いに行くわ！」

菜緒の言葉に速は軽く手を挙げて応えた。

速の姿が見えなくなるまで見送ると、どちらともなく暗い田舎道を歩き出す。陸は今でも基地の中にある一人用の官舎に住んでいるが、菜緒の官舎は基地の外にある。月も星も出ていない空。明日もまた曇り空なのだろう。しばらく黙ったままの菜緒だったが、ふいに立ち止まった。

「どうした？」

「あんた最近、〝天神〟って言わんようになったな」

「いきなりなんだよ」

陸は振り向くと、闇の中でぼんやりと白く浮かんだ菜緒を見た。

「いつも言うてたやろ。天神に会いたいとか天神を見てみたいとか」

「今だってそう思ってるさ」

「嘘やな」

菜緒の声は静かだったが、強い意志が籠っているように感じた。

「そりゃ前より天神のことを口にするのは少なくなったかもしれない。でも、忘れたわけじゃない。心の中にそれはいつもあるから。だから、敢《あ》えて口にしなくなっただけだと思う」

「それが嘘やて言うてるんや……」

菜緒は再び否定した。今度は声の中に寂しそうなトーンが混じっている気がした。

「どうしたんだよ。高岡さんも菜緒もなんか変だぞ」

「おかしいのはあんたの方や。アグレッサーになってから、あんたどんどん変になってる。ウチ、気づいてたんやで。でも、よう言われへんかった。アグレッサーはいろいろ大変なんやろうなって思ってたから。でも、今日、高岡の話を聞いてはっきり分かった」

「またその話かよ……」

陸は爪先で小石を軽く蹴った。石は勢いよく転がり、やがて闇に隠れて見えなくなった。

「昔のあんたやったら人に恨まれたりすることは絶対せぇへん。恨まれても構へんなんて考え方も絶対せぇへんかったわ」

「だから仕方ないんだって。俺は今、そういう役回りなんだからさ」

「役回りて……。あんたからそんな言葉が出てくるなんて信じられへん」

「寒いし、早く行こう。風邪ひいたら――」

菜緒はいきなりマフラーを取り、コートを脱いだ。薄手のセーター一枚では風が冷た過ぎる。

「何してんだよ」

「頭にきてるから暑いんや！」

「分かった、謝る。だからコート着てくれ」

陸の言葉を菜緒は無視した。

「ええか、陸。ウチらがあんたのことを好きなんは、あんたがアホやからや。戦闘機乗り目指したんも空が好きやから。天神に会いたいから。今時本気でそんな話してる奴なんてどこにもおれへん。天然記念物や。でも、あんたはいつでも笑って飛んでた。リーダーを助けて、高岡を新しい場所に連れていって、そしてとうとうアグレッサーから声がかかるようなパイロットになった。空の神様に好かれてるて、みんな本気で思ってんねん。でも、今のあんたは違う。空の神様もそう思うてるはずや」

「だから、俺の何が――」

菜緒は最後まで聞かず、パッと踵を返すと背を向けて歩き出した。陸があとを追おうとすると「くんな！」と鋭く叫んだ。

第二章　遮光《しゃこう》

1

小松基地からは金沢を経由して、北陸新幹線で都内へ向かう。どんよりとした空は軽井沢を過ぎる頃には乾いた青天へと変わった。しかし、心の中に生まれた違和感のせいで、速はすっきりとしなかった。

窓の外を流れる景色を見つめながら、速は昨夜の会話を一つ一つ思い返してみた。速が質問をした時の陸の反応は正常であり、こちらを見つめ返す目にも後ろめたさは感じられなかった。本人が言葉にした通り、陸は本気でフライトリーダーに危機意識を伝えようとしたのだ。アグレッサーとして当然の行為であり、職務遂行の上では正しい。だが、この違和感はそれとは別のものだった。

五十一秒間のロックオン。

やったのが坂上陸であったということ。あの、底抜けに空に憧れる、自分が知る坂上陸という男とはどうしても結び付かない行為。浜名零児ならともかく、陸がそういうことをするとは思えなかったし、思いたくないという気持ちがある。

これは身勝手だろうか……。

人は変わる。環境によっても、状況によっても、年齢によっても変わっていく。それ自体は仕方のないことだと思う。自然の摂理なのだから。しかし、他者に変わらないでいてほしいという気持ちを持つこともまた自然だ。ましてやそれが根幹を成すものならばなおさらだ。陸にはありきたりなパイロットになってほしくない。パイロット以上の存在を目指してもらいたい。あれほどまでに空に愛されている男だからこそ、枠に留まってほしくない。そう望むことは陸にとって重荷となるのだろうか。

考えは堂々巡りする。やがて新幹線は谷や山や田畑を抜け、代わりにビルや高速道路や家が立ち並ぶ風景になった。速はせっかく買った温かいお茶に一度も手を伸ばさず、うつろう景色を眺め続けた。

「お帰り」

玄関を開けるといつものように明るい声がした。出迎えた聡里の足元には今年三歳になる有里《ゆり》がいる。最近ではあまり抱っこをせがまなくなった。あんなに「抱っこ、抱っこ」を連発し、抱っこをしていないと眠らなかった有里も、この頃は自分の足で歩き、これが食べたい、この色が好きとはっきり意志を主張する。試しに抱っこをしようと手を伸ばしたが、「イヤ」と言い残し、そのまま部屋の方へ歩き去ってしまった。

「ねぇ」

聡里が笑う。ねぇの前には「変わったわ」というニュアンスがあることと、少し誇らしげな母親の顔が覗いていた。

入間基地に立ち寄ってメールのチェックや報告書を作成したため、少し遅めの夕食となった。有里はすでに軽く食事を済ませていたが、遊びを止めてテーブルについている。どんな時もご飯は家族でテーブルに集うこと。これは聡里の方針だった。きちんと整頓されたオーク色のテーブルの上には、ランチョンマットが敷かれている。速は緑、聡里と有理が桃色だ。献立はカレーとサラダ。そして、速がお土産に買ってきたふぐの子糠《ぬか》漬《づ》けが切り分けられて皿に並べられている。ふぐの卵巣の糠漬けは石川県の名産品であり、少し塩気が強いのが特徴だが、ご飯や酒によく合う。初めて買ってきた時から聡里のお気に入りとなり、今では小松へ出張するたびに欠かさなくなった。

「カレーとはどうかなと思ったけど」

「別にいいさ」

速が答えると、聡里は嬉しそうに「そうよね」と頷いた。父親と母親の幸せな空気を感じ取ったのかは分からないが、有里がジュースの入ったストローを口から放し、「そうよね」と真似をしてニッと笑った。

しばらくテーブルでチーズを食べていた有里は、速が渡したお土産の折り紙で夢中になって遊び始めた。速はそんな娘の様子を眺めながら、半分ほど残った750㎖の缶ビールをゆっくりと口に運んだ。

「向こうでは坂上さんと菜緒さんに会ったんでしょう」

食べ終わった食器を流し台で軽く水洗いしながら、聡里が顔だけをこっちに向けた。

「あぁ」

「どうだった？」

聡里はいつも陸と菜緒の話を聞きたがる。公然とファンだと言い切るくらい二人のことが好きだ。いつもなら仕事の話はほとんど口にしないが、聡里にせがまれると、ついつい口を開いてしまう。

「相変わらずだ。三人で西尾寿司に行ったんだが、坂上は女将さんから小鉢三つまでなら食べてもいいと言われていた。もちろん、すぐに大安にどやされていたがな」

聡里は声を出して笑いながら、「その光景、目に浮かぶなぁ」と言った。

「じゃあ、二人とも変わりなく元気だったのね。少しは接近したのかな」

「接近？」

濯《すす》いだ洗い物を食洗機にセットして、聡里がテーブルへと戻った。

「だって菜緒さん、坂上さんのことが好きでしょう」

速はビールを聡里のコップに注ぎながら、

「そっちの方も相変わらずだろうな。大安が髪を伸ばしてることにもあいつは気づいてない」

「速くんが教えてあげればいいのに」

「へぇ菜緒、髪伸ばしてるんだな、って高岡さんが言ってた。そんな風になる」

速が陸の口真似をすると、聡里はビールを口から噴き出しそうになった。

「そっくり」

聡里が声を立てて笑ったので、有里が手を止めて聡里の方を見つめる。

「何？　ママ、何？」

「パパがね、面白いことしたの」

「パパ、何？」

「おい、もう一度やらせるのか？」

速が困って聡里を見ると、聡里はテーブルの上に広げた折り紙に目を向け、「これな〜に？」と有里に尋ねた。途端、パッと有里の目が輝き、「これはね、ネコ。こっちは鳥」と説明を始める。一見、自由な形で折られた折り紙。色も青や赤や緑と到底ネコや鳥になど見えるようなものではないのだが、自信を持って答える。有里にはそれがはっきりとそうだと思える根拠があるのだろう。速は折り紙を一枚そっと抜き取ると、手慣れた仕草で折り始めた。始めは夢中になって聡里と話をしていた有里も、いつしか速の手元に視線が釘付《くぎづ》けになった。

「よし、出来た」

速が折ったのは鶴だ。プーッとお腹の部分に息を吹き込んで膨らまし、有里の前に差し出した。

「パパ、これ何？」

「なんだと思う」

有里はしばらく考えて、「ブーンってするの」と答えた。

「ブーン……？」

速が我が子の思わぬ回答に首を傾《かし》げると、聡里が笑いながら「多分、ドライヤーのことだと思うよ」と言った。

「有里、どうしてブーンなの？」

「えーとね、ここ」

有里は鶴の先端を指さした。

「きっと突き出した嘴《くちばし》の形がドライヤーに見えたのね」

聡里は再び折り紙で遊び出した有里の頭を優しく撫でた。

「私、いつからこの形が鶴だって思ったのか全然覚えていない。誰かが作って説明してくれたのか、テレビで見てそうだと思ったのか、それとも図鑑を見たのかな。でも、何も知らない有里から見たら、この形ってまだ鶴じゃないんだよね」

「そうだな。常識が滑り込んでくる日までは、見方はまったく自由だからな」

「そうね。でも、有里は特にそれが強いみたい。女の子だからかな」

「感性の話なら、男女差はないと思う」

「坂上さん」

聡里はそう言って笑った。

「あいつは動物そのものだからな」

いつもならきっと聡里と笑い合うところだが、今の速にはそれができなかった。論理や理屈ではなく、感性や直感で動く。そんなタイプだった坂上陸が少しずつ変貌しようとしている。速は視線をテーブルの鶴に向けた。

あいつはもう、これがただの鶴にしか見えないのかもしれん……。

それは当たり前のことだが、同時にひどくつまらない感じがした。光り輝いていたものが急速に光を失ってしまう。大人になるとはそういうことなのだろうか。

有里が一心不乱に何かを折っている。何かは分からないが、伸ばしている細い髪が揺れ、その向こうに時折キラキラした目が覗く。聡里が声をかけても返事もしない。熱中していると、周りの声など聞こえなくなってしまう。

ふと、篠崎舞子のことが頭に浮かんだ。好きな対象を見つけたら、どんなことをしても、どんな手を使ってでも、形振《なりふ》り構わずすべてを知ろうとする。そこに悪気はない。ただ、知りたくて知りたくてたまらない気持ちがあるだけだ。

舞子なら今の陸をどう見るのだろうか。

今もファンページは更新されており、陸だけではなく、アグレッサー全般のことにも目が向けられている。世間には目新しいのか、アクセス数もかなりのものになっている。舞子なら陸の変化を別の角度から示唆してくれそうな気もする。速はテーブルの反対側から手を伸ばすと、有里の小さな頭を優しく撫でた。

有里を寝かしつけたまま眠ってしまった聡里に毛布を掛けて、速は自室のパソコンを立ち上げた。もうすぐ冬も終わりとはいえ夜はまだ冷える。電気ストーブを点けて指先を温める。指が素早く動くように慣らすのは、管制官になってからの癖になった。

パソコンが起動すると、早速、舞子のサイトへと飛んだ。トップ画面は額に星のあるドクロマークだ。これは陸が着隊した頃に切り替えられた。速にとっては見慣れているマークだが、これまでのF－15の機体画面と比較するとあまりにも厳《いか》つい感じがする。それでもやはり、アクセスを計測するカウンターは十万を優に超えている。巷《ちまた》で「空女」と呼ばれる空自好きな女性は、世の中にかなりの数がいるのだろうと推測される。そんなことを頭の片隅で思いながら、最近更新された幾つかの記事を読んだ。陸がよく使う水色と青色の斑《まだら》模様の機体、通称ブルーマーダーのこともしっかりと紹介されている。アップされた写真も、素人が撮ったとは思えないほど見事な出来栄えのものだ。スマホではなく、ちゃんとした一眼レフのカメラを使わなければこうはいくまい。とは思いながらも、速は違和感を覚えた。有体《ありてい》にいえば、これはごく普通のサイトだ。空自が好きな人が、空自を紹介しているだけ。読んでいてハラハラするほどほとばしっていたかつての熱を感じない。

速は顎に手を添え、理由を考えてみた。舞子が速の進言を聞き入れ、陸のプライベートや組織の人間しか知り得ない情報を出さなくなったということはあるだろう。でも、それは以前からだ。随分と記事の中身には気をつかうようになっていた。違和感はそれとは違うものだ。

速は舞子のプライベートアドレスを引き出すと、文面を考えた。舞子におかしな気をつかわせず、自分が知りたいことをどう引き出せばいいか。やがて、文字を打ち始めた。

【ご無沙汰しています。高岡です。その後、お変わりありませんか】

まずは通り一遍の書き出しから始めた。

【坂上と共に飛行教導群に着隊し、数ヵ月が過ぎました。共に忙しい日々を送っています。あなたに説明する必要もないとは思いますが、坂上は日々、アグレッサーの一員として技量の向上を目指しています。その探求心には驚かされるばかりです。あなたの目から見ても、そんな風に映っているのではないかと思います】

そんな風に映っているのではないか。

速は何度かその一文を繰り返し読んだ。舞子がどう反応するのか。そこを見極めたいと願いながら。

【あなたも今年は学生生活の最終年ですね。就活、大変だとは思いますが、良き結果となるよう心より願っております】

結びの一文は本心だ。舞子は金沢大学の薬学部に籍を置いている。進む道は概《おおむ》ね医療系、もしくは薬剤師というところだろう。行動力は申し分ないし、相手が思っていることと、感じていることを敏感に読み取る嗅覚も優れている。それに対しての分析力もある。きっといい就職先を見つけるに違いないと思う。

送信して椅子から立ち上がり、キッチンにコーヒーを淹れに向かった。お湯を沸かしていると、「チャラララーン」とメールの着信音が聞こえてきた。思わず苦笑が漏れる。送信相手は間違いなく舞子だろう。速はコーヒーに冷蔵庫から取り出した牛乳を加えると、再び部屋に戻った。

予想した通り、相手は舞子だった。だが、その返信内容は速が思っていたものとは若干違うものだった。

【高岡さん、お久しぶりです。嬉しい。私も高岡さんに連絡しようと思っていたところなんですよ。今、企業見学の研修で都内にいます。よかったらお会いできませんか。

陸のことは直接お話ししたいので】

速はコーヒーを飲みながら文面を眺めた。直接話したいとは一体どういうことだろう。以前ならこんな回りくどいことなどせず、ストレートに思いを伝えてきた。やはり、舞子もなんらかを感じているのではないのか。そう思う一方で、別の気掛かりもある。舞子は陸のことが好きだ。本人が公言している。もしも恋愛の相談ならば正直、勘弁願いたい。

「さて、どうするか……」

考えた末、再びキーボードに指を置いた。

【そうでしたか。では、ぜひ、お会いしましょう】

あれこれ考えてみても仕方がない。たとえ恋愛相談であれ、少なくとも舞子の目に、今の坂上陸がどう映っているかは聞くことができるはずだ。

その後何度かやり取りをして日時を決め、パソコンを閉じると、少し温《ぬる》くなった残りのコーヒーを飲み干した。

週末の東京駅はさすがに人が多い。スーツ姿のサラリーマンから大きな荷物を抱えた旅行者まで、様々な人で溢れている。時刻は十一時二十二分。約束の時間まではまだ八分ある。速は落ち合う場所に決めた銀の鈴の前で、行き交う人の波の邪魔にならないよう、壁際に立った。入間の官舎から東京駅までは一時間ほどだ。入間駅から西武池袋線に乗り池袋で下車、そこから東京メトロの丸ノ内線に乗り換えた。東京駅を待ち合わせ場所に決めたのは、舞子が金沢に帰りやすいようにだ。ここから北陸新幹線に乗って金沢まで一本で行ける。つい先日、速も北陸新幹線に乗った。舞子はこれから都会のビル群を離れ、田畑の広がる景色へと向かう。都会育ちの速にはなんとなく羨ましく思えた。

「高岡さん！」

名前を呼ばれた方に顔を向けると、スーツ姿の美しい顔をした女が、目を輝かせて足早に歩いてくる。数人の男が吸い寄せられるように顔を向ける。

「初めまして、篠崎です」

目の前に現れた篠崎舞子は、速が想像するよりも遥かに美少女、いや、魅力的な女性だった。長い髪を一つにまとめ、ポニーテールにしている。化粧はほとんどしていない。しかし、染み一つない真っ白な肌がそれを補って余りある。何より目が印象的だ。真っ直ぐで、輝いていて、力強い。ここだけはイメージしている舞子そのものだと思った。

「高岡です」

速は小さく頭を下げた。

「やっと本物の高岡さんに会えた」

そう言って舞子は嬉しそうに笑った。

「長谷部《はせべ》さんには新田原の時とかに会ってたし、笹木さんは戦競で見かけたし――」

小松で行われた戦技競技会には確かに舞子も来ていた。サイトにアップにされた写真からも気づいていた。本来、戦技競技会は一般には公開しないことが原則となっている。舞子の場合、空自幹部をしている父親のコネで潜り込んだであろうことは聞くまでもないことだった。

「チャーリーで会えてなかった人は高岡さんだけなんです。背も高いし、顔も整ってるし、写真より断然カッコいいんですね」

当人を目の前にしてよくもこれだけ思ったことをさらりと口に出せるものだ。ここで立っているといつまでも話し続けそうな気配を感じ、速は舞子のキャリーバッグに手を伸ばした。

「それを」

「大丈夫、自分で持ちますから」

「人波を歩くのはコツがいります」

速は半ば強引に舞子からキャリーバッグの取っ手を摑むと、「行きましょう」と先に立って歩き出した。

「あ、待って」

呼び止められて振り向くと、いきなり携帯で写真を撮られた。

「高岡さんが私のバッグを持ってくれてるとこ、も一らい」

なるほど。

陸もこうやって何枚も写真を撮られたのだ。完全に不意打ちだ。菜緒には悪いが、これは仕方ないかもしれない。

「こっちです」

速は再び舞子を先導するように駅の構内を歩き始めた。

丸の内口に新しく出来た商業ビルの中にカフェがある。スイーツも評判だということをネットで調べ、あらかじめ予約を入れておいた。名前を名乗ると女性店員が「こちらへどうぞ」と迎え入れ、柱の奥にあるテーブルへと案内してくれた。速と舞子が向かい合うように座ると、女性店員はリザーブと書かれた札をテーブルから外し、「すぐにメニューをお持ちします」と告げて歩き去った。

「お洒落《しやれ》なお店。それにいい匂い。シロップみたいな」

舞子は店内を見回しながら、「ここ、よく来るんですか」と尋ねてきた。

「初めてです」

「じゃあネットで調べて?」

速が頷くと、舞子が小さく笑った。どうして笑ったのか、速が少しだけ眉をひそめると、それに気づいた舞子は「高岡さんと私って、ちょっと似てるとこあるなって思って」と答えた。篠崎舞子に似ていると言われても正直なんと言っていいのか分からない。

「あ、気にしないでください。独り言だと思って聞き流してくれたらいいですから」

だったら口に出して言う必要などないと思うのだが。

注文した品が運ばれてきた。速はホットコーヒーとシュークリームを、舞子はレモンティーとパイだ。しばらくは舞子のすることを黙って眺めていた。ケーキの写真を撮り、味の感想を一方的に話し、金沢でよく行く店のことを聞かされた。だが、速は不思議と嫌な感じを受けなかった。むしろ、心地良ささえ感じた。あえて例えるなら、小鳥のさえずりのようなものだろうか。それに、舞子の言葉や感情表現は実に豊かであり、どこか惹《ひ》き込まれる感じすらする。あらためて、陸には太刀打ちできない相手だと分かる。

「私ばっかり喋ってますけど、大丈夫ですか？」

舞子もそのことに気づいたようで、お喋りをやめて速を見た。速もまた黙って舞子を見返す。

「坂上があなたと一緒にいるところを想像していました」

舞子は一瞬目を丸くしたが、やがて「当ててみてください」と笑みを浮かべた。

「しどろもどろ」

プッと舞子が噴き出した。慌てて口元を押さえるが、それでも笑いが込み上げてくるのか、指の間から声が漏れた。ようやく落ちついて「……あぁ、おかしかった」と言いながら紙ナプキンで口元をそっと拭った。口紅が薄く紙に移ったのを見て、舞子はそれを素早く畳んで皿の横に置いた。

「高岡さんってやっぱり面白いです」

「そんな風に言う人はまずいませんが」

「陸のこと、ほんとによく分かってるんですね」

よく分かってる、か……。

最近までは自分でもそうだと思っていたが、先日の一件以来、その思いは揺れている。だからこうして舞子と会っているのだ。

「私はなんかなぁ、もう分からなくなっちゃった」

舞子が呟いた。これまでとはうって変わって寂しげな顔だった。

「分からないとは」

「別に頻繁に会わなくてもいいんです。ただ一方的に私が好きなだけだったから」

だった？

「何かありましたか？」

誘導尋問をしているみたいで気が重かった。

「別に。なんにもありません。でも、あるといえばあるかな。私もよく分かんないんです。もしかしたら、高岡さんなら答えてくれるかもしれないと思ってました。だから、メールがきた時、すごく嬉しかった」

「なんでしょうか」

舞子はテーブルに視線を落とし、何かを懸命に考え始めた。瞬きするたびにカールした長い睫毛《まつげ》が上下する。

「高岡さん、私のサイトってたまに見てくれてますか？」

「時々は」

「じゃあ、陸がアグレッサーになってからのもご存じですよね」

「はい」

舞子は開きかけた口を何度か閉じた。お喋りで感情表現が豊かな舞子とは思えないほどの変わりようだ。速は根気よく舞子が口を開くのを待った。こういう時は急かすより、相手の気持ちに任せるのが一番いい。

舞子は残り少なくなったレモンティーを飲むと、「私のサイトに陸の顔写真がほとんどないことに気づいてます？」と問うた。

もちろん気づいていた。以前はあれほど、見ているこちらが恥ずかしくなるくらいに陸の顔がそこかしこに溢れていたが、アグレッサーになってからはほとんど機体の写真ばかりになっている。

「ご存じだと思いますが、アグレッサーは秘密の多い部隊です。坂上の写真を載せないのは、そこを気にしてだと思っていました」

「ん〜」

舞子はしばらくストローでレモンティーを混ぜた。

「それもあるけど、本音を言うと、最近の陸の顔が好きじゃないんです」

「それはどういう意味でしょうか」

「上手く言えないんですけど、なんか昔みたいにいいなって顔じゃないなって……。前はもっとキラキラしてたけど、今はあんまり楽しそうに見えなくて……」

舞子はそこで言葉を区切ると、

「陸、アグレッサーにならない方がよかったんじゃないかな」

テーブルに目を落としたまま呟いた。

女の直感という言葉が頭に浮かんだ。男と女は同じ人間であっても、ものの見方がまるで違う部分がある。そしてこの直感は、えてして当たっている場合が多い。

「高岡さんはどう思いますか？」

「あなたにはすべて分かっているだろうから説明はしませんが、アグレッサーの仕事は事実、大変なものです。部隊を強くするために教え、導かなければならない。坂上にもその重圧がかかっているのでしょう」

「零児は――」

舞子が速を見た。

「浜名1尉のことですね」

「……私、零児はアグレッサーになってからの方が好きでした。元々自分以外に興味のない人でしたけど、アグレッサーになってからは顔に自信が漲《みなぎ》ってた。迷いがなくて。なんか男の人の顔って思いました。でも陸は……違うんです。なんか無理してる感じがして。上手く言えないけど……」

　浜名1尉とはきちんと話をしたことがない。だが舞子の言わんとすることは分かる気がする。浜名1尉には揺るぎないものがあった。アグレッサーとしての誇りと威圧を全身に纏《まと》っていた。正しいとか間違っているとか、そういうことではなく。ただ、そうだった。

「では――」

「だから――」

「きっと……大安さんも同じことを感じていると思います」

　舞子はそれだけ言うと口を一文字に結んだ。あなたはどう思うのかと問いかけてくる。

「どうぞ」

「高岡さんから」

　言葉を発したのは同時だった。

「大安がどう思っているのか自分には分かりません。確かめたわけでもありませんから。ただ、話の流れからすると、あなたは坂上のことを諦めるということでしょうか」

「なんでそうなるんですか」

　舞子が鋭く切り返してきた。

「逆ですよ、それ、まったく逆。私は元の陸に引き戻したいと思ってるんです。大安さんでは無理でしょ。なんか海保の人といい感じみたいだし」

やっぱり知っていたか……。

速もなんとなくは菜緒から聞いていた。訓練で知り合った海上保安庁の特殊救難隊の隊長に誘われて、時々飲みに行っていることを。

「引き戻すとはどういうことでしょう」

菜緒の話を逸《そ》らすように、速は再び質問した。

「まだ分かりません……。でも、今のままじゃ良くない感じがするんです」

「お父さんに頼んで人事に口を出すとか、そういうことは止めてくださいね」

「そんなこと絶対にしません！」

舞子の声が大きくなり、近くに座っている二人組の若い女性がチラリとこちらを見た。

「分かりました。余計なことでした」

速は謝ると、少し温くなったコーヒーに口を付けた。

「高岡さんももしかして私と同じことを感じてるんじゃないですか。だから突然連絡をくれたとか？」

鋭い子だ……。

速は迷ったが、ここは正直に打ち明けた方がいいと判断した。部隊の秘密に関わることは上手に避けながら、先日の訓練の一件を話した。話を聞き終えた舞子の感想は「やっぱり」だった。

「どうしちゃったんだろう、陸……」

「訓練の遂行上、支障になっているわけではないので問題ではありません。あなたや自分が感じていることは、それとは別の話です」

　速は一つ間を置くと、

「人は変わります。それが自然です。もしかすると我々の思いは単なる我がままかもしれない。居心地がいいから、坂上が昔のままでいるように願っているだけなのかも」

「私はそうは思いません。確かに人は変わります。でも、悪い方に変わっていくのが分かったら、それを止めさせることって大事なことだと思うんです。高岡さんは陸の友達だし、空地連携のパートナーです。絶対にそうすべきです」

　その後しばらく会話して舞子とは東京駅で別れた。就職先は大手の製薬メーカーを目指しているから、これから何度も都内に足を運ぶと言っていた。舞子なら望むところに入れるような気がした。それだけのしぶとさと図太さがある。舞子も変化しようとしているのだ。世界を広げようとしている。生きている限り、誰しも変わりながら進んでいく。この人の波。ここにいるすべての人も、菜緒も、もちろん自分も、そして陸もだ。

　今日、舞子との会話で一つの確証を得た。空に愛された坂上陸は、アグレッサーになって、いつしか普通のパイロットになろうとしている。舞子が言い切るほど悪い方に向かっているとは思えないが、それだけは確かなことだった。

2

三週間後の三月五日。天候は曇り。

速は入間基地のエプロンからC－1輸送機に乗り込んだ。同乗したのは同じコブラの面々であり、管制班長の進藤将夫《しんどうまさお》2佐、河津譲二《かわづじようじ》3佐、本川勉《もとかわつとむ》2尉、三田賢太郎《みたけんたろう》3尉の四人だ。このメンバーでこれより福岡市の南東にある春日基地に赴き、明日から一週間、西警団（西部航空警戒管制団）を相手に教導訓練を行うことになっている。

速は燃料と鉄の匂いが混じったカーゴの奥に進み、進藤班長の隣を一つ空けて、並びに腰を下ろした。硬いシートがこの機体が輸送機であることを否応《いやおう》なく教えてくれる。積み荷は自分達だけでなく、エンジンの部品や箱に詰められた様々な備品だ。先日の休憩時、たまたま板付《いたづけ》空港に飛ぶ輸送機があってよかったと進藤班長が言っていた。コブラの移動手段は様々で、こんな風に輸送機に便乗することもあれば、時にはF－15の後席に乗ることもある。新幹線や民航機を使用することももちろんある。

空自の中には今も福岡空港のことを板付空港と呼ぶ人が数多くいる。速は気になって由来を調べたことがある。福岡空港は昭和十九年、当時の陸軍が席田《むしろだ》飛行場として建設した。終戦後、飛行場は米軍に接収され、近隣地区の名を取って板付空港と名前を改められた。その後、昭和四十七年に空港は米軍から返還され、再び名前を改めることとなった。それが福岡空港である。今もこの空港を頻繁に利用する空自では、そんな流れの中で親しみを込めて板付と呼ばれているのだ。

「今夜は久しぶりに『三瓶《さんぺい》』にでも顔だすかな」

速の向かいに座り、腰の辺りでシートベルトを締めながら、河津3佐が誰にともなく言った。

「女将は達者なのか？」

進藤班長が尋ねると、「退院してからはすこぶる調子がいいそうですよ。痩せてスリムになった私を拝みに来んねって言ってましたから」と笑った。

かつてコブラは春日基地にその本拠を置いていた。飛行教導隊が飛行教導群となり、アグレッサーが新田原から小松へと移転したのに合わせ、コブラもまた今の入間へと移った。進藤班長も河津3佐も春日時代を共に過ごしていたから、馴染《なじ》みの店が数多くあるのだろう。

「カタブツも『三瓶』は知ってるよな」

いきなり話を振られ、シートベルトの捻《ね》じれを直していた三田3尉が「えっ」と顔を上げた。速とは四歳違いの三田3尉は部内出身、とにかく生真面目で知られている。それはきっちりと短く刈り上げられた頭にも、皺《しわ》のない制服にも表れている。もちろん、何も悪いことなどない。ただ、パイロットを誘導する際もその生真面目さが現れ、臨機応変な対応にはやや欠ける。よって先輩管制官だけでなくパイロットからも、せっかくのTACネームである「パルサー」より「カタブツ」と呼ばれることの方が多い。

「『三瓶』……ですか」

三田3尉が眉間に皺を寄せて必死に思い出そうとする。

「おいおい、お前、西警団出身だよな。なら、いっぺんくらい行ったことあるだろう」

「三瓶……三瓶……三瓶……」

「もういい。振った俺が悪かった」

河津3佐が苦笑いすると、三田3尉は何事もなかったかのように再びシートベルトの捻じれを直し始めた。

「ベンとスピードは中警団出身だから、春日のことは知らんよな」

進藤班長が本川2尉と速を交互に見た。

「勤務はないですが、私は何度か研修で春日基地にお邪魔したことがあります」

名前の勉からTACネームが付けられた本川2尉が答える。本川2尉とはかつて小松で戦競が行われた時、306とチームを組んだ。とても物静かで勉強熱心なタイプであることからも、ベンと名付けられている。

「そうか」

進藤班長が隣の速に視線を移した。

「自分はまったく知りません。ただ、個人的には春日市には二度行きました。サードの実家がありますので」

「あぁ、そうか。そうだったな」

進藤班長は何度か頷くと、「坂上さんは元気にされてるかな」と聞くとも独り言とも取れるような言い方をした。向かいにいる河津3佐も本川2尉も、三田3尉さえこっちを見つめている。

坂上さん、か……。

速は坂上護が今や「さん」付けで呼ばれることに微かな切なさを覚えた。どこか父の面影を見ていた坂上護1佐はもう航空自衛隊にはいないのだ。そのことを分かっているつもりでも、こうして他人から「さん」と呼ばれると、あらためて心のどこかが痛む。

「分かりません。退職されてからはお話をしてないので」

「一度もか？」

驚いたような顔の河津3佐に「はい」と答える。

「スピードは坂上さんの肝入りだろう。なんたって防大のエースをモグラにしちまった張本人だし」

防衛大学出身者がコブラになることはほとんどない。理由は簡単だ。要撃管制官を育てるのはそれなりに時間がかかる。一つところに長くいて、じっくりと技量を磨いていかなければ身につかない職だ。士官として二、三年単位で異動を繰り返すようでは難しい。実際、周りにいる管制官はほとんどが部内出身の叩《たた》き上げであり、進藤班長も河津3佐にしても職人タイプである。

「志願したのは自分です」

「そりゃあな」

河津3佐は曖昧な答え方をした。

かつての隊長、坂上護にこれからの進路を尋ねられた時、速はコブラになりたいと言った。それはある意味、出世を諦めることに繋がるということも分かっていた。だが、そんなことはどうでもよかった。坂上陸がアグレッサーになるなら、自分はコブラになる。かつて交わした陸との約束であり、自分の進むべき道だと思った。そのことに対し、坂上護はなんの異議も賛同も唱えなかった。ただ一言、「分かった」とだけ答えた。

「実家に戻られて農業をされてるって本当なのかな」

ベンの問いかけに、速は頷いた。

「分からんなぁ。なんだって野菜なんか作ってるんだ？　再就職先だっていろいろあっただろうに」

河津3佐からすれば、出世を諦めてコブラになった速も、再就職をせずに農業に精を出す坂上護のことも理解ができないのだろう。でも速には、護がなぜ再就職しなかったのか、なんとなくその気持ちが分かる気がする。地に足を着け、命を育む。あの人の生き方として、とても似合っているとさえ思う。

「ある意味、空自の表と裏を体感した人だ。凡人には分からんさ」

進藤班長はそう言って話題を収めた。

二時間弱のフライトを経て、C－1輸送機は福岡空港に着陸した。民航機と違って接地した時の衝撃はダイレクトに身体に伝わる。下から突き上げられるように身体が跳ね、同時に左右に揺さぶられる。あくまでも貨物機だからクッションなど二の次なのだ。わざわざ遊園地のアトラクションに乗るまでもない。

速は揺れに任せながらそんなことを思った。

C－1輸送機の後部が音を立てて開いていくと、薄暗いカーゴに光が溢れた。進藤班長の後に続いて外に出ると、「ご苦労様です」と声がした。濃紺の制服に帽子を被った二人の空自隊員がこっちを見ている。春日基地から出迎えに来てくれた管制官たちだ。

「おー、古巣の匂いだ」

河津3佐が大きく伸びをする後ろで、速は辺りを見回した。C－1輸送機が停まった駐機場の目の前に大きな半円をした格納庫があり、遠くからでも分かるように航空自衛隊と文字が描かれている。福岡空港の中には春日基地の航空部隊が分屯しているのだ。民航機の離発着場所は対岸にあり、こちらの並びには国際線のターミナルや海上保安庁の第七管区海上保安本部福岡航空基地がある。フライト前だろうか、整備員が忙しく動き回り、ヘリの点検をしているのが見える。速達は迎えに来た管制官に促されるようにそのまま空輸ターミナルを抜け、玄関先で待っている車に乗車した。春日基地はここからだいたい二十分ほどの場所にある。

移ろう景色を見ながら、前回、春日に訪れた日のことを思い返した。陸の祖父、坂上一八郎の葬儀に参列したのだ。師走も押し迫った日で、随分と底冷えした。手や足の指先が痺れ、南国のイメージのある福岡がこんなに寒いのかと意外に思ったほどだった。

一八郎の葬儀はとても盛大で、とめどなく弔問者がやってきた。そのことには陸も随分と驚いていた。亡くなってから故人の存在の大きさは分かるものだという。一八郎は世間的には無名だが、それほどまでに人を惹きつける魅力があったのだろう。おかしな表現だが、どこか明るい葬儀の雰囲気からもそれは伝わってきた。そしてもう一つ、忘れられない出来事がある。一八郎が建てた博物館の中で陸と速が口にした言葉。アグレッサーとコブラ。あの時はおぼろげでしかなかった道が、三年が経った今、現実のものとなったのだ。

春日基地に入ると、そのまま基地内にある待機所に向かった。部屋は机とベッドが置かれた殺風景なワンルーム。これはどこの基地も似たようなものだ。速は制服を脱いでハンガーに掛けると、ベッドの端に腰を下ろし、携帯を取り出した。いつものように聡里に到着したことを告げる短いメールを打った。返事はすぐに返ってきた。

【頑張って】

コブラになって出張が格段に増えた。百日弱、年間の三分の一ほどだ。巡回教導（カテゴリー3）は全国の六つの基地を一週間から十日かけて巡る。演習や戦技競技会が加われれば、さらに家を空ける日数は増す。詳しく調べていないからはっきりしたことは言えないが、これはブルーインパルスと同程度だと思われる。これだけ出張を繰り返す夫に対し、聡里の口から不満めいたことは聞いたことがない。元々不満を言うタイプではないが、有里が熱を出したり、大きめの地震があったりすると不安だと思う。それでも聡里は普段と変わらず接してくれる。そのことには心から感謝している。

「さて……」

合同ブリーフィングまでにはまだ時間がある。速は鞄《かばん》からノートを取り出し、パラパラとページを捲《めく》りはじめた。それはF－2のことを自分なりにまとめたメモだった。機体情報から性能や特性、訓練に対する注意点などが細かに記してある。陸はもちろん、速にとってもF－2との訓練は初めてだ。F－15とはすべてにおいて違う。パイロットに指示する側として、事前に頭に入れておくべきことはいくらでもある。

F－2はF－16をベースに三菱重工とロッキード・マーティンとの共同で開発された航空自衛隊の支援戦闘機だ。空対艦、空対地、空対空すべてに対応可能なマルチロールファイターであり、全天候運用能力を併せ持つ。エンジンはF110－GE－129IPEターボエンジン。二基あるF－15と違ってこちらは一基のみだが、国内の航空用エンジンとしては最大の推力を持っている。しかも、F－15と同じ600ガロンの燃料タンクを二本搭載できるため、F－15より燃料積載量は多い。CFRP（炭素繊維強化プラスチック）の主翼は最先端の技術であり、翼面を荷重低下させることによって機動性が向上している。レーダーも凄い。アクティブ・フェイズド・アレイ・レーダーの搭載により、機械的にではなく電子的に空間をスキャンし、複数の敵を同時に追跡することが可能だ。搭載兵装もバリエーションに富んでいる。AAM－3（90式空対空誘導弾）、AAM－4（99式空対空誘導弾）、ASM－1（80式空対艦誘導弾）、ASM－2（93式空対艦誘導弾）、それにGCS－1（91式爆弾用誘導装置付）赤外線誘導爆弾、Mk82通常爆弾、AAM－3、J／LAU－3 70㎜ロケットランチャーが搭載可能だ。もちろん挙げればまだまだある。

「まるでスホーイだな……」

スホーイとは旧ソ連で開発され、主に東側諸国が使用している戦闘機だ。特にSu－27の流線形をしたボディはどことなくF－2と似ている感じがする。その二つが重なり合い、こちらに向かってくる様を思い浮かべて思わず溜息が漏れた。データだけを見れば勝ち目はない。車に例えるなら向こうは最新鋭のオートマであり、こちらはアナログのマニュアルなのだ。

しかも、最大の特徴がF－2にはある。パイロット誰しもが口にする言葉、「スピード・イズ・ライフ」。空ではスピードが命だ。スピードを制する者が生き残る。F－2はこのスピードまでも操ることができる。F－15は250ノットを切ると著しく機動性が落ちる。それ以下になれば失速し、墜落する。対してF－2は低速領域にも強い。主翼にその秘密があるのだが、F－15とはおよそ100ノットほどの差がある。これはとんでもなく大きいことだ。格闘戦を行った場合、どちらが背後をとるかで延々と旋転する。その時、スピードは確実に遅くなる。やがて自由に動けなくなったF－15を撃ち落とすのはさぞ容易なことだろう。

そんな相手とぶつかってどう戦えばいいのか。

幾つかのアイディアは頭の中にある。だがそれは速の力だけでできることではない。アグレッサー達が、坂上陸が協力して初めて成功するものなのだ。

ふいに携帯が震えて物思いから覚めた。速は携帯を掴むと、四桁のパスコードを入力して画面を開いた。着信は進藤班長からの一斉メールだった。十五時四十五分、待機所の玄関に集合するようにと記されていた。

展開日の午後には必ず、部隊側との合同ブリーフィングが行われる。今回の相手は西警団の要撃管制官だ。かつてコブラがいた場所。ここの要撃管制官はコブラのクセを知り抜いているし、かなり手強《てごわ》いと聞いている。

カーテンの隙間から西陽が部屋の中に差し込んでいる。考えごとをし出して一時間近くが過ぎていた。今頃はもう、陸も築城基地に展開していることだろう。

笹木とは会っただろうか……。

アグレッサーが巡回教導に訪れた時、部隊側とは接触をしないというのは昔の話だ。会えば普通に挨拶もするし、飲みに行くことだってある。公平性を期すために部隊側との接触を一切断つ戦競とは違う。

正直、笹木に対して懐かしさはない。ほとんど話もしなかったのが実情だから。だが、陸は自分よりももっと濃い付き合いをしていたはずだ。お互い脱落せずにパイロットとして向き合えたことに、嬉しさも感じるだろう。たまにまだ、そんな彼らを羨ましいと感じることもある。以前の燃えるような屈折した気持ちはもうないが、どこかにもしもパイロットになれていたらと夢想する思いはある。もちろんこんな話は誰にもしてはいない。自分だけが持っている感情だ。速はいつしかこの気持ちを捨てずに取っておこうと考えるようになった。嫉妬心などではなく、空を目指した純粋な気持ちの欠片《かけら》。それはパイロットに指示する管制官として、大切な背骨の役割を果たしてくれるかもしれないと思っている。

速はノートを閉じると物思いを振り切るように椅子から立ち上がり、身支度を始めるために洗面所へ入っていった。

3

速が待機所で物思いに耽《ふけ》っている頃、陸は築城タワーの管制官の指示に従ってブルーマーダーを滑走路に着陸させた。着陸間際、少し強めの横風が吹いていたので、流されないようにあえて角度を深めに突っ込んだ。ドスンという衝撃がコクピットの中まで広がっていく。

「ナイス・ランディング」

管制官が無線で伝えてきたが、案の定、後部座席から「おいおいおい」と非難めいた声が上がった。

「あれ、もしかしてビビりました？」

わざとらしく陸がからかうと、「お前の下手くそさにな」とガンモが負けじと憎まれ口を返してきた。

福岡県の北東部にある築城町。中国地方から北部九州の防空を担う築城基地第８航空団がある。部隊の再編に伴い、天狗《てんぐ》マークが印象的だった第３０４飛行隊は那覇基地へ移転し、代わりに三沢基地から第８飛行隊が転属してきた。元々あった第６飛行隊と合わせ、今はＦ－２の２個飛行隊態勢となっている。

陸はタクシーウェイをゆっくりと移動しながら、初めて訪れた、故郷にあるもう一つの基地を眺めた。エプロンでは整備員達が続々と到着するアグレッサーに向かって手を振っている。陸も手をあげてそれに応えた。アグレッサーの巡回教導は、特別なことがない限りパイロット全員が参加する。陸も着隊してからすぐに那覇に向かった。もちろん、教導資格を得ていなければ操縦することはできない。ガンモと同じように後席に座り、訓練中はひたすら周囲の安全確認に努めていた。

二年前、速と共に「レッドフラッグ・アラスカ」に参加した。アラスカ州のアイルソン空軍基地をベースに、アメリカ空軍や軍事同盟国、また、アメリカの友好国など数ヵ国が参加して、日本では考えられないほど現実的な空戦演習が行われる。参加部隊はブルーフォース（青軍）という連合軍を形成し、レッドフォース（赤軍）との戦闘を行う。陸は二週間の開催期間の中で、お金では買えないほど沢山の経験を積むと同時に、世界には凄《すさ》まじいまでの腕を持つパイロットが無数にいることを肌で知った。同時に、アメリカ空軍のアグレッサーが完璧な敵役を演じていることに驚きもした。一切の容赦などなく、隙を与えれば確実にそこを突いてくる。まるで実戦かと見紛《みまが》うばかりの迫力に、精神はすり減り、体重は一気に6キロほども落ちた。それでも陸は楽しかった。英語はほとんどできないが、世界のパイロットと一緒に空を飛んでいるという高揚感が常にあった。

だが、日本のアグレッサーはそれとは少し違う。教導訓練の場においては、アグレッサーが絶対的に飛行の安全を確保しながら、部隊のパイロットのレベルに合わせて仮想敵を演じる。後席の役どころは偏《ひとえ》に安全確保に限られている。これは日本独自のスタイルと言っていい。

整備員が掛けてくれたラダーを使って地上に降り立つと、陸はふっと息を吐いた。着陸の時には邪魔でしかなかった風が、汗ばんだ身体にとても心地良く感じる。その時、視線を感じた。格納庫の左端に人影が見える。腕を組んで壁に寄りかかった飛行服姿の男。陸はそれが誰であるのかすぐに分かった。

笹木さん……。

気取ったポーズは脇に置いておくとして、一応出迎えに来てくれたようだった。だが、陸はすぐに視線を逸らすと、格納庫に向かって歩き出した。かつての仲間を訪ねてきたわけじゃない。戦いにきたのだ。笹木がじっとこっちを眺めているのは分かってはいたが、陸は最後まで無視して格納庫の奥へと入っていった。

一時間後、アグレッサーは全員で待機所から第8飛行隊の庁舎に向かった。時刻は三時半を過ぎているのに、降り注ぐ太陽の光は強い。陸と同じことを考えていたのか、ホッパーがふいに「明るいな」と呟いた。

「この時間なら、小松はもう夕方って感じですよね」

小松では、三時を過ぎた辺りから急に夕方を感じさせる光に変わる。冬場は特にそうだ。それに随分と暖かい。福岡はやはり南国なのだとあらためて思う。

庁舎の中を進むと、そのまま二階のブリーフィングルームに入った。そこには明日から訓練を行う第8飛行隊の面々がすでに顔を揃えていた。アグレッサーの姿を見た途端、全員が一斉に立ち上がる。ピリピリとした雰囲気が部屋の中に充満していることは、周りから鈍感だと言われる自分でさえ感じることができた。

「第8飛行隊長、津上《つがみ》です」

「飛行班長、多和田《たわだ》です」

「教導隊長、尾方《おがた》です」

「同じく飛行班長、阿部《あべ》です」

「明日からよろしくお願いします」

津上が言うと、それが合図だったかのように第8飛行隊の面々が揃って頭を下げた。

部隊側との合同ブリーフィングはシンプルだ。顔合わせと意思統一が趣旨なので、淡々とした説明が続く。陸は部隊側の隊員の説明に耳を傾けながらも、目だけをそっと動かした。第8飛行隊が陣取っているちょうど真ん中辺りに、足を組んで椅子に身体を深く沈めた笹木隆之の姿が見える。さっきは遠目だしよく分からなかったが、髪は短く、日焼けしているため、随分と精悍《せいかん》になったように見える。身体もひと回り大きくなったように感じる。やはり笹木もF－2のパイロットとして鍛錬の日々を送ってきたのだろう。それが感じられるような変化だった。ただ、それは外見の話だ。内面がどれほど変わっているか、本当の興味はそっちにある。

笹木と飛んだのは随分と昔のことになる。防府北、芦屋《あしや》、浜松。チャーリーとして何度も同じ空を飛び、時には編隊を組んだ。笹木の操縦技術は飛び抜けて上手いとは思わなかったが、常に安定していた。体調が悪い時でも、天候がすぐれない時でも、ブレ幅が少ない。一定のラインを維持していた。だから、評価も中か、それより上が多かった。そんな笹木がF－2に乗り、どんなパイロットになっているのかはもうすぐ分かる。

訓練は五日間を通して行われる。一日二回、午前と午後の計十回。内容はその時々によって異なるが、1VS1から多数機戦闘まで多岐にわたる。一度のフライトでだいたい一時間。誰が前席に乗り、誰が後席に乗るかはすべて訓練幹部のホッパーやノブシによって決められ、飛行班長と隊長が認可する。

合同ブリーフィングは三十分ほどで終了した。陸が席を立って廊下へ向かおうとした時、「随分な感じじゃねぇか」と後ろから声がした。陸と同時にガンモが振り向き、「誰？」と怪訝《けげん》な顔をする。陸は「同期です」と答えると、ガンモに先に戻ってくれと告げた。

先ほどまでぎっしりと人で溢れていたブリーフィングルームは陸と笹木だけになった。いつの間にか西に傾いた太陽の光で笹木の顔が赤く染まり、昔絵本で見た鬼のようだと思った。

「人がせっかく、昔のよしみで出迎えてやってんのに、完璧無視とはよ」

「懐かしがるためにここに来たわけじゃないですから」

陸の言葉に笹木がフンと鼻を鳴らした。

「お前がアグレッサーね」

笹木はジロリと一瞥《いちべつ》すると、「大したもんだ」と言った。

「用はなんです？」

「別に。なんもねぇよ」

陸は頭を掻いた。あきらかに笹木は拗《す》ねている。もともと拗ねやすいタイプではあるのだが、挨拶をしなかったことがよほど頭にきているらしい。

「俺は笹木さんのこと、別に嫌ってて挨拶しなかったんじゃないですからね。戦う相手として、ちゃんと間合いを取った方がいいと思ってるだけです」

「ほう。間合いときたか」

笹木は大袈裟に驚く素振りをした。

「なるほど。身も心もアグレッサー様ってワケだ。そりゃ失礼しました」

「相変わらず嫌味な言い方ですね」

「俺は昔っからそういう奴だ。でも、お前は変わったな」

ギクリとした。

「……別に変わってませんよ」

「変わったさ。昔のお前なら、犬っころみたいに笑って、笹木さん！って駆け寄って来てたはずだしな。組織がどうとか、決まりがどうとかじゃなくて、思いっ切り感情で動く奴だったからな」

「そうしてほしかったんですか」

「そうじゃねぇよ」

笹木は横を向いた。

「ただな……」

「なんです？」

笹木は溜息交じりに「まぁいい」といった。

「お前には一発ぶんの借りがある。これで心置きなくブッ倒せるってもんだ」

一発ぶんの借りとは、笹木と初めて会った時、陸が殴ったことを指しているのはすぐに分かった。

「できますかね」

「舐めてんのか。こっちはマルチロールだぞ。対艦も対地もできる。F－15にそれができねぇから、空対空に付き合ってやってるんだろうが」

これは笹木の言う通りだ。訓練は空対空のみで行われる。F－15は空対地の能力は一部のみ、空対艦に至っては備えていない。よって空対空しか教導はできないのだ。

「確かに笹木さんは変わってませんね」

尊大な素振りも、嫌味な物言いも。それが笹木という男だ。だが、心がザラリとした。自分だけならまだいいが、アグレッサー全体が馬鹿にされるのはいただけない。笑って済まされないという気持ちが湧いた。

「たとえF－2がF－15より性能が上でも、それを操るのは人ですから」

笹木は黙った。そしてじっと陸を見つめた。

「お前……ほんとに坂上だよな」

「明日からの訓練、楽しみにしてます」

陸はそれだけいうと踵を返し、廊下に出た。もしも笹木が僅かなミスでもしようものなら、遠慮なくキルしようと思った。それが笹木には一番の薬になる。ひいては教え導くことに繋がるのだ。

翌朝九時四十分、陸は黒、茶、黄土で迷彩塗装を施した、通称マダラ3号の後席に搭乗して築城基地を飛び立った。初戦で前席に乗ることは叶《かな》わなかった。でもこれは訓練幹部が決めたことだ。従わなければならない。

マダラ3号はかつての浜名の愛機だった。その機体に自分が乗っていることに、今でも違和感と若干の抵抗がある。操縦するのはアグレッサーの中堅、訓練幹部の下塚《しもづか》進《すすむ》1尉。髭《ひげ》が濃く、髪の毛も剛毛で目付きも鋭いところから、ノブシと呼ばれている。すぐ前をホッパーの操縦するミドリガメが飛んでいる……はずだ。しかし、基地周辺には低層雲が広がっていて、先行するミドリガメはすぐに雲に隠れて見えなくなった。しばらく雲の中を突っ切るように高度を上げていく。機体がガタガタと上下に揺れる。やがて、白い薄雲のベールを抜けると、唐突に光が溢れる。そして、どこまでも広がる青い世界が現れる。

これまでにこの光景を何度も見た。でも、飽きることがない。毎回、記憶がリセットされているみたいだ。新鮮に感じる。本当に綺麗だ。ふと、身体から意識が抜け出して、そのまま空へ吸い込まれそうな感覚になる。このままどこまでも飛んでいきたい。抗《あらが》いがたい感覚に陥る。

「Pエリアまで8マイル」

無線を通してコブラの声がした。ぐいっと意識が引き戻され、陸はコクピットの中にいる自分を感じた。

夢想してる場合じゃない……。

呼びかけた声の主は速じゃなかった。これは本川2尉の声だ。本川2尉は口数こそ少ないが、指示は的確だ。ただ、パイロットに冒険をさせることはあまりない。どちらかというとセオリー通りのタイプという印象がある。陸はGホースのチェックボタンを押すと、Gスーツに空気が装塡されることを確認した。グッと太ももが締め付けられる。問題なしだ。

再び「インエリア」と本川2尉の声がした。訓練空域に入ったのだ。

「ライト・ゴー」

編隊長を務めるホッパーの声が無線を通して聞こえる。ホッパーが機体を傾けた。続けてノブシも同じように機体を倒す。ググッと全身にGがのしかかり、これが戦闘機だということを否が応でも思い起こさせる。

「リバース・ゴー」

続いてマックスGのウォーミングアップ。それまでとは比べ物にならない圧が全身を襲い、陸の口から「ウウウッ」とせり上がるような呻き声が漏れた。機体を水平に戻すと、「飲み過ぎか」と声がした。

「違いますよ」

「どうだかな。あっちにお前の同期がいるんだろ」

ノブシが笹木のことを指しているのはすぐに分かった。

「確かに話はしましたけど、飲んで仲良くって感じにはなりませんよ。だってここには教導で来てるんですから」

「おう、いいねぇ」とノブシは笑い、「今日は振り回すぞ」と宣言した。

もちろんだ。相手はF－2であり、笹木なのだ。残念なのはただ一つ。自分が操縦できないことだけだ。

「一切、手を抜かないでくださいよ」

陸が答えると、「てめぇ、誰に言ってんだ」とノブシが笑った。

いつも使っている広大なGエリアと比べればPエリアは随分と狭い。でも、どこか懐かしい感じがするのは、かつて訓練をしていた頃の空を思い出させるからかもしれない。それはノブシも、ホッパーも同じはずだ。だから、つい冗談も出る。

「私語はそれくらいに。気象状況を報告せよ」

「五島列島の上空は薄雲が広がっている程度。視界は良好。訓練に支障なし」

「ラジャー。ライト２４０《ツー・フォー・ゼロ》・ゴー・ＡＧＲポイント」

本川２尉からオーダーがくる。

「ライト２４０《ツー・フォー・ゼロ》」

ノブシが機首を東北東に向けた。今頃、築城基地からはF－2の四機編隊が飛び立っている頃だ。相手は誰だか分からない。相手もこちらが誰だか分からない。これは先輩や後輩、同期に変な気遣いをさせないためだ。

五分後、「スタート・ミッション」の合図で、４VS２《フォー・バイ・ツー》の訓練が始まった。

「高度は２万２０００ｆｔ。０６０度方向より右に二機、左に二機の隊形で接近」

本川２尉の報告を受け、陸は頭の中に相手の隊形を思い浮かべた。この隊形はフルード・フォーと呼ばれるものだ。互いの距離が近く、戦力を集中させやすいので攻撃力がある。反面、防御機動に移る際には制限がかかる。

どう攻めてくる……？

頭の中ではそんなことを思うが、後席の役割は戦闘ではない。安全確認だ。ひたすら周りを注意して、事故が起こらないように気を配らなければならない。それもアグレッサーの重要な役割である。だが……本音をいえば、自分も戦闘に参加したい。見ていることで覚えることは山ほどあるが、やはり戦闘機は自分で操縦してこその機体だ。

「さぁ、来やがれ……」

ノブシが呟く。だが、ホッパーは動かない。しばらくは相手の行動を窺《うかが》い、意図を確認しようということだろう。ノブシはぴたりとホッパーの後方に付く。こうしている間にもお互いの距離は凄まじい速さで接近している。じりじりとした時間が流れる。と、互いの距離が１００㎞を割ったところでけたたましくアラームが鳴った。ロックオンされたのだ。表示にはミサイルのシンボル「Ｍ」が表示される。

「いきなりＡＡＭ－４かよ！」

ノブシが唸った。ＡＡＭ－４とは中距離空対空レーダーミサイルのことだ。射程はおよそ１００㎞であり、アクティブレーダー誘導で対象を自動的に追尾する。このミサイルはＦ－２の主装備であり、こちらにはない。今頃、Ｆ－２はその場から離脱し、悠々と次の攻撃隊形を整えているはずだ。

もちろんこれは実弾ではない。模擬弾でもない。なんであれ味方に向けて弾を撃つことは絶対にない。あくまでもシミュレーションだ。とはいえ、ロックオンされればアラームは鳴るし、コクピットの中での緊張感は高まる。

「舐めんなよ！」

ノブシが急旋回した。頭の中でミサイルの飛んで来る方向を想像しながら、ミサイルに対して常に自分の機体を90度の位置に置く。こうすることで回避率が大幅に高まる。とはいえ、これだけでは十分に躱《かわ》せたとはいえない。ノブシはすかさず速度を回復させながらチャフを撒《ま》いた。空に銀色のきらめきが広がっていく。これでＡＡＭ－４は攪乱《かくらん》され、撃墜判定を受けることはなくなった。

すげぇ……。

陸は震える思いでその様子を眺めた。頭の中でのイメージ、それに対する操縦の的確さと素早い対処。同じ部隊ながら、彼我の差を感じずにはいられない。

「ざまぁみろ」

ノブシが豪快に笑った。だが、笑いながらも常に顔は忙《せわ》しなく左右に振られている。

陸も同じように周囲に視線を走らせる。距離はすでに10マイルを切った頃だ。そろそろ肉眼で見える位置にまで来ている。だが、F－2の姿はどこにも見えない。F－2はF－15と違って薄っぺらく出来ている。そのため、正面からはなかなか見えにくいと、以前速が話していたことを思い出した。

「くそ、どこだ！　コブラ！」

ノブシが本川2尉に呼びかけた。

「レフト040、ミドリガメが囲まれた」

本川2尉の声が響く。操縦に全神経を傾けているノブシとは違って陸には余裕がある。レーダーを見ると、三機に囲まれたホッパーの機影が映っている。AAM－4を撃ってこちらの隊形を崩し、その隙に長機であるホッパーを倒す。そういう作戦だったのだ。

「今、行く！」

ノブシはアフターバーナーを全開にしてミドリガメが交戦している場所へ向かった。だが、信じられないことに辿り着く前に「ミドリガメ、ショットダウン」と非情の宣告が下った。

「え……」

信じられない。戦いはまだ始まったばかりだというのに……。

しかも、操縦しているのはあのホッパーだ。何が起こったのか分からない。陸の脳裏に笹木の自身たっぷりな顔が浮かび上がる。Ｆ－２の性能はなんとなくは知っている。だが、そうはいってもこちらはアグレッサーだ。空対空なら負けるはずがないと思っていた。

「ノブシ、気をつけろ。すぐ近くに一機いるぞ」

「マジか！」

ノブシが周囲に視線を飛ばす。もちろん陸もそうした。前後左右、上を見た。だが、何も見えない。

「おい、どこにもいねぇぞ！」

その時、陸の身体にゾクリと嫌な気配が這《は》い上がった。後席から身を乗り出すようにして下を見る。雲がなく、真っ青な海が広がっている。それだけだ。でも、何かを感じる。その時、ほんの一瞬だけ、波の反射とは違う光が見えた。

「下だ！」

陸が叫ぶと、ノブシはすぐさま下を覗き込み、機体を傾けて回避行動を取った。だが、下を覗き込んだ分だけ初動が遅れた。急上昇してきたＦ－２にすれ違いざまにミサイルを撃ち込まれる。

「マダラ３号、ショットダウン」

「くそぅ！」

ノブシがキャノピーの内側を拳《こぶし》で叩いた。

これがF－2か……。

陸は悠々と遠ざかっていくF－2の青い機体から目が離せなかった……。

第三章　閃光《せんこう》

1

いつもは長時間に及ぶ飛行後のデブリーフィングだが、今回は実にあっさりと終わった。なにしろ、アグレッサー二機が撃墜《キル》され、先方は無傷。褒めることはあるにしても、教え導くことは何もない。もしやと思っていたがその中に笹木の姿はなかった。ほっとすると同時に、そんな風に感じてしまう自分が嫌だった。

デブリが終わり、全員が部屋から出て行った後も、一人残ってホワイトボードの航跡図を眺め続けた。これを書いたのはＦ－２のフライトリーダー《四機編隊長》だ。巡回教導では部隊側のパイロットが航跡図を書き、それをアグレッサーが修正していく。時に諭すように、時に活《かつ》を入れようと厳しく。それが教導だ。だが、今回は何もない。こんなことは陸がアグレッサーになって初めてのことだった。

陸は腕組みをして、航跡図を見つめながら、もう一度今日の訓練の機動を頭の中に思い描いた。くっきりと残っている記憶と航跡図を照らし合わせてみると、想像でしか分からなかった相手の意図が浮かび上がってくる。

最初に中距離ミサイルでアグレッサーの編隊を崩す。崩したところを間髪入れずリーダー機に襲いかかる。三機でだ。こちらのウイングマンが体勢を立て直し、戦闘に参加する前に確実にキルするために。さすがのホッパーも三機を相手に持ち堪《こた》えるのは難しかったようだ。そしてここにはもう一つの意図がある。ホッパーを瞬殺することで、ウイングマンを務めるノブシの焦りと動揺を誘うこと。注意が削《そ》がれたところを密《ひそ》かに残りの一機が真下から襲う。ここにも巧みな仕掛けがある。パイロットは管制官から敵機が側《そば》にいることを告げられると、どうしても周囲、上を見る癖がある。百人中、最初から下を気にする者は五人といないだろう。F－2の性能、搭載している武器、パイロットの心理を巧みに読んだ連携。どれをとっても憎らしいほど緻密な作戦だった。

陸はギリッと爪を噛んだ。

アグレッサーがこんなにまで、赤子の手をひねるように負けるなんて……。

そんなことはあってはならない。

ならばどうすればいい？　F－2に勝つにはどう飛べばいい？

「悔しいか」

ふいにドアの方から声がした。顔を向けると、笹木が薄く笑みを湛《たた》えて、ゆっくりと近づいてきた。

「だから言ったろう。こっちはマルチロールだってな。これは実力のほんの一片だ。本気でやりゃまだまだこんなもんじゃねぇ」

「笹木さん、飛んでないじゃないですか」

そんな些細《ささい》なことしか返せない自分が情けなかったが、黙って聞き流していられるような気分ではなかった。

「へぇ、そうかい」

笹木がニッと口角を上げた。昔から何度も見ている、相手を馬鹿にしている時の表情だ。これ以上笹木と喋っていると自分も何を口走るか分からない。陸は椅子から立ち上がると、歩き出した。

「おっと待った」

「なんです？」

「ウチにはルールがあってな」

「ルール……？」

「負けた方が綺麗に片付けなきゃなんねぇ」

笹木はホワイトボードを指さした。

そんな話は聞いていない。ましてやこっちは教えるべき立場、いわば教師だ。教師に向かって片付けろなどあり得ない話である。陸はしばらく鋭い視線で笹木を見つめた。無視してそのまま立ち去ることもできたが、そうはしなかった。立ち上がってグリペン専用のイレーサーを摑むと、ゆっくりとホワイトボードの端からなぞり始めた。笹木はその様子をしばらく眺めていたが、「あとはよろしくな」と告げて立ち去った。陸は返事をしなかった。

教導もできない。言い返すこともできない。アグレッサーになってこんなに惨めな思いをするのは初めてだ。これまでは相手を諭すためにわざと負けることはあっても、勝ちに行って遅れをとることなどは一度もなかった。だが、そのことでホッパーもノブシも悔しさを露《あら》わにする様子はなかった。むしろ、素晴らしい作戦だと言った。潔く負けを認め、相手を褒める。しかし、陸には二人の態度が我慢ならなかった。負けては意味がない。勝ってこそ、教え導くことができる。それが崩れればアグレッサーなんて必要ない。むしろ、F‐2部隊の方がその役割をするべきだと思えてしまう。

一八郎の三回忌で帰省した時、陸はしばらく一人で博物館の中で過ごした。あらためて飾られた品を一つ一つ眺めていくと、これまで気づかなかった一八郎の思い《い》がじわりと沁み込んでくるような気がした。一八郎が着ていた茶色の第一種航空衣袴《こ》、革製の手袋もゴーグルも、どれも使い込まれてボロボロになっている。陸は手を伸ばして航空衣袴に触れた。内側に貼られていた兎《うさぎ》の毛はほとんど抜け落ち、薄い布の感触だけが手元から伝わってくる。こんな装備を身に着けて、毎回空に上がっていたのだ。

それから、一八郎の雑記帳を引っ張り出した。いつ頃から書き始めたのか分からないが、随分と黄ばんで変色したものもある。陸は比較的新しいものを手に取ると、椅子に座ってページをめくった。そこにはお金の計算から食べたもの、演歌の歌詞や仲間との旅行のスケジュールまで書き連ねてある。汚い字で書きなぐられ、間違いを指でこすって消した痕もある。どうやらこれは一八郎の日記であり、スケジュール帳であり、出納帳でもあったようだ。パラパラとページを先に進めると、詩のような一節に目がとまった。【空を飛ぶ者よ】という書き出しで始まる一文は、ノートの真ん中に、鉛筆で太く、押し付けるように書かれていた。

空を飛ぶ者よ

強さを厭うな
空では強くなければならない
強くなければ、家族も仲間も、己も守れない
空を飛ぶ者よ、忘れるな
弱きは罪だ

この詩がいつ、どんな状況で書かれたのかは分からない。でも、アグレッサーに配属された陸にとって、この詩は天啓のように感じた。一八郎から自分の思いを継げと言わ

れているような気がした。

「空を飛ぶ者よ、忘れるな。弱きは罪だ……」

ホワイトボードをなぞりながら、一八郎の書いた言葉が口をついて出ていた。

その時、唐突に、浜名零児の顔が浮かんだ。空自に入って沢山の人に出会った。嫌な人間も少なからずいたが、浜名ほど最悪だと思った存在は一人もいない。だが、自分がアグレッサーという立場に立ってみると、浜名の印象が自分の中で少しずつ変化しているのを感じる時がある。

浜名はアグレッサーを離れたあと、宮城県東松島《ひがしまつしま》市にある松島基地に異動になった。今は第11飛行隊、かつて父親の護が隊長を務めていたブルーインパルスの一員になっている。これまでアグレッサーからブルーインパルスになった人は三人。その内の一人が浜名だ。異動する際にはかなり揉《も》めたそうだ。アグレッサーの前隊長、西脇2佐にも楯《たて》突《つ》いたと聞いた。

浜名は絶対に負けることを良しとはしなかった。なにしろ空は死に場所だと言い切るくらいの男だ。陸は今でもその考えには賛同できない。でも、それがアグレッサーとしての浜名の覚悟だったのかもしれない。威圧感。妥協を許さない訓練。他人にどう思われようと構わないという姿勢。浜名は全身全霊で敵だった。他人に恐怖を与え、高い壁となり、容赦なく襲いかかる空の怪物。実際、アメリカ空軍のアグレッサーもそうだった。空で相対した時、本気で殺されると思わされるくらいの圧迫感を放っていた。それがひいては自軍を強く導くことに繋がる。

そして、俺も浜名さんを倒すために強くなった。

理由はどうあれ、結果的に浜名は陸を育て、アグレッサーへと導いたのだ。

やっぱりそうだ。相手を褒めるなんてあってはならない。アグレッサーが負けるなんてあってはならないんだ。常に強く、畏怖される存在でなければならない。

陸が303のフライトリーダーを五十一秒間ロックオンし続けたことを速はたしなめた。「あのフライトリーダーに残ったものは、二度とこんな失敗はしないという決意より、お前に対する恨みだけだ」と言った。あの時は酒も入っていたし、多少ムキになって言い返した部分もある。でも、やはりそれでいいのだ。陸を恨むことでフライトリーダーが強くなりさえすればそれでいい。強くなる理由はなんだって構わない。ただ強くなればいい。

それがアグレッサーの使命なんだ……。

陸は手を止めた。まだ、消し残しが半分以上あったが、ぽんとイレーサーを机の上に投げ捨てた。こんなことをやってはいけない。これは負け犬がすることだ。

笹木さん、文句があるなら空で聞いてやる。

陸はブリーフィングルームを後にした。

夕食を手早く切り上げて側にあるBXに立ち寄った。そこで酒の棚を物色していると、視線を感じて顔を上げた。基地の隊員や店員が物珍しそうにこっちを見ている。アグレッサーが巡回教導のために築城基地を訪れていることは誰もが知っている。そんな中、ドクロマークのワッペンを付けたパイロットが、夢中になって酒を探しているのが奇妙に見えるのかもしれない。陸は無視して棚の中から酒瓶を手に取ると、足早にレジに進んだ。

待機所には帰らずに格納庫《ハンガー》へと足を向ける。湿った空気が身体にまとわりつき、夜空を見上げると月は薄い雲に覆われている。明日は雨になる公算が大だ。小雨ならばいいが、しっかりとした雨が降れば訓練は中止になる可能性が高い。いつもならそれは残念で仕方がないが、今は恵みの雨となるかもしれないと思う。

第8飛行隊の格納庫に近づくにつれ、明かり取りから煌々《こうこう》と照明が漏れているのが見えた。何かの整備作業をしているらしき音もしている。巡回教導で基地を訪れる場合、ホスト側が格納庫や待機所を提供する決まりになっている。アグレッサーはパイロットだけでなく整備隊も一緒に移動する。格納庫には陸達が使う機体がF－2と横並びで置かれている。エプロン側から中を覗き込むと、白と黒の迷彩塗装が施された通称ブル（昔は「牛くん」と呼んでいたそうだが）の機体にラダーを掛けて、整備作業を行う人影が見えた。

「お疲れ様」

下から声をかけると、若い整備員は振り返りざま、「あ！」と甲高い声を上げた。あまりの驚きように、「ごめん、脅かすつもりはなかったんだけど……」。

「いえ！」

若い整備員は慌てて帽子を取った。途端、ポニーテールにまとめた髪がピョンと弾むように飛び出した。よく陽に焼けていて化粧っ気がないから分からなかったが、女性隊員《WAF》だった。目が大きくてリスみたいな感じがする。

名前はなんだっけ……。確か、大下とか木下とか……。

整備員も百人近くいるからすべての名前を覚えているわけではない。速なら「言い訳だな」と指摘するだろう。実際、仲間の名前は覚えるに越したことはないのだが、どういうわけだか昔から名前と顔を覚えるのが苦手なのだ。

「すみません、まだブルーマーダーの方は――」

手付かずだと言いたいのだろう。

「違うんだ」

陸は手を振ると、「整備隊長は」と尋ねた。

「整備員待機室にいらっしゃいます。呼んできます」

素早くラダーを駆け下りると、そのまま駆け出そうとする。

「自分で行くから」

「いえ、ご案内します」

女性整備員はきっぱりと答えた。ふと、陸の持っているレジ袋に視線が向く。袋からは酒の箱が透けて見えており、明るい表情が途端に心配そうな顔に変わった。

「何かありましたか……」

パイロットが整備隊にお酒を持ってくる時は、大体が謝罪だということを知っているのだろう。

「あぁこれ？　差し入れだよ」

「そうでしたか！」

表情が豊かでくるくると変わる子だ。

「こちらへ」

女性整備員はそのまま陸を先導するように格納庫の端へと歩き出した。

整備員待機室のドアをくぐると、ソファにどっかり腰を下ろし、テレビを観ているオールバックの男の姿が見えた。

「隊長、坂上2尉がお見えになりました」

須山《すやま》3佐が「なんの用だ」とテレビに視線を向けたままで尋ねた。陸は即座にBXで買った袋を差し出した。須山3佐は受け取ると、袋の中から箱を取り出し、「竹鶴の17年じゃねぇか」と言った。

「差し入れです」

「嘘つけ」

須山3佐が顎をしゃくる。座れという合図だ。陸は「失礼します」と、向かいのソファに腰をおろした。

「お前らが酒の差し入れをしてくる時は大概が面倒ごとだ」

須山3佐は箱を開けて、中身を取り出し始める。それを見てか、女性整備員は整備員待機室を出て隣の部屋へ行った。

「それで？」

「F－2のことを教えてほしいんです」

陸が真面目な顔をして切り出すと、須山3佐はニヤリと笑った。

「随分、こっぴどくやられたそうじゃねぇか」

「笑い事じゃないです……」

「だよな。天下のアグレッサー様があっという間に二機とも撃墜されたとあっちゃぁ、これからの巡回教導にも支障が出るってもんだ」

そばにいる数人の整備員も思わず苦笑いを浮かべる。

「でも、なんで俺んところなんだ？　ここは15の砦《とりで》だぞ。知りたきゃ向こうの整備員に聞くなり、資料を調べるなりすればいいだろう」

確かにそれも考えた。でも、第8飛行隊の整備員に尋ねるのは論外だ。となると資料を見るということになる。どの基地にも広報などを担当する渉外室というものがあり、そこへ行けば各種パンフレットや「航空ファン」などの雑誌、ビデオなど一式が揃っている。F－2の資料を借りたいと申し出れば対応はしてくれただろう。

「文字では生きた情報が手に入らないと思ったんで」

「正直に言え」

須山3佐がずいと顔を寄せてきた。

「お前、座学が苦手なんだろう」

それもバレてたか……。

陸は頭を掻いた。

「俺にF－2のことを教えろって聞いてきたのは、二人目だな」

「二人目……？　誰です？」

「ゼロだ」

浜名さんが……。

「我が道を行くことにしか興味がねぇくせに、そういうところだけは貪欲な奴だからな。15乗りはF－2のことを通り一辺にしか知らねぇ。性能に関しても他人様に語れるほど詳しくねぇ。だから、体験搭乗できるように運用に根回ししろだの、整備で機体をバラす時にこっそり見せろだの、そりゃぁもうしつこかったぜ」

言葉とは裏腹に、須山3佐の物言いにはどことなく愛情が感じられた。と同時に、浜名も同じように考えていたことに軽い衝撃を受けた。F－2は強い。だからこそ、相手を掘り下げ、その上を行く方法を見つけようとしたのに違いない。これまで浜名のことを怒りに任せてきちんと捉えようとはしてこなかった。アグレッサーのプライドや存在を守るために、浜名は浜名なりに考えていたのだ。

「あいつがどんなやり方を見つけたか、教えてやろうか？」

須山3佐が悪戯《いたずら》っぽく問いかけた。

「いえ……。それは自分で見つけたいと思います」

丁度そこへ、さっきの女性整備員がお盆にグラスを載せて戻ってきた。

「痒《かゆ》い所に手が届く。整備員はこうでなきゃな」

須山3佐に褒められて女性整備員が照れたように笑いながら、持ってきたグラスを須山3佐と陸の前に置いた。

「ここではマズいですよ……」

「いいから付き合え」

須山3佐は有無を言わせず、自分と陸のグラスに半分ほど竹鶴を注いだ。互いに軽くグラスを掲げると、コツンと触れ合わせて一気に飲んだ。すっきりした甘さが口の中に広がり、続けて複雑な香りが鼻から抜けていく。喉から腹へは焼けるような熱が流れ落ちていくのを感じる。

「かぁっ……」と思わず声が漏れる。須山3佐は「いいねぇ」と呟いたあと、「宮下《みやした》」と名前を呼んだ。途端、「はい！」と弾《はじ》かれたように女性整備員が返事をした。

「サードにF－2のことを教えてやれ」

「え……でも……」

陸は驚いて宮下と呼ばれた女性整備員を見た。

「俺が推薦するんだから心配いらん。それにな、宮下はうちに来る前、築城《ここ》の整備小隊にいたんだよ」

宮下はニコリと微笑《ほほえ》むと、「よろしくお願いします。坂上2尉」と頭を下げた。

「サードでいいよ」

「でも……」

「本人がいいって言ってんだから遠慮すんな」

「はい。サード……さん」

「さんもいらない」

「じゃあ……サード」

陸はあらためて須山3佐に礼を言うと、宮下に伴われて再び格納庫に向かった。


携帯が鳴ったのはベッドに入ってまどろみかけている時だった。

読みかけの推理小説はまだ片手に持ったままだ。高岡速は眼鏡を掛けると携帯に手を伸ばした。表示は「サード」となっている。長い間、互いに連絡先を教え合うことはなかったが、飛行教導群に着隊してからは事情が変化した。頻繁に情報をやり取りする必要が出てきたため、速から連絡先を教えたのだ。

聡里が買ってくれた目覚し時計を見た。時刻は十一時を過ぎている。出るべきか無視

するべきか。数秒迷ったが、

「なんだ？」

通話ボタンを押しざまに言うと、「夜分遅くすみません。……寝てました？」と夜に似合わない弾むような声がした。陸と話をするのは先日の小松出張以来だ。あの時は若干気まずい思いをしながら別れたはずだが、どうやらそんなことはすっかり頭から消え去っているらしい。

「寝ようとしていたところだ」

「間に合った」

こちらの不機嫌な声を聞いても何も感じている気配はない。

「ちょっと待て」

速は上半身を起こして壁に寄りかかると、「ふざけた用ならすぐに切る」と宣言した。

「訓練のことで相談したいことがあって」

陸は勢い込んで話し始めた。かつてF－2の整備を担当していた整備員から機体の性能についてのレクチャーを受けたようだった。今更かとも思わないでもないが、陸にしては上出来だ。

「お前の言いたいことは大体分かった。というか、それくらい事前に調べておくのが普通だと思うがな」

「まぁそうなんですけどね。でも俺、必要にかられないとやらないところがあるじゃないですか」

「それは負けたことを指してるのか」

少し意地悪な質問だと思ったが、夜中に起こされたのだ。これくらいの物言いは構わないだろう。

「そうです……」

途端に陸の声のトーンが落ちた。まったく分かりやすい奴だ。

「それはこっちも同じだ」

速はそう言うと、デブリーフィングの一件を手早く伝えた。

デブリでは河津3佐が本川2尉を責めることに終始した。陸が「下だ！」と叫ぶ数秒前に、コブラが見ているレーダープロットからF－2の機影が消えていたのだ。映るべきものが映らない。事前に何度も検討を重ねていたF－2の攻撃機動。そこから予測できるものは、一気に高度を落とす可能性だった。速はその可能性に気づいていたが、本川2尉を差し置いて口を出すわけにはいかなかった。

「やっぱり高岡さんは気づいていたんですね」

「確信はなかった」

本川2尉の名誉のためにもそう言うに留めたが、瞬間的に下だと感じたのは事実だ。

「それに、午後の訓練も結局は引き分けにしかならなかった。何度かチャンスはあったが、それを活かせなかったのは俺のミスだ」

二度目の訓練は2VS2だった。コブラ側は自分が担当した。相手からキルされることはなかったが、こちらも手を出しあぐね、結局は時間切れになったのだ。

「話はこれで終わりか」

ここまでですでに二十分ほどが経過していた。集中力を高く保ち続けるには睡眠が何よりも大事だ。だから、きっちりと眠る。ベストパフォーマンスを引き出すためには常日頃から己を律しないと無理だということは、経験上分かっている。

「いえ、ここからが本題です」

まだ続くのか……。

「次に俺が操縦で、高岡さんがボイスを担当する時、試してみたいことがあるんです」

「試したいこと?」

「俺をF－2だと思ってオーダーしてもらえませんか」

とっさには陸が何を言っているのか分からなかった。

「……どういう意味だ」

「F－15とF－2、一対一なら機動性能がF－2の方が上なのは分かりました」

「それとお前をF－2だと思ってオーダーすることになんの関係がある?」

「デコイです」

デコイ……。

「一機だけ妙な飛び方する機体があれば相手は気になります。気になれば今日みたいな大胆な仕掛けをするのは難しくなります」

「それで」

「まずはきっちりと防御を固めようとするでしょう。そこに俺がちょっかいをかけるんです。そうすればその内の何機かは食いついてくると思います。そこを挟み込むんです」

「つまり、お前が囮《おとり》になることで相手を誘い出し、確実に二対一以上の状況を作ろうというのか」

「そうです」

「なぜその考えに至ったか根拠を説明しろ」

「F－2のパイロットは対艦、対地訓練もあるので、対空はこっちの半分、もしくは三分の一ほどしか積んでいません。空対空の駆け引きはこちらの方が上です。それが分かっているからこそ、中距離ミサイルを撃って編隊を崩し、一気に囲い込むようにしてホッパーをキルしたんです。それに動揺したノブシも本川2尉も、まんまとF－2の攻撃機動の罠《わな》にはまってしまった。でもこれって空対空の格闘戦じゃない。いわばビックリ作戦みたいなものです。空対空では引け目を感じるからこそ、こんな作戦を立てたんだと思います」

陸の説明は理に適《かな》っている。どうやらその整備員に性能だけでなく、いろんな話を聞いたのだろう。それだけじゃない。速も同じ考えだった。一戦目は空対空の格闘戦に移行したくないからこそ決着を急いだのだ。二戦目はそれとは真逆にひたすら防御することでこちらを躱すことに終始した。あきらかに空対空の格闘戦を避けているように感じられた。

「だが、囮になったらピンチの連続になるぞ。それに、お前がさっさと撃ち落とされてしまえば作戦は根底から崩れる」

「ピンチには慣れてます。レッドフラッグでも何回もショットダウンされかけましたから」

速は米軍基地での防空指揮所の景色を思い出した。レーダープロットに映った陸の機影、何度も敵に襲われたが、その都度、高い確率で修羅場を潜《くぐ》り抜けた。だからこそ、陸を追うのに夢中な相手を味方機が撃ち落とすことができた。速はアメリカ空軍のパイロット達が陸のことを「Laphriinae」と呼んでいるのを耳にした。聞き慣れない単語だったので辞書で意味を調べてみると、「イシアブ亜科」という項目が出てきた。なるほどと思った。すばしっこく、急旋回、急ターンを繰り返し、しかもタフだということから、陸のことを昆虫のアブに例えたのだ。

空にいる時の坂上陸は独特の勘が働く。まるで、空の神様が味方をしているようだと思える時がある。しかも、本人が言っている通り空対空の格闘戦は日々の延長の中にある。不意に追いかけられるのではなく、故意に追いかけられるのであれば、その力は最大限に発揮されるかもしれない。

「いくら性能が上でも、挟んでしまえば脆《もろ》いってことは俺も高岡さんも知ってますよね。だってあのF－18でさえ墜《お》としてみせたんだから」

「あぁ」

今でも身体の中に興奮が貼り付いている。F－15でF－18をキルするなんて、痛快この上なかった。F－18の性能は総体的にはF－2よりも勝る部分が多いのだ。

「だったら――」

陸の言葉を遮るようにして、

「一つ確認しておきたい」

「なんでしょう」

「お前がF－2を墜とすのに熱心な理由だ。まさか、笹木に勝ちたいなんてお粗末なものじゃないだろうな」

「それもあります」

拍子抜けするくらい、陸はあっさりと認めた。

「でも、それだけじゃありませんよ。アグレッサーとしてのプライドです。僕らのことは全国の部隊が見ています。目標として、倒すべき相手、乗り越えるべき存在として、常に意識しています。だから、負けちゃいけないんです。それに――」

「なんだ？」

「なんかちょっと面白くなってます」

面白いだと……。

強い相手と戦うこと。それを乗り越えようとすること。苦しさと同時に楽しいという気持ちが湧き上がる。まるで少年マンガの主人公のようだ。でも、これが坂上陸という男の本質の一端であることは知っている。

「お前のフライトスケジュールは？」

「明日の午後です」

「こっちもだ」

「でも、ちょっと無理っぽいですね。雨が降り出してきました。降るのは明日の朝って言ってたのに……」

陸の声が少し遠くなった。どこにいるのかは分からないが、多分外だ。そして今、雨を見上げて喋っているのだろう。

「丁度いい」

「……何がです？」

「降り始めが早まったということは、午後は止む可能性もある。俺が考えていたアイディアが使えるかもしれん」

「やっぱりなんか考えてたんですね！　教えてください」

速は「その時がきたらな」とだけ答え、電話を切った。

再び静寂が訪れる。だが、さっきまでの眠気はどこかに掻き消え、身体の中にゾクゾクする血が流れているのを感じた。このままベッドに潜り込んでも、しばらくは眠れそうになかった。

「あのバカめ」

速は吐き出すように呟くと、ベッドから這い出した。そのまま机のスタンドを点けると、Ｆ－２のことをまとめたノートを開いてさっきまでの話を反芻《はんすう》した。いつの間にか陸の話に惹き込まれていた。陸と話をすると、時々こんな風になってしまう。それが不思議であり、心地良かった。

陸は確かに変わり始めている。先日の訓練で指摘したように、昔ならロックオンを続けて恐怖を与えたりするようなことはなかった。恨まれても構わないなどと口走るようなタイプではなかった。舞子が指摘したように、いい顔ではなくなったのかもしれない。だが、もしかするとそれは、甘さが取れて本当の戦闘機乗りに、いや、少年から男へと変貌しようとしているのかもしれない。それがあまりにも突然で早急過ぎて、こちらの方が戸惑っているだけかもしれない。人は出会いや環境によって常に変わっていく。

もう少しレンジを広げて見てもいいのかもしれないな……。

頭の中には自分のオーダー通りに空を飛び回るブルーマーダーの姿がくっきりと浮かんでいた。

2

速の予想は当たった。午前中まで残った雨は午後には降り止んだのだ。

「訓練空域に雲は若干残りますが、概ね回復傾向に向かいます」

ブリーフィングの際、気象隊の予報官がこれからの天気を告げた。

さすが高岡さんだ……。

そう思いつつ、尾方隊長と阿部飛行班長の方を見つめた。訓練を行うか中止するかはこの二人の判断による。

「やろう」

尾方隊長の言葉に「はい」と阿部飛行班長が同意した。

決まりだ。

今日の訓練は多数機戦闘だ。こちらが四機、相手も四機の４VS４。まさに互角のぶつかり合いとなる。フライトリーダーは阿部飛行班長が務める。エレメントリーダーはホッパーで、ノブシは班長の、陸はホッパーのウイングマン担当だ。この座組みを聞いた時、ホッパーの本気度が分かった。陸以外、いわば最強メンバーの布陣だからだ。

昨夜、速に話をしたことはすでにメンバーには伝えてあった。日に焼けた面長の顔、がっしりとした筋肉質であり、真冬でも上半身の飛行服を脱いでTシャツ姿。しかもアグレッサー勤務が三回目というアグレスの生き字引である阿部飛行班長は、陸の話を聞き終えるなり、「ナイス」と言って太い親指を立てた。ノブシもホッパーも賛成してくれた。

「やられたら全員にジュースな」

「全員……ですか？」

「整備員も含めてだぞ」

こういう時だけガンモは嬉しそうに口を挟んでくる。

整備員を含めるとその数は六十人を超えてくる。

一本一二〇円として……。

いったい幾らになるのか想像つかない。

「自信ないならやめてもいいんだぞ」

「いいですよ。その代わりキルされなかったら？」

「そんなことは当たり前だ」

ホッパーの一言にその場にいる全員が笑った。

「よーし、では諸君、グレイトなファイトを一つよろしく」

阿部飛行班長が気合いを入れる。和製創作英語を連発するところから付いたTACネームはドロンパ。このキャラクターは陸も知っている。小さい頃に観ていた「オバケのQ太郎」に出てくるアメリカのオバケだ。でも、それは表向きの意味。ドロンパには神出鬼没という裏の意味がある。ドロンパとはこれまでに何度も空戦をやったが、始めのうちはまったく機動が読めなくて何度も瞬殺された。同じ機体に乗っているのにどうしてこんなにも動きが違うのか、散々悩んだこともある。だが、今回は陸がドロンパのお株を奪うような機動を見せる時だ。

一同揃って立ち上がると、ドロンパが差し出した拳に軽くグータッチしてブリーフィングルームをあとにした。

ドロンパがウェザーチェックの終了をコブラに伝えた。

「300《スリー・ゼロ・ゼロ》」

速の力強い声が無線越しに響く。

あれからすぐに眠ったのかな……。

陸は興奮してなかなか寝付けなかった。

「エメリッヒ02、ウィルコー」

ドロンパが応え、オーダー通りの方向に機首を向ける。後続の三機もそれに倣った。

訓練空域のPエリアには全体的に薄い雲がかかっている。そのせいで白っぽく霞んで見える。

「やけにガスってやがんな」

「雨上がりですからね」

陸は後席にいるガンモに答えながら、周囲を見回した。確かにどこもかしこも白っぽい。これでは有視界は限られてくるだろう。となると、コブラの声が頼りになる。西警団も優秀だとはいえ、やはり実力はコブラの方が何倍も上だと思う。そうなるときっと、この天気では差が出てくるに違いない。

ブルーが上がったと速が伝えてきた。ライト065。速が指示したポイントに待機してF－2編隊のセッティングを待つ。背筋がゾクゾクする。いつも相手と向かい合う前は軽く痺れたような感覚に包まれるが、今日は一段とそれが強い。早く来い。操縦桿を握る手に力がこもる。

「FTRポイントまで5マイル。まもなくスタート」

速の声がした。いよいよ始まる。

「訓練ルールはプラン通りだ。ヘイ、ガイズ、ショットダウンされたら、お尻ペンペンだ」

陸はドロンパの声に笑みを浮かべつつ、「ウィルコー」と答えた。

「スタート・ミッション」

速の号令と同時にF－15は一気に加速した。ドロンパを先頭にして6000ft（約2㎞）左にはノブシがいる。その後方1000ft（約3㎞）を空け右がホッパー、左が陸だ。オフセットボックスという隊形にしたのはドロンパの提案だった。最初から互いにある程度の距離を空けていれば中距離ミサイルも躱しやすくなるし、何より個人技が出しやすくなる。個であり群。高い飛行技術を持つアグレッサーの真骨頂である個と、空戦を重ねてきた互いの見えない絆《きずな》が群となる。

猛然と突っ込むアグレッサーに気勢を削がれたのか、レーダーに映るＦ－２編隊の四つの光点はいまだ固まったままだ。

「サード、降下だ」

速の声がしたと同時に、陸は編隊を離脱して急降下を開始した。旋回時もそうだが、急降下もかなりのＧが全身に襲いかかる。しかも、フワリと内臓が浮き上がる感覚が続くので気持ちが悪い。

「ウググ……」

まるで首でも締められているかのような呻き声がガンモの口から漏れる。陸は必死に我慢して海面まで１６５０ｆｔ（約５００ｍ）の位置まで深く沈むと、そこから機体を水平に戻した。すかさず速から「０９０《ゼロ・ナイン・ゼロ》」と指示が飛ぶ。陸は波の形がはっきりと見える低空域を、東に向かって加速した。

果たして相手はこの行動に気づいたか？　一機が離脱したことはおそらく分かっているだろう。だが、上か下かはまだ分からないはずだ。Ｆ－２ならまだしも、まさかＦ－15で下から潜ってくるとは予想しないに違いない。

「コブラ」と陸が呼びかける。速は「まだだ」と切り返した。

まだなのか……。

すでに互いの距離は10マイル（約1800m）を切っている。上ではそろそろ機影が肉眼で見えるくらいだ。

……そうか！

不意に閃《ひらめ》いた。今日の天気は霞がかかっている。有視界は落ちている。しかも白っぽいとなると、青いF－2の機体色は目立ちやすく、灰色のF－15は紛れやすい。自然現象を味方に付けて、ロービジを最大限に活かす。昨夜の速の謎めいた言葉がずっと気になっていたが、アイディアとはこのことだったのだ。

「スピード、この天気はこちらに有利だ」

陸が言うと、速は微かに笑って「カウント」と答えた。

「いつでも」

「5、4、3、2、1。GO！」

陸はGOの合図とともに操縦桿を目一杯引いた。同時にアフターバーナーを全開にする。

まるでロケットにでも化けたかのように、F－15は強烈な推力でぐんぐん高度を上げていく。

見えた！

F－2の下腹が霞《かすみ》の中に浮かび上がる。陸は気づかれないようにあえてロックオンしないまま、編隊の後方から突き上げるように飛び出した。すぐさま急旋回して後ろを振り返ると、陸に引きずられるようにしてF－2二機が追いかけてくる。

掛かった！

その時、霞の中からふわりと現れたF－15があっという間に一機を短距離ミサイルで撃ち落とす。

「正面の右側、キル！」

ノブシが宣言した。

「キルコピー。ノブシ、そこから離脱しろ」

今度は速の冷静な声が陸の耳に響く。ノブシにその場から離れるよう指示したのは、再び霞の中に機体を紛れ込ませるつもりだからだ。

編隊を失ったもう一機は狂ったように陸を追いかけてきた。ロックオンの警告ブザーがコクピットの中にうるさいくらいに鳴り響いている。

「おいおい、やべぇぞ！」

さっきから何度もガンモが叫んでいるが、陸にはまだ余裕があった。こんなことは何度もレッドフラッグで経験してきた。これ以上の圧を受けながら、それでも必死で躱し続けたのだ。近距離でミサイルやガンを当てることは難しいことも知っている。空戦の経験が少ないパイロットなら尚更《なおさら》だ。

「コブラ、アナザーの位置は？」

陸は何度も後ろを振り返りながらも、周囲の警戒にまで気を配った。飛んでいる先に

F－2が待ち受けていたらそれこそひとたまりもない。

「アナザー、140度10マイル、高度1万7000ft。そっちは気にするな」

気にするなということはドロンパとホッパーが抑えているということだろう。南東の方を避ければ問題ないということだ。

「ピピピピ」とけたたましく警告音が鳴る。背後のF－2から再びロックオンされたのだ。陸は機体を傾けると同時にフレアを撒いた。撃墜判定は……出ない。また警告音が鳴り出す。相手が続けてもう一発撃ったのだ。再びフレアを撒いて90度ターンする。オレンジ色の炎が花火のように空中に舞った。

さぁどうした？　もっと仕掛けてこい。

陸はノブシを忘れてこちらにのみ注意を払わせるよう、小刻みに機体を動かし、煽るように飛んだ。左前方の霞の中に黒い点が見えた。と思った途端、黒い点は猛スピードで接近し、陸とすれ違って後方に飛び去った。

「サードの後ろ、キル」

ノブシの高揚した声がする。

「キルコピー。240《ツー・フォー・ゼロ》に離脱しろ。ゴウ・トゥ・ネクスト」

速の声に「よっしゃぁ！」と気勢を上げるノブシの声が被さった。

これで二機墜とした。残りは二機だ。

「よーし、上出来だ」

ドロンパの声が割って入った。呼吸が乱れている。多分、空戦の真っただ中なのだろう。そんな中でも「編隊をリセンブルする。ガイズ、カモーン！　ナウ」とおかしな和製英語が入り乱れる。

「エメリッヒ03、ウィルコー」

すぐさまノブシが答えると、「行くぞ、サード」と呼びかけてきた。

「ちょっと待ってください！」

「なんだよ」

「編隊を組み直すってどういうことですか？　まさか、この作戦を止めるんじゃないでしょうね」

理由を問いながらも、ドロンパが自分のことを気遣っているのではと思った。でも、そんな心配は無用だ。

「俺なら全然大丈夫です。それに、フレアもチャフもまだたんまりと――」

「知らねぇよ」

ノブシが陸の言葉を遮った。

「ドロンパがそう言ってんだ。今から正真正銘の空戦をやるつもりなんだろうさ」

2VS4の空戦。ドロンパは空戦経験の少ないF‐2のパイロットを相手に、本格的な空での戦い方を見せることで教導しようとしているのかもしれない。それは分かる。でもまず、勝たないと意味がない。アグレッサーが負けたままであっては、今後の存在意義に関わる。だからこそ情報を集め、今回の作戦を編み出したのだ。そして、作戦は見事に当たった。短時間で二機をキルできた。残りは二機。これも同じやり方で当たれば、このメンバーなら確実にキルできるはずなのだ。

「アナザー、２７０度、高度１万７０００から１万ｆｔに降下」速がＦ－２二機編隊の移動を告げた。

沈んだ！

Ｆ－２お得意の攻撃機動だ。ノブシもそれを悟ったのだろう。「話は終わりだ」と言うや、機首を西に向けると一気に加速した。

どうして……。

陸は動かなかった。いや、動けなかった。ガンモが後ろで喚《わめ》いている。「坂上」とか「命令違反」といった言葉が細切れに聞こえる。でも、ぼんやりとだ。

ほんとに煩い人だな……。命令違反なんてしようとは思っていないって。

そんなつもりは毛頭ない。ただ、頭で分かっていても心が追いついていない。正真正銘の空戦とノブシは言った。ならば、自分が立てた作戦はなんだったのだ。アグレッサーが勝つために。ただそれだけを考えて立てた作戦だった。

ブルーインパルスとアグレッサーは光と影と称される。ブルーインパルスは華麗な演技で人を魅了する。アグレッサーは圧倒的な強さでパイロットに畏敬の念を抱かせる。もし、ブルーインパルスが演技に失敗したら、感動は薄れ、憧れは遠退《とおの》くに違いない。

アグレッサーとて同じことだ。そのためには負けてはいけない。絶対的に強くあらねばならない。だからこそ、TACがこぞってこちらの声に耳を傾けてくれるのだ。アグレッサーは最強であるからこそ、月のように静かに、暗く、美しく輝く。他の部隊から教導されて良しとする思いなど毛頭ないし、そんな風には絶対になりたくない。なってはいけない。

そうだろう、祖父ちゃん……。

「サード！」

速の鋭い声でハッとした。

「ぼーっとするな！　戦いの最中、我を忘れたらどうなるか、お前が一番よく知ってるはずだろう！」

戦いの最中に我を忘れたら——死、あるのみ。物思いはすべてが終わってからすればいい。

「アナザーの位置に変化は」

「今から誘導する」

ベストの位置に導いてやる。速の声にはそんな思いが込められているように感じた。

「エメリッヒ04、ウィルコー」

陸は真っ直ぐに空を見つめ、操縦桿を握り直すと、アフターバーナーを点火した。

速の指示に導かれ、陸は空戦の行われているエリアに向かった。やがて、霞の中に入り乱れて飛ぶ三機の機影が見えた。雲を切り裂いて飛ぶ姿はまさにドッグファイトそのものだ。

「サード、ホッパーのバックアップに廻れ！」

ドロンパが告げた。こんな激しい戦いの最中でも周囲の状況がきちんと見えている。かつて戦競で戦った際、当時の隊長を務めていた西脇2佐にも驚かされた。これがアグレッサーの実力なのかと震えたものだ。

「ウィルコー」

応えざま操縦桿を倒し、ミドリガメとF－2が激しく鎬《しのぎ》を削る方へと向かった。二機は互いに優位な位置取りをしようと何度もブレイクを繰り返しながら空を駆け回っている。

「ホッパー、上昇だ！」

陸が叫ぶように伝えると、一瞬でその意図を理解したホッパーはバレルロールしながら急上昇する。それを追いかけようとするF－2の横腹に陸が襲いかかった。目標とへ《H》ッドア《U》ップディ《D》スプレイの表示を素早く交互に見ながら、F－2を示すコンテナとダイヤモンド（ミサイルのシーカー）を重ねてロックオンする。ロックオン完了を示す「SHOOT」のサインが出るが、陸の指は赤いピックルボタンに掛かったままだ。なるべく短い距離で撃てば命中率は跳ね上がる。遅れてきた分、ここは確実にキルしてやろうと思った。

こちらの意図を読んだのかどうかは分からないが、不意にＦ－2が向きを変えた。慌ててピックルボタンを押したが、僅かに外してしまった。

「サード、何してる！」

ホッパーが叫んだが、陸は答えなかった。

逃がすか！

陸はＦ－2に伴って右旋回をかけた。このまま背後をとれば、再び攻撃のチャンスは巡ってくる。ロックオンするためにはノーズ《機首》を相手に向けなければならない。いわば銃口だ。だが、簡単にはいかなかった。Ｆ－2がブレイクして切り返し、攻撃のために反転したのだ。そうはさせまいとすかさず陸もブレイクする。二機は交互に行き交いながら何度もブレイクを繰り返した。回転するドリルの旋盤のような状態。これをシザースと呼ぶ。膠着《こうちゃく》という意味だ。

陸はあらためてＦ－2は強いと思った。凄いとも思った。Ｆ－15とはあきらかに違う機動と性能。Ｆ－2という機体の素晴らしさをはっきりと肌で認識した。

一度上に逃げたホッパーが急降下して攻撃を仕掛ける。陸はその機動を読みながら左に旋回した。だが、Ｆ－2は必殺の攻撃を躱し、なんと陸の後についてきた。

「マジかっ！」

再びブレイクするために最大ＧでＦ－2のいる後方へと急旋回をかける。それでもＦ－2は食らいついてきた。今度は急旋回で逃げる。まだＦ－2は離れない。まるでこの時を待っていたかのようにピッタリと後ろに張り付いて離れようとしない。旋転に次ぐ旋転。やがてブルーマーダーのスピードが次第に落ち始めた。細かい操作が利かなくなってくる。F－15は250ノットを切ると、途端に機動性能が悪くなる。それ以下になると失速してしまう。F－2はそれを待っていたかのように、徐々に旋回半径の内側に滑り込んでくる。陸は必死でGに耐えながら、機首をこちらへと向けてくるF－2を見た。

「いいですか、サードさん。F－2は低速領域もとんでもなく強いんです。F－15とは100ノットくらいの性能差があります。何度も旋回してこっちの機動性能が落ちてきても、向こうは普通に動きます。だから、旋転のし過ぎには注意してください」

宮下の言葉がリアルに甦った。

これがそうなのか……。

あと三回も旋転すれば確実にやられてしまう。はっきりとそれが分かる。でも、これだけ機動性能が落ちれば、たとえ旋転を止めて離脱しても、あっという間にショットダウンされるのは目に見えている。

ホッパーは何してる？

必死にGに耐えながら辺りを探した。しかし、ミドリガメはどこにも見えない。

どうすればいい……。

口を開くこともできない。たとえそれを尋ねたとしても、速は何も答えてはくれないだろう。目視範囲内の格闘戦になれば、コブラはもう見守ることしかできないのだ。ガンモの呻き声も聞こえなくなった。もしかしたら失神したのかもしれない。Gを受け過ぎて頭がすっきりしない。オーバーGの警報もどこか遠くから聞こえているみたいだ。

その時、「オール、キルコピー」と速の声が聞こえた……ような気がした。圧に耐えながら後ろを振り向くと、F－2がゆっくりと離脱していくのが見えた。その後ろには白色塗装の機体があった。

ドロンパ……。

「ストップ・ミッション」

速が訓練の終了を静かに告げた。

終わった……。

陸は機体を水平に戻すと、フーッと大きく息を吐いた。

機体を駐機場《エプロン》に滑り込ませ、エンジンを切った。ラップベルトとショルダーハーネスを外してコクピットから立ち上がろうと腰を浮かしたが、足に力が入らずにドスンと尻餅をついた。とんでもなく身体が重かった。身に着けているGスーツに鉛の塊が入っているんじゃないかと思えるくらいに。

すべての装備を外し、第8飛行隊の庁舎の中に用意されたアグレッサーの待機室に入ると、そのままソファにへたり込んだ。机の上に置いた自分の携帯の着信音が響いた。

今は僅か2mの距離ですら身体を動かすのが苦痛だったが、それでも陸は立ち上がった。

相手は誰だか表示を見なくても分かる。

「もしもし……」

「相当疲れたみたいだな」

速がいった。

「そうですね……」

陸は正直に答えると、

「ちょっと待ってください。場所を変えますから」

足を引きずるようにして部屋を出ると、格納庫の脇にある植え込みに腰を下ろした。

「こんな時、一服なんですね……。高岡さんが煙草《たばこ》をやめないワケが分かりました……」

「俺の場合は情報収集のためだ」

それは言い訳だ。要撃管制官に成りたての頃ならまだしも、コブラにもなって今更、どんな情報収集が必要なのだ。

「後半の2VS4ですけど、時間はどれくらいだったんですかね」

「だいたい七分ってところだな」

「そんなもんですか」

空では時間の感覚があやふやになる。コンマ一秒の間にどんどん状況が変化する世界にいるのだ。正直、その倍くらいは飛んでる気がしていた。

そうか、たった七分か……。

「残ったF－2は二機だったが、こっちの四機を相手に粘り強い戦い方をした。下手をしたらキルされてもおかしくない状況が何度もあった」

「俺にはまだ余裕がありましたけどね」

陸は嘘をついた。いや、強がりと言った方がいいかもしれない。我ながら少し子供っぽいとも思ったが、速のように素直に口に出して相手を褒め称《たた》える気にはなれない。

「お前がもっと早く前線に駆けつけていれば、もう少し早くケリがついたかもしれん」

確かにもっと早く陸が行動を起こしていれば、違う展開があったかもしれない。

「もしかして、責めてますか……」

「事実を述べているだけだ」

「勝ったからいいじゃないですか」

「勝ち方にもいろいろあると言ってる」

「そんなのありませんよ。勝ちは勝ちです」

速が黙った。陸もこの会話を続けることが苦痛になってきた。

「高岡さん」

また後にしましょうと続けようとした時、庁舎の方が急に騒がしくなった。「大丈夫か」という声が聞こえる。陸は立ち上がると、格納庫の陰から庁舎の方を覗き込んだ。

そこには両脇を抱えられ、ぐったり頭を垂れた飛行服姿の男が見えた。よく目を凝らすと飛行服には血が付いている。

「笹木、しっかりしろ」

右肩を支えている男が呼びかけた。

笹木さん……？

「どうかしたか？」

「すみません、また後でかけ直します」

陸は電話を切ると、運ばれていく笹木に駆け寄った。

「笹木さん！」

第8飛行隊の面々の足が止まった。

「どうしたんですか」

「分かりません。トイレで倒れてたんです……」

「機体から降りてくる時は普通だったんだが……」

別の男が答えた。

機体から……。

ということは、さっきの編隊の中に笹木もいたのだ。

「どいてくれ。医務室に運ぶ」

第8飛行隊の年長者らしき男が陸を脇に押しやると、そのまま笹木は抱えられるようにして運ばれていった。ふと、足元に目をやると、そこには点々と赤い斑点が残っていた。

陸はデブリーフィングを終えてすぐに医務室へと向かった。ドアをノックすると、中から「どうぞ」と声がした。医官と一緒に、目を覚ました笹木がこっちに目を向ける。

「お前か……」

鼻に綿を詰められているのだろう。両の鼻の穴が少し膨らんでゴリラみたいになっている。陸の視線を気にしたのか、「仕方ねぇだろ。血が止まんねぇんだから」と不貞腐れた顔でいった。

「興奮するなよ。太い血管が破れたら病院送りだからな」

医官が釘をさすと「わかってます……」と笹木は大人しく従った。

陸は医官と入れ替わるようにして医務室に入った。

「何の用だ」

「さっきの編隊に笹木さんもいたんですね」

「俺はすぐに気づいたぜ。ケツ振ってふざけた飛び方してんの見てな」

「あれは――」

「デコイだろ。だから、追うなって言ったんだ。すぐに意図が分かったからな。でも、泡食ってまんまと二機がお前に引きずられちまった……」

笹木は黙った。その沈黙で、陸には笹木がどれに乗っていたのかが分かった。陸をギリギリまで追い詰めてきた機体、01だ。

「ざまぁねぇなぁ……」

「そんなことありませんよ」

「そうじゃねぇ」

笹木は陸から目を逸らし、天井を見上げた。

「俺はめいっぱいやった。それこそ血管が破れるくらいにな。なのにお前はピンピンしてやがる」

自分も足腰に力が入らなかった。言おうかと思ったが、そんなことを伝えても笹木は喜ばないだろう。陸は黙ったまま、ところどころ鬱血して黒い斑紋が浮かんだ笹木の横顔を見つめた。

「お前の背中を見んのが嫌で、俺はF－2を選んだ。お前がアグレッサーになったと知って、巡回教導の機会がくるのをずっと待ってた。必ずブッ倒してやろうと思ってな」

「なんでですか……」

「なんでだぁ？　決まってんだろ、お前のことが虫唾《むしず》が走るくらい嫌いだからだよ。いいか、俺はもっともっと強くなる。そんで次は必ずお前をキルしてみせる」

「分かりました」

陸はそう言うと、医務室を出た。

笹木は陸を越えようとして必死に訓練に励んできた。嫉妬心を支えにして努力を積み重ねてきたのだ。笹木は確かに強かった。性能差はあったにせよ、あと一歩まで追い詰められた。

どれだけ恨まれてもいい。どれだけ嫉妬されてもいい。それで相手が強くなるのなら、アグレッサーとして本望だ。

分かってはいても、心のどこかがチクリと痛んだ。切なくなった。

「空を飛ぶ者よ、忘れるな。弱きは罪だ」

陸は小さく呟くと、廊下を歩き出した。

第四章　斜陽《しやよう》

1

窓を開けた途端、熱気と一緒に蟬《せみ》の声が飛び込んできた。たっぷりと日に炙《あぶ》られたサンダルは素足には熱すぎたが、構わずにベランダに出て窓を閉めた。「ミンミン」とそこかしこでミンミンゼミが鳴いている。先日まで訪れていた宮崎県の新田原基地では、辺りから聞こえてくるのは「シャワシャワ」というクマゼミの声だった。同じ夏でも、それぞれ土地で趣きが違ってくる。

速は手摺りに寄りかかるようにして、景色を眺めた。入間基地からほど近い六階建ての官舎。ここで暮らし始めてそろそろ四年になる。特段、不自由なことはない。職場まで約2㎞。近くにはスーパーもあれば、病院も郵便局も銀行もある。コンビニも数知れずだ。稲荷山《いなりやま》公園駅で電車に乗れば、一駅で入間駅に着く。ここにはデパートや映画館といった大型の商業施設も揃っている。もちろん、ちょっと足を伸ばせば都心にも行ける。不自由なことは何もない。だが、先日から思ってもみなかった問題が一つ持ち上がっている。有里の保育園のことだ。

待機児童問題。言葉としては頭に入っていたが、これまではどこか他人事《ひとごと》のようだった。だが、聡里が近所にある三つの保育園を調べたところ、どこも満員であり、来年も入れる確約はないことが分かった。この時から問題は他人事ではなくなった。速も聡里も有里が三歳になるまでは預けることなく、自分達で育てようと決めていた。特に速にはその思いが強かった。幼い頃から一人親であり、母親の芙美《ふみ》は小児科医として家を空けることも多かった。寂しくなかったといえば嘘になる。だから、有里には親の愛情を注いで育てたかったのだ。決して多くはないが、それでも速の給料だけで家族三人不自由なく暮らすことはできた。だが、今も現役の小児科医を続けている芙美が、三歳以降はなるべく外の世界にも触れさせた方がいいと助言したことから事情が変化した。

「そりゃね、病気とかは移し合いになるわよ。ケンカだってするでしょうし、怪我《けが》だってする。でも、それは良いことなのよ。それが勉強なの。社会っていうもののね。子供と親だけだと、どんどん内向きになって、周りとコミュニケーションが取りづらくなる。そんな人がだんだん増えてるの」

長年の経験から発せられる言葉には説得力がある。速は有里がそんな風には育ってほしくはなかったし、それは聡里とて同じだ。しかし、預けるべき場所がないという問題に自分達が直面するとは思いもよらなかった。ただ、自衛官には転勤というシステムがある。速もいずれはコブラを離れる時がくる。まだ当分先の話だが。

さて、どうするか……。

無意識に右手がポケットに伸び、煙草を掴もうとしていた。家では一度も吸ったことはないし、持ち帰ったこともない。もちろん今もポケットの中には何もない。速は苦笑いを浮かべた。だが、その笑顔も瞬く間に曇った。速の心をざわつかせている問題は他にもあった。

「準備できたの？」

窓が開いて聡里が顔を出した。

「あぁ。有里は？」

「お昼寝」

「そうか」

「熱いぃ！」と悲鳴を上げながらも聡里はサンダルを履くと、ベランダに出てきて速の隣に立った。

「はぁ、今日も蒸してるね……」

「日本の夏だからな」

聡里がクスリと笑う。

「なんだ？」

「不機嫌だから」

「そんなことは――」

「顔に出てるよ」

速は頬を撫でた。

「やっぱり断ればよかった？」

これから新幹線に乗って浜松に向かうことになっている。かつて教官として世話になった高橋賢司《たかはしけんじ》3佐が最後の赴任地である浜松で早期の退官をするのだ。教え子達が一堂に集って、退官パーティーを催すことになった。

「高橋3佐には防府北基地で、戦闘機パイロットになるためのイロハのイを教えてもらったからな」

「防府ならまだよかったのにね」

速の心を見透かすように聡里がいった。

防府なら、か。

確かに防府なら……。

浜松という場所には苦い想い出しか残っていない。

1空団《いちくうだん》（第一航空団）。基本操縦後期課程で課程免を言い渡された地。パイロットの夢を奪われた場所。坂上陸との操縦適性の差。どれほど努力しても決して埋められないものがあるのだと思い知らされた。何より、あの頃の消し去りたい記憶が浜松には詰まっている。以来、浜松を訪れたことは一度もない。意識的に避けてきた。

「私が住んでたアパートの辺りってどんな風になってるのかな」

聡里が呟く。聡里も一時期、浜松に住んでいた。速を支えるために、仕事をなげうってまでついて来てくれたのだ。裏を返せば、それほどまでにあの時の自分は不甲斐《ふがい》なかったという証《あかし》でもある。

「あの頃のことは、今思い返しても身がすくむくらいだ……」

聡里は何も答えなかった。聡里の中にも浜松での記憶はまだ生々しいのかもしれない。

「それにな、正直、防大同期と会うのも気が重い」

聡里は景色から速の方へ顔を向けると、「大丈夫よ。坂上さんや菜緒さんもいるんでしょ」と明るく答えた。

「まぁ、そうだな」

しかし、ここにも不安要素があった。陸と菜緒の関係が以前ほどあけっぴろげでない。西尾寿司で飲んだあとからどうも様子がおかしいのだ。陸からも菜緒からも相談を受けたわけではないが、そもそもあの二人がお互いの話をしてこないこと自体がおかしい。菜緒の場合は特にそうだ。この三ヵ月ほど、なんの連絡も受けていない。

速は腕時計を見た。時刻は午後一時近い。退官パーティーは夜の七時から始まるのだが、その前に基地に立ち寄って、敷地の中を歩いてみようかと考えていた。まだ考えているだけだが……。

冷房の効いたリビングに戻り、そのまま隣の寝室に向かう。小さな布団の上で寝息を立てている有里の寝顔を見つめた。浜松にいた頃にはいなかった幼い娘。それだけ時間は過ぎたのだ。いつまでもあの頃のことを引きずっているわけにはいかない。性にも合わない。速は手を伸ばして、おでこにかかった有里の髪をそっと撫で分けた。

玄関で革靴を履き、立ち上がって振り返る。

「行ってくる。帰りは明日の午後になる」

聡里は手を伸ばすと、ネクタイの歪みを直した。

「立派だよ、速くん」

「贔屓目《ひいきめ》だな」

聡里が顔を寄せてきた。速は聡里の唇に自分の唇を重ねた。じんわりとした温かい気持ちが身体の中に流れてくるのを感じた。

ＪＲ浜松駅の構内は閑散としていた。まだ、帰りのラッシュには早いからだろう。速は黒いキャリーバッグを引きながら、人波を気にすることもなく北口のバスターミナルへと向かった。16番乗り場から和合西山《わごうにしやま》行きと表示されたバスに乗れば、浜松基地の前に着く。バスはものの五分もしないでターミナルに入ってきた。速は前方の窓側の席に座った。客は半分もいない。多分、道が混んでいるということもないだろう。そうであればだいたい三十分程度で着く距離だ。運転手が出発を告げ、扉が閉まる。ゆっくりとバスは走り出した。

速は揺れる車内から街並を眺めた。驚くくらいに何も覚えていない。この路線バスには何度も乗ったはずだし、それ以外にもレンタカーを借りて走り回った。飛行ルートの目星をつけるために、地上からも建造物や山や橋などを記憶しようとした。だが、嘘のように覚えがなかった。どこもかしこも新鮮に感じた。

だが、ここだけははっきりと覚えている。浜松基地の北門の前に立った時、なんともいえない苦い気持ちが身体の中を這い上がってきた。五年前、浜松基地の北地区で過ごした。そして、失意のどん底のままこの門をあとにしたのだ。色が抜けたように世界が薄暗く感じられたものだった。

しばらく北門の前に佇《たたず》んでいると、時折こちらに視線を寄せている若い警務隊員に気づいた。怪しいとその目が告げている。速が警衛所の前に立つと、「来訪目的は」とガラス越しに尋ねてきた。目が輝いている。やる気が漲っているのが伝わってくる。少し眩しく感じる。

速が身分証を提示すると、若い警務隊員はさきほどの様子とはうって変わった態度でキビキビと書類にサインをした。飛行教導群という肩書きがそうさせたのだろうか。書類を受け取ると、速は若い警務隊員に見送られるようにして基地の中へと進んだ。

真っ先に足を運んだのは慰霊碑だ。訓練途中で殉職したパイロット達の名前が石碑に刻まれている。その中には速と陸と一時、浅からぬ運命を共にした杉崎《すぎさき》1曹の名前もある。杉崎1曹は浜松の上空で事故死した。その時の訓練教官が坂上護である。当時は想像だにしなかったが、運命の糸は静かに眠る杉崎1曹から始まっていた。

速は石碑に向かうと、バスに乗る前に立ち寄った花屋で買った菊の花束を添え、一歩下がると目を閉じて手を合わせた。

再びここに戻ってきました。

心の中で呼びかけた。

どれくらいそうしていたのだろう。速はもう一度慰霊碑に頭を下げ、ランプ地区の中を巡り始めた。ゆっくりと時間をかけて建物や植木や看板を眺める。次第に記憶の中の色褪《いろあ》せた景色に鮮明な色がついていく。失った自分を取り戻していくような感じだ。いつしか心はとても穏やかになり、俯きがちだった視線も上がった。建物の上に浮かんだ雲も、その上に広がる空までがはっきりと見えた。

遠くからエンジン音が聞こえてきた。音に導かれるように駐機場へ向かうと、ズラリとT－4が並んでいる。整備員が忙しく機体のチェックをしている。やがて、赤い帽子を被った一団が急ぎ足で格納庫から現れた。晴れやかに笑う者もいれば、緊張して俯き加減の者もいる。速には前を歩いているのが陸、後を歩いているのが自分のように思えた。

大丈夫だ。前を向け。

速は心の中で俯いている学生に声をかけた。あの日の自分に向かって励ますように。その思いが届いたのかどうかは分からない。不意に俯いていた学生が顔を上げた。何かを決意したように唇を結び、強い夏の陽射《ひざ》しを浴びながら自分の乗るT－4へと歩いていく。力強い足取りだ。

そうだ。それでいい。

T－4が一機、また一機と空に吸い込まれていく。俯き加減だった学生が操縦する機体が黒い点となり、やがて見えなくなるまで、速は空を見つめ続けた。


青空はやがて茜色《あかねいろ》に染まり、太陽に代わって月が現れた。

高橋3佐の退官パーティーは、JR浜松駅近くのホテルの広間を貸切りにして行われた。速が到着した時には、会場にはおよそ二百人ほどの自衛官が集まっていた。想像していたものよりも遥かに大きな規模だった。個人的に高橋3佐との想い出はほとんどない。悪魔のデビルから取ったデビと仇名《あだな》され、陰で学生達に恐れられていたが、速は叱られた記憶が一度もない。

それぞれのテーブルには年代と所属名、ワッペンが置かれている。速が高橋3佐に教えられたのはチャーリーではなく、まだブラボーの頃だった。今更ブラボーと呼ばれることに違和感はあったが、これは自分が決めたのではなく、あくまでも残された名簿から振り分けられたものだ。

顔見知りに挨拶をしながらテーブルを探していると、「久しぶり」と声をかけられた。顔は分かったが、すぐに名前が出てこない。

「もしかして忘れちまったか」

「……吉村《よしむら》」

速が名前を呼ぶと、吉村は嬉しそうに微笑み、ぐっと手を握ってきた。吉村は二浪のため、ブラボーでは最年長だった。肉がついて顔は丸くなっていたが、穏やかな眼差《まなざ》しは以前と少しも変わっていない。

「聞いてるぞ。コブラなんだってな」

「お前は？」

「去年から岐阜《ぎふ》にいる」

すぐにピンときた。空自には航空開発実験集団という組織があり、その組織の中には航空機や装備品の試験、開発を行う飛行開発実験団《ADTW》が岐阜基地にある。

「F－35か」

「実はまだ試験飛行操縦士課程《TPC（Test Pilot Course）》の最中だ。ほら、あそこにいる長谷部もそうだ」

速は吉村が指さした方に視線を向けた。三つほど奥にあるテーブルには長谷部、笹木、村田《むらた》の姿があった。あそこがチャーリーの席なのだ。だが、まだ菜緒と陸の姿は見えない。

「向こうにみんないる」

吉村が速を促した。速は「あぁ」と答えながら、視線はチャーリーのテーブルに向いたままだった。陸と菜緒がいない。少し嫌な感じを覚えつつ、吉村の後を追うようにしてその場を離れた。

パーティーが始まった。知らない男が祝辞を述べ、乾杯の音頭と拍手が溢れる。その後、司会者がそれぞれのテーブルを巡って高橋3佐との想い出を尋ねて回り始めた。

「えー、退官の席ではありますが、一言だけ言わせてください。デビ、バカヤロー！」

誰かが発言するたび、会場は笑いに包まれた。やがて、第51期ブラボーの番が回ってきた。マイクを握ったのはリーダーだった速ではなく、大澤《おおさわ》収二郎《しゅうじろう》だ。

「デビ教官。あえて、親しみを込めてそう呼ばせていただきます」

大澤の口は滑らかに動いた。これもあの頃と変わらない。速はどこか感心するような思いで、ペラペラと喋る大澤の横顔を眺めた。

大澤とは防大にいた頃からの付き合いだ。いつも速の隣にいて、誰かれ構わず速の話題を口に出した。まるで自分のことででもあるかのようにだ。「虎の威を借《か》る狐《きつね》」という諺《ことわざ》があるが、まさに大澤は速の威を借り、自分の立場を作っていった。そのことにはもちろん気づいてはいたが、特段たしなめたことはない。あの頃はそういうことに慣れていたし、それをどこか冷めて眺めていた。だが、速がパイロットとして躓《つまず》き出すと、大澤は潮が引くように離れていった。それどころか蔑むような目を向けられたこともある。今は一時的にパイロットを離れ、市ケ谷《いちがや》に勤務しているそうだが、詳しくは知らない。大澤のことだ、多分、誰かにすり寄り、着実に出世の階段を上がっているのだろう。

速は再び視線をチャーリーのテーブルに向けた。まだ、陸と菜緒の姿はない。いつもなら騒がしいはずのテーブルが、そこだけ火が消えたように沈んでいる。速は携帯を取り出すと、片手で素早く陸にメールを打った。

【何してる?】


だが、しばらく待っても陸からの返信はなかった。

歓談の時間になったのを見計らって席を立ち、速はチャーリーのいるテーブルに近づいた。「あ、高岡さん」最初に気づいたのは長谷部だった。

挨拶もそこそこに速は陸と菜緒のことを尋ねたが、長谷部も笹木も村田も知らないと答えた。

「来るとは言ってたんですけど……」

困惑した表情を浮かべる長谷部に、「どうせ、どっかにしけこんでんだろ」と笹木が吐き捨てる。長谷部が何か言う前に、「それはないな」と速が答えた。笹木は速を見たが、何も言わずにビールに口をつけた。村田に至っては一言も口を聞かず、スマホを弄《いじ》っている。三人三様だが、誰もが心配していることは十分に伝わってきた。

そのまま会場の外に出た。絨毯《じゅうたん》が敷かれた広い廊下は人の数も少なく、冷房が効いてひんやりとしている。速は一服しようと喫煙可能な場所を探し始めた。その時、エレベーターのある方からこっちに向かって歩いて来る、スーツ姿の小柄な人影に気づいた。

ショートカットの女性だ。だが、近くに寄るまでそれが大安菜緒だとは分からなかった。

「一人か」

速が尋ねると菜緒はびっくりしたように顔を上げ、「そうや」と答えた。淡々とした返事だった。いつもならもっと溌剌《はつらつ》としているのに、あきらかに様子が違う。

「坂上はまだ来てないようだが。一緒じゃなかったのか？」

「途中まではな……」

「喧嘩か」

「そんなんやない」

菜緒がポツリと言った。

「少し話すか」

速は会場から幾分離れた、コーナーにあるソファに向かった。ここなら人目につきにくい。ソファに腰を下ろすと、「喉は渇いてないか」と尋ねた。

「あ、いや……ええよ」

「遠慮するな」

「あんたはほんまに優しいな。見かけと違うて」

「どういう意味だ」

菜緒が微かに笑う。笑っているのにとても寂しそうに見える。

「どうした？」

いつものお前らしくないぞ。

　速はそんな思いを目に込めた。菜緒は速の視線を避けるように顔を窓の方に向けた。速も同じように目を向けた。陽はすでにとっぷりと暮れ、外は暗くてほとんど何も見えない。代わりにガラスに菜緒と自分の顔が映っている。

「あんたと陸と三人でご飯食べた後な、ウチ、陸とちょっと言い合いしてん……」

「あの後、何かあったのはなんとなく想像していた」

「なんで……」

「メールもなければ電話もない。変だと思うのが普通だろう」

「せやな……」

　菜緒は薄く笑うと、

「でも、あの夜のことだけやないねん。アグレッサーになってから、なんかこう、急に付き合い難《にく》うなった感じがしてな。陸のことを知ってる同期の子にその話をしたら、アグレッサーなんだからしゃあないやろて言うてたわ。それくらい重たい仕事をやってるんやからって。でも、ウチはちゃうと思うねん。責任のある仕事を任されたら、人はもっとええ顔になるもんや。気力が漲って清々《すがすが》しい感じにな。間違うても険しい顔にはならん」

「無理してるということか？」

「それは分からん」

大安さんも同じことを感じていると思います。

舞子の言った通りだと思った。やはり同じことを菜緒も感じていたのだ。陸の顔が変わった。しかも、悪い方に。男には分からない、女にしか気づけない変化。

「俺も昔、聡里にそんなことを言われたことがある」

「あんたが……？」

「大安とは防府北で離れたから知らないだろうが、聡里は仕事を辞めて芦屋、浜松についてて来た」

「その話ならリーダーから聞いたことある。えらい無茶するて思うたわ」

「無茶させたのは俺が不甲斐ないからだった。ほんとに申し訳なく思ってる」

「聡里さん、ほんまにあんたのことが好きなんや。そうやないとそんなことできへん。パッと見、大人しそうに見えるけど、ほんまは無茶苦茶強い人やしな。凄いわ、ウチには真似できへん……」

「坂上は大安のことを頼りにしているはずだ」

「どうやろな……」

再び菜緒は窓の方を向いた。

「陸のことやったら大概分かってるつもりやった。新田原で悩んでる時も、３０６で苦労している時も、陸の気持ちは分かってた。せやから応援したり、手伝うたりもできた」

新田原では当時アグレッサーだった浜名零児と激しくぶつかった。306ではARというパイロット資格としてはまだまだの立場で戦技競技会のメンバーに選ばれたことで、部内から激しい突き上げと嫉妬を浴びていた。速は当時のことを思い出しながら菜緒の話に耳を傾けた。

「でもな、今日、小松からこっちに来る途中、ほとんど喋ってへんねん。何言うても全然喋らんし、顔見ても何考えてんのか全然分からへんようになった。こんなこと知り合ってから初めてや。もう、息すんのも苦しくなって、せやからウチ、静岡で降りたんや」

「だから、到着するのが遅れ、坂上の動向も分からないというわけか」

「陸の動向て……」

綺麗に整えられた眉が惨めにひそめられる。

「坂上は来ていない」

「うそや……」

「ほんとうだ。メールを送ったが返信もない。長谷部達にも何も連絡はないようだ」

「そのまま新幹線に乗ってたら、ウチより早う浜松に着いてるはずや……」

菜緒は俯くと、二度、三度と唇を噛んだ。

「それにしても変だな」

菜緒は、視線だけを速に向けた。

「いくら坂上が変わったとしても、急にお前と話をしないなんてことはあり得ない」

「そんなん知らん！　ずっとそうやったんや。なんべん話しかけても、あぁ、とか、うん、としか言わへん。ウチから目を逸らすように窓の方ばっかり見てて――」

「多分、別の理由があるはずだ」

速は勢い込む菜緒の言葉を遮った。

「別の理由て……」

速は頭に浮かんだことを口に出すべきかどうか、一瞬、逡巡《しゅんじゅん》した。菜緒がじっと見つめている。知っていることがあれば教えてくれ。そう語っている。速は心を決めた。

「なぁ、大安」

努めて静かに呼びかける。

「お前はどうなんだ」

「ウチがて……何？」

菜緒が戸惑いの表情を浮かべる。

「お前は変わってないのか」

菜緒はしばらく速を探るように見つめ、やがて「何が言いたいんや……」と言った。

「付き合ってるのか？　海保の人と」

その瞬間、菜緒の顔にさっと動揺が走った。

「なんでここで二条《にじょう》さんの話になるんや……」

「時々、二条という人の話を聞かせてくれたな。俺みたいに鈍感な男でも、お前が好意を持っているのは分かった」

「おかしなこと言わんといて！　二条さんとはそんなんやない。ほんまや！」

ホール係の若い男が菜緒の声に驚いたような顔をして立ち止まった。

「でも、付き合ってほしいとは言われてるんだろう」

「それは……」

「先日、篠崎舞子と会った」

「え……」

「お前も知ってる例の坂上のファンページ、アグレッサーになってから坂上の顔がほとんど出てこなくなった。その理由が知りたくて、こっちから連絡を取った。篠崎舞子も同じことを言ってた。アグレッサーになってからの陸の顔は嫌いだとな。大安さんも気づいているはずだと。そして、こうも付け加えた。大安さんでは陸を元に戻すのは無理だ。なぜなら——」

「もうええ……」

菜緒の目が鷹のように鋭くなった。

「そういうことか……。陸にいい加減なこと吹き込んだんは、あの女やな……」

「その可能性はあると思う」

速は素直に認めた。そうでなければ、今しがた菜緒から聞かされた陸の反応はあり得ない。

「許さへん……」

菜緒は全身から怒気を発した。

「どうする気だ」

「分からん……。分からんけど、許さへん……」

「そうか。なら、もう一つだけ聞く。それはいい加減なことなのか？」

速が言うや、菜緒がぐっと身を乗り出してきた。

「せやから言うてるやろ！　ウチは二条さんとは付き合うてへんねん！」

「いいとは思っているんだろう」

「当然や。二条さんはええ人や。誠実やし、よう気がつくし、なんでも褒めてくれる。あんたとちょっと似たところもある。大人って感じがするとことか。陸とは全然違う」

「俺が坂上なら、今の話で十分だ」

「なにがや！」

「身を引く」

途端、菜緒の目が大きく広がった。

会場から大きな歓声と拍手が響いた。何かの催しが始まったのだろう。速は立ち上がると、「一服してくる」と告げた。菜緒は返事をしなかった。

喫煙所で煙草に火を点けた。言い過ぎたかもしれない。そう思ったが、言ったことは取り消せない。

菜緒はずっと陸の側《そば》にいた。だらしなく、頼りなく、夢見がちな陸に姉のような気持ちで接していたのかもしれない。やがて、その気持ちの底にあるものに気づいたが、心地良い関係を壊すのを恐れて、それ以上踏み込むことはしなかった。一見、男勝りで性格も竹を割ったように見える。確かにそんな部分もある。しかし、菜緒の中には弱くて脆い部分が隠されている。先日会った篠崎舞子は陸を引き戻すと宣言した。諦めたりはしない。自分の方に、自分が好きな陸へと引き戻すと。舞子がしようとしていることは、かつて聡里がやったことだ。そのおかげで今の自分がある。もしかすると坂上は、舞子の方が幸せになれるのかもしれない。だが、それを決めるのは菜緒であり、舞子であり、陸だ。これ以上、自分が口を挟むことはやめよう。

速は二本目の煙草に火を点けた。

2

浜松駅に到着したのは五時半を回った頃だった。

静岡駅での僅かな停車時間に、菜緒はいなくなった。最初は席を替わったのかと思った。その後、トイレを探す感じで車内を見て回ったが、どこにも姿はなかった。嫌気がさして降りたのだろう。菜緒の性格ならそれくらいはする。菜緒が降りるくらいなら自分がそうすればよかった。席に戻って、いっそう気分が塞いだ。

駅の構内を出たが、今夜一泊することになっているホテルには向かわなかった。チャーリーの面々も同じホテルに泊まることになっている。集合はロビーに六時ちょうど。一週間前、リーダーの長谷部から一斉メールが回ってきた。みんなとどんな顔をして会えばいいのか分からない。自信がない。菜緒がどうしていないのか、理由を聞かれるだろう。もし、菜緒が来なかったら、説明を求められるだろう。なんと答えていいのか分からない。

松菱《まつびし》通りをぼんやりと歩いた。夕方なのにあまり人通りもなく、薄暗い感じがした。以前よりもちょっとさびれたような気もする。もしかすると、そんな風に感じるのは自分のせいなのかもしれない。

防府や芦屋と違い、浜松ではあまり想い出の店がない。美味しい店がないというわけではなく、訓練に追われてあまり外を散策する暇がなかったのだ。いや、ほんとは訓練のせいだけじゃない。ブラボーからチャーリーに編入された高岡速との関係が日増しに悪化して、遊びに出るような気分ではなかった。遊びに出ても気持ちが晴れなかった。

鉄棒と滑り台と砂場がある小さな公園が目に留まり、ベンチに腰を下ろした。遊んでいる子供は誰もいない。ハトが三羽、熱心に地面を突《つつ》いている。

これからどうしようか……。

考えていると、スマホが震えた。ポケットから取り出して表示を見る。長谷部からだった。無視してそのままポケットに押し込んだ。

どれくらいぼんやりしていたのだろう。ふと辺りを見回すと、街灯に光が入っている。すでに空は薄暗くなっている。陸は立ち上がると、歩き出した。当てはない。ただ、足が勝手に前に出ているだけ。すでに退官パーティーは始まっているだろう。でも、菜緒がいなくなった時点で出席することは諦めた。

ネオンの灯りが点々としている。知らないうちに千歳町《ちとせちょう》にまで来ていた。何度かは足を踏み入れたことがある場所。陸は記憶を辿りながら通りを歩き、一軒のバーの前で足を止めた。手作り感満載の店の看板が電灯に照らされている。店名は「シーザー」。なんの時かは忘れたが、確かにここには一度来たことがある。窓から薄暗い店内を覗き込むと、客の姿がちらほら見えた。それほど混んではいないようだった。木製のドアを開けると、ギーッと軋《きし》む音がした。皿を洗っている白髪交じりのマスターとカウンターに座っているカップルが同時にこちらに目を向けた。

「いらっしゃい」

「一人ですけど、いいですか」

「どうぞ」

マスターは軽く頷き、カウンターの後ろにある小さなボックス席へ座るよう促した。

「ありがとうございます」

お礼を述べて薄暗い店の中に入った。店の中にはジャズが小さく流れている。誰の曲かは知らないが、トランペットの音がやけに物悲しい。陸はメニューを開いた。マスターの手書きだろうか、掠れた文字で酒の名前が書かれている。ウイスキーであることは分かったが、何を頼めばいいのか見当がつかない。

「なんにされますかね」

カウンター越しに尋ねられ、反射的に「アイスコーヒー」と答えた。カウンターにいる女の方がそれを聞いてクスッと笑ったように見えた。バーにきてアイスコーヒーを注文する客はいないのかもしれない。でも仕方ない。分からないものは分からないのだから。

マスターがコースターの上に銀のタンブラーを置いて歩き去った。タンブラーを摑むと、驚くくらいに冷たかった。一度、口に近づけたが……やめた。そのまま、ぼんやりと店の壁に貼られた古い映画のポスターを眺めた。柔らかな陽の光を浴びて、緑の中を男の子と女の子が見つめあいながら歩いている。幸せそうな気持ちが伝わってくる。タイトルは『小さな恋のメロディ』。陸はこの映画を知らなかったが、吸い込まれるようにポスターを見つめた。

浜松に向かう数日前、篠崎舞子からＬＩＮＥが届いた。またデートの約束だろうと思ってしばらくほうっておいたら、今度は電話がかかってきた。

「デートの約束じゃないから、早くＬＩＮＥを見て」

留守電にはそれだけが残されていた。状況が分からないままＬＩＮＥを開くと、そこには写真が数枚添付されていた。菜緒と知らない男が街を歩いている写真だった。一見してデートだと分かった。お洒落をしてヒールのある靴を履いた菜緒が、とても楽しそうに笑っている。陸は菜緒の顔の部分を拡大した。そこに写っているのは自分の知らない菜緒だった。LINEが既読になったのを待っていたかのように、舞子から新たな書き込みが届いた。男の情報だった。男は二条統也《とうや》という名前で、海保の特殊救難隊に所属しているとのことだった。その他、身長や血液型、出身地など情報がたっぷりと書かれている。舞子のことだ、万に一つの間違いもないだろう。だが、二人が付き合っているとか、どこで出会ったとか、そういったことは何もない。ひたすら二条という男の情報のみが記されていた。あとは自分で確かめろということなのかもしれない。

デビの退官パーティーの知らせが届いたのは、舞子からLINEが届く二ヵ月近く前のことだ。偶然菜緒と食堂で顔を合わせた時、一緒に浜松へ向かおうという話になった。楽しい旅になるはずだった。最悪だったデビとの想い出で笑い合い、チャーリーとの再会に胸躍らせる。そんな時間になるはずだった。

だが、現実は違った。小松駅からJR北陸線で金沢駅まで出て、金沢駅からは北陸新幹線に乗り換えて東京駅へ。そこから再び新幹線を乗り換えて浜松駅へと向かう。道中、陸はほとんど菜緒と話をしなかった。正確にいえば、何を話していいのか分からなかった。自分が知らない菜緒がいる。その事実に、ここ数日自分でも驚くくらい混乱していた。

菜緒とはこれまでどんな時も一緒にいた。遠く離れていても、気持ちは繋がっていると思っていた。いや、そんなことは一度も疑ったことはない。これからもずっとそうだと信じていた。だが、それはどうやら違っていたようだ。

寂しい。

いや、ちょっと違う。虚《むな》しいとも違う。この気持ちをなんと表現すればいいのか分からない。

何度もこれは自然なことだと自分に言い聞かせようとした。菜緒だって一人の女の子だ。恋だってする。好きな人も出来るだろうし、デートだって当たり前のことだ。そう思おうとした。でもダメだった。なぜダメなのかは分からない。ただ、ダメだった。どうしてもそんな風に思えない。そんな自分を激しく持て余した。

「他のに代えようか」

マスターの声がすぐ近くで聞こえて我に返った。頼んだアイスコーヒーには口も付けず、タンブラーにはびっしりと水滴が付いている。

「そう……ですね」

「何がいい？」

「じゃあハイボールをください」

「ハイボール。ジャックソーダでいいかな」

ジャックソーダがなんなのか分からなかったが、陸は「それでいいです」と答えた。

マスターがアイスコーヒーの代わりに置いていったジャックソーダを一気に身体の中に流し込んだ。あまり口にしたことがないウイスキーの香りが、炭酸と混じり合って心地良かった。何かを忘れようとして酒を飲む。そんなシーンをドラマかなんかで観たことがある。あの頃は主人公の気持ちが分からなかったが、今はなんとなく理解できる。飲んでも忘れることなんてできはしない。だけど、どうしようもないから酔おうとするのだ。

「マスター、同じものをお代わり」

「同じものね」

もう、カウンターのカップルはこっちを見ることもなかった。ウイスキーを飲むことで場に馴染んだのかもしれない。そんなことはどうでもいいけど。

それからは、立て続けにジャックソーダを飲んだ。一向に酔った感じはしなかったが、だんだん頭の芯がぼんやりしてきた。

お店の壁に掛かった時計に目をやると、すでに九時近い。確かパーティーは八時半で終わりだった。デビには悪いことをしてしまった。酷い想い出しかないが、それでもあのしごきがあったから今の自分があるのだと思う。いつか、あらためて謝りに行こう。いや、今行けば、二次会には顔を出せる。長谷部達は二次会に行くのだろうか。菜緒は会場に行ったんだろうか。次から次に頭の中を思いが巡っていく。菜緒の笑った顔。菜緒は携帯に入っているあの写真を見るまでもなく、隅々まで鮮明に頭の中に張り付いている。

どうしてこんなに気持ちが揺らぐのか分からない。

俺、何やってんだろう……。

結局、陸は何もせず、目の前のジャックソーダを飲み続けた。

「あ、いた！」

入り口から誰かの声が聞こえたような気がした。ドアが開き、足音が近づいてくる。

「陸くん」

名前を呼ばれ、陸は自分の横に立った人影を見上げた。長谷部だった。

「何してるんです、こんなところで」

「何って……酒を飲んでます。ジャックソーダ、美味《うま》いんです」

長谷部が見つめている。哀《かな》しそうな目だと思った。陸は長谷部から目を逸らすと、入り口の方に視線を向けた。ガラス窓の向こうに人影がある。光次郎《こうじろう》と笹木だ。もう一人、小柄な影が見えた。菜緒だということはすぐに分かった。

そうか、ちゃんと会場に行ったんだ……。

どこかほっとした気持ちになった。

「なんでここが……」

長谷部は問いには答えなかった。多分、記憶を辿ってあちこち探し歩いたのだろう。

二次会にも行かず、みんなで。

「何があったのかは知りません。でも、陸くんと菜緒さんの間で何かがあったのは分かります」

陸は答えなかった。

「もし、話をする気があるなら、お店を替えましょう」

チャーリーのメンバーが入るにはここの店は狭過ぎる。陸はグラスを掴んだ。氷がカランと音を立てた。

「話っていっても、別に話すことなんかないんです。ほんとです」

「じゃあ、飲み直しませんか。せっかく、チャーリーが集まってるんです」

せっかく……。

確かにそうだ。みんなで集まるのは何年ぶりだろう。速の結婚式以来かもしれない。

陸は再び窓の外を見た。菜緒。いつもなら店の外で待つようなことは決してしない。真っ先に飛び込んできて、啖呵《たんか》を切りながら有無をいわせず腕を掴み、引っ張っていくに違いない。

「いや、止めときます。明日早いんで」

「陸くん」

長谷部の声が少しだけ強くなった。

「長谷部さん、今日だけはほんとに……」

ごめんなさい。

その言葉が出なかった。涙が出てしまいそうで、奥歯をぎゅっと噛んだ。

「分かりました。でも陸くん、何か話したいことがあればいつでも連絡くださいね。今日じゃなくても、いつでも」

相変わらず長谷部は優しい。やっぱりリーダーだ。でも、これぱっかりはどうしようもない。長谷部に話をしたところで、解決なんかしない。だって、誰も悪くはないんだから。

陸が頷くと、長谷部も小さく頷き返した。

長谷部達が店を後にしてから十五分ほどして陸は席を立った。マスターはさっきのことについて何も尋ねなかったし、陸も何も言わなかった。茶色の革製のトレイに載せて差し出された紙きれには、ペンで四二〇〇円と書かれていた。小銭を出すのが面倒で、一万円札を差し出した。マスターにお礼を言ってから店を出る。来た時と同じように、人通りはまばらだった。夜になっても冷えきらない生ぬるい風を感じながら、陸は駅の方へと歩き出した。そういえばチェックインもまだだった。泊まれないとなればサウナにでも行けばいい。それから明日の始発に乗ろう。そんなことを考えていた。

翌日、日曜日の始発ということもあってか、東京へと向かう新幹線の車内はガラガラだった。陸は3号車の自由席車両に乗ると、出入り口からすぐの窓際に腰を下ろした。幸いなことに予約していたホテルはキャンセル扱いにはなっていなかった。すぐにシャワーを浴びてベッドに寝転がったがなかなか寝付けなかった。まどろんだのは一時間くらいのものだと思う。たった数時間の滞在でホテルを後にしたわけだ。もし、菜緒とは何事もなく、いつものようにチャーリーでバカ騒ぎをしていたとしても、結局ホテルの滞在はそんなものだっただろう。

陸は缶コーヒーを飲みながら舞子にLINEを送った。舞子と会って直接話をする。それもなるべく早く。今日でもいい。昨夜からずっと考えてきたことだった。まだ朝早い。七時前だ。起きたら読んでくれればいいと思っていたが、舞子からの返事はすぐに返ってきた。

【珍しいね、陸の方から誘いがくるなんて。バイトは夜だから大丈夫。金沢に着く時間が分かったら教えて。改札で待ってる】

陸は短い文面を二度、三度と読み返した。読み直しながら、嫌な気分が這い上がってきた。舞子との話は楽しいものではない。用件はただ一つ、菜緒の行動を見張るのを止めさせることだ。二度とこんなことはしてほしくない。たとえ舞子が何を言っても、それだけは納得させる。そのためには強くも言う覚悟だ。舞子が泣いたとしても……。

再びLINEが届いた。舞子からのスタンプだった。猫が嬉しそうにジャンプしている。それを見て、尚更気分が沈んでいった。

金沢駅には十一時少し前に着いた。浜松駅とはうって変わって、大勢の観光客でごった返している。北陸新幹線が開通してから、金沢近辺は一気に活気づいた。ホテルの宿泊料も以前とは比べ物にならないくらい高騰していると、タクシーの運転手に聞かされたことがある。

人混みを縫うようにして改札へ向かうと、LINEにあった通り、舞子はそこにいた。陸を見つけて大きく手を振っている。白いTシャツにブルージーンズ、その上に淡いベージュ色のガウンを着ている。舞子に気づいた男達数人が、振り返って陸の方を見つめる。この光景は宮崎にいた頃から変わっていない。確かにこんな美人が笑顔で手を振れば、それがどんな相手なのか気にはなるだろう。しかし、数分後にはあの笑顔は消えるのだ。陸は強張《こわば》った顔のままで改札に向かった。

陸が改札を抜けると、「お帰り」と舞子が近寄ってきた。

「たった一泊だけど……」

「それでもお帰りはお帰りでしょ」

舞子は笑みを崩さない。ふっと良い香りが漂ってきた。

「どこに行く？」

そんなことは何も考えていなかった。むしろ、ここで一気に終わらせてしまいたかった。

「あのさ――」

「最近、美味しいパスタ屋さんを見つけたの」

舞子は陸の腕を掴むと、先導するように歩き出した。また、数人の男達がこちらに視線を向ける。

「分かった」

陸は空いた方の手で舞子の手を離すと、「どっち？」と聞いた。

「出て右」

言われた通り、先に立って歩き出した。

お昼前だというのに、パスタ屋はほぼ満席に近かった。若い女性店員に案内されて窓際の一番端のテーブルに腰を下ろすと、舞子はすかさず夏野菜のパスタを注文した。

「ここ、ボンゴレも美味しいよ。きっと陸も気に入ると思う」

本音は店に入るのも、一緒に食事をするのも嫌だった。さっさと言うべきことを伝え、基地に戻りたかった。一緒にいる時間が長くなればなるほど、言い出すタイミングがなくなる。

「どうされますか」

陸は仕方なくボンゴレを注文した。まったく空腹ではなかったが、パスタなら流し込めると思った。

「久しぶりだね。こうして二人で会うの」

「そうかな……」

「そうだよ。近くにいるのに全然誘ってくれないもん」

正直、いつ以来なのかまったく思い出せない。

「舞子ちゃん、実は――」

「この前、高岡さんと会ったよ」

ふいに舞子が話題を変えた。

「え？」

速からそんなことは何も聞かされてはいない。

「いつ？」

「就活で東京に行った時」

「就活……」

「私、もう四年生だよ」

初めて宮崎で会ってから、そんなに時間が経ったのか。

「話があるんでしょう」

舞子が真っ直ぐにこっちを見た。

「大安さんのことだよね」

陸は黙って頷いた。

「怒ってる……？」

「怒るとかそんなんじゃないんだ。もう二度と菜緒のこと、盗み撮りするとか止めてほしい」

「どうして？」

どうしてって……。

「仲間のプライベートのことなんか知りたくないから」

「仲間？　大安さんって陸にとって仲間？」

「そうだよ」

「嘘」

「嘘じゃない」

陸は目に力を込めた。

「睨まないでよ……」

舞子の顔が曇った。それでも陸は目に力を込めたまま、「菜緒のこと、ほっといてくれるって約束してほしい」と続けた。

「したらどうなるの？　もう私とは会ってくれなくなるの？」

「そんなことないよ」

「あるよ！」

陸を見つめる舞子の目が潤んでいる。小刻みに身体が震えている。

「何回誘っても会いになんて来てくれなかったのに、大安さんのことになったら自分から連絡してきて……」

「だからそれは――」

「仲間なんて言わせないからね……。陸は大安さんのことが好きだから、会いたくない私にお願いまでしに来たの。そうでしょう」

俺が、菜緒のことが好きだから……。

本当にそうなのだろうか。これまで一度もそんなことを考えたことはない。同期。同僚。仲間。それ以上でも以下でもない。

「さっき、仲間のプライベートなんか知りたくないって言ったけど、それも嘘だよ。自分がショックだったから。これ以上知りたくないから焦って私に会いに来たの」

「お願いしたからね」

陸が席を立とうとすると、舞子がテーブルに置かれたフォークを摑んで自分の方に向けた。テーブルの陰になって他の客には見えないが、陸にははっきりと分かった。

「逃げないでよ」

陸は頷くと、再び椅子に座った。

舞子はゆっくりとテーブルにフォークを戻した。

口の中がカラカラだ……。

陸がコップに手を伸ばした時、「あのね……」と舞子が口を開いた。

「私、酷いことしたって自分でも分かってるよ……。でも、悔しかったから」

「悔しいって……何が」

「陸、変わったよね……」

まただ。アグレッサーになって人が変わったと言われたのはこれで何人目なんだろう。

「昔みたいに全然いい顔してない……」

「疲れてるのかも……」

「そうじゃない」

「みんなそう言うけど、俺は自分が変わったとか思ってないし。変わりたいとは思ってるけど」

「どんな風に」

「どんなって……もっと強くなりたいと思ってる。いろんな意味で」

「零児みたいにってこと」

「浜名さんみたいになりたいとは思ってない。でも、アグレッサーになって、浜名さんのこと、ちょっと誤解してたかもしれないと思うようにはなった」

「陸には似合わないよ」

「似合うとか、似合わないとか、そんなことじゃないんだ。ならなきゃダメなんだ」

「それがダメなんだよ」

「ダメじゃないさ」

思わず声が大きくなった。隣のテーブルに座った若い女性の二人組がこっちを見つめる。

「なんで私が陸を好きになったか知ってる？　優しい目をしてたからだよ。長谷部さんを助けた後、テレビに出てる陸を見てびっくりした。今でもはっきり覚えてる。こんなに優しい目をしてるのに、戦闘機に乗って戦ってる人がいるんだって」

「それは俺がまだ何も知らなかったから」

「違うよ。新田原でも、306に行ってからも、ずっとその目は変わらなかった。だから、どんなに会えなくても、無視されても、私は陸を嫌いにならないでいられた。でも、今は違う。もう、あの時の目じゃない」

そんなことを言われてもどうしようもない。自分だって成長した。変わった。変わらざるを得ない環境に来たから。

「私、なんとか陸を元の陸に戻そうって……、どうすればいいのかなって考えてた。だから高岡さんにも会いに行った。大安さんだってそのこと、気づいてると思う。それなのにあの人、陸を放っておいて自分だけ楽しんでる……。それが私、悔しくて……。許せないって思ったから……。だって陸のこと、そんなに簡単に……想ってたの……気持ち……」

最後の方は涙で声が潰れて、何を言っているのか分からなかった。

結局、注文したパスタの代金だけを支払って店を出た。とても食べる気にはなれなかった。舞子とは店の前で別れた。ハンカチで目元を押さえながら、人混みの中に紛れていく舞子の後ろ姿をしばらく見つめていた。

3

九月に入った。

煩かったクマゼミの声も、いつの間にか「ツクツクボーシ」に代わっている。だが、この六日ほどはその特徴的な鳴き声を聞いていない。この季節には珍しく、梅雨のような長雨が続いている。今朝も激しい雨音と雷で目が覚めた。雨はともかく、雷は戦闘機にとっても危険な代物だ。雨雲ならば雲の上に出ればいいが、積乱雲はサイズも桁違いに大きく、凄まじい勢いで成長する。スーパーセルともなれば、その大きさとエネルギーは途方もないものになる。昔、長谷部が被雷して意識を失ったことは、何年経っても忘れることはできない。朝のブリーフィングで訓練の中止が決まったことは仕方がないと思えた。ただ一人を除いては……。

最近、緩みがひどくなってきたヘルメットのジョイント部分を直そうと思い、陸がオペレーションルームから格納庫へと通じるドアの方に向かいかけた時、「くそっ……」と呟く声が聞こえた。声の主はガンモだとすぐに分かった。オペレーションルームの中には、床よりも一段高い場所にデッキが設けられている。部隊がフライトする際、残った者が地上指揮官となって運行を見守るための場所だ。毎回、指名されたDO（デューティ・オフィサー）とそのアシスト役としてADO（アシスタント・デューティ・オフィサー）が付く。陸もガンモもADOとして、何度もその任に当たっている。

陸は足を止め、恨めしそうに窓の外を見つめているガンモの横顔を見た。相変わらず福々しくて肉付きのいい顔だ。だが目付きは違う。はっきりと焦りの色が浮かんでいる。

「そのうち止みますよ」

なるべく明るく、ガンモの後ろから声をかけた。

「いつだよ」

「それは分かりませんけど」

「お前、小松が長いんだろ」

「まぁ。でも、今年はちょっと異常ですね。これも温暖化の影響なんですかね」

「使えねぇ」

ガンモが吐き捨てる。使えないとは天気のことなのか自分のことなのか。多分どっちもなんだろう。声をかけたのが失敗だった。これ以上、苛立《いらだ》っているのには付き合いたくなかった。陸がそのまま立ち去ろうとした時、「坂上」と名前で呼び止められた。

「お前にあって俺に足りないものってなんだ」

「え？」

ガンモが椅子を回転させてこっちを向いた。

「なんで俺は中級に通らない？」

「分かりませんよ……、そんなの」

そう答えたが、実際はちょっと違う。陸よりも数ヵ月早くアグレッサーに入ったガンモだったが、今もまだ中級資格を取れていない。巡回教導に追われてなかなか訓練が進まないこともあるのだが、一番の理由は本人の資質のような気がする。良くも悪くもマイペースであり、がむしゃらなところが足りない。本人に言ったことはないが、アグレッサーになったことで満足しているようにも見える。そんなガンモに変化が現れたのは、今度、アグレッサーとして一本釣りしたい部隊候補者の名前が挙がった時からだ。

「次の検定で頑張ればいいいんじゃないですか」

「受かると思うか」

「それは……」

分からない。

陸は合否を判定する立場にないが、今のままならダメな気もする。

これは実際に自分がアグレッサーになって分かったことだが、ここでは誰も上手くいかないことを責めたりはしない。なぜダメだったのか、どうして上手くいかなかったのかを検証し、理詰めで考え、その都度、やり方を整えていく。そして、そこには必ず励ましが込められる。全員が高いプロ意識を持ち、淡々と訓練をこなす。どうすべきかは自分で考え、それを実行していく。ここはある意味、部隊よりも穏やかな場所である。だからこそ、努力しなければ自分の居場所はなくなる。裏を返せば、甘さは通用しない世界なのだ。

「くそ……」

「俺、なんも言ってないじゃないですか」

「出てるんだよ、顔によ！」

「じゃあ言いますけど、そのための対策って練ってるんですか」

「……一応な」

「ならいいじゃないですか」

陸が再び歩き出そうとした時、ガンモが言った。

「もうすぐ武藤《むとう》ってのが来るんだよ」

「誰です？」

「防大の後輩だ。ついでに百里でもそうだった」

武藤……。百里……。

どこかで聞いたような気がする。

「もしかして、先日の候補者リストにあった？」

「まさかあいつがリストアップされるとはな……」

「上手いんでしょう。隊長も班長も推してたみたいだったし」

ガンモの表情がさらに曇った。

「もしかして焦ってる原因ってそれですか」

「昔から鈍くさくて、人をイライラさせる名人なんだよ。何言ってもぼーっとして、飯の食い方も汚ねぇし、いびきはヒデェしよ」

「なんかしたんですね」

「したというか……言ったことがあんだよ。下手くそだって。お前とは飛びたかねぇって」

ガンモはちらりと陸を見て、再び目を逸らした。

「パイロットを辞めろってな……」

なるほど、そういうことだったのか。

ダメ出しをした後輩がアグレッサーに推薦され、やがては同僚になるかもしれない。その時、中級資格に落ち続けていたのでは自分の立場がない。全部、自業自得だ。

「知りませんよ」

陸は冷たく言い放った。

「そんなこと言うなよ……」

「言いますよ。はっきり言ってくだらないです。ガンモが受からないのは自分のせいです。努力が足りない。武藤くんの前で恥をかきたくないっていうのも、俺から言わせてもらえば小さすぎるプライドです。なんの同情もできません」

「教え導くことがアグレッサーの使命なんじゃないのか……」

「都合のいい時だけ、そんなことを言わないでください」

「お前、やっぱり浜名さんに似てきたな」

「そうですか」

吐き捨てるや、陸はドアを開けてオペレーションルームを出た。雨が降りかかる。

空を飛ぶ者は強さを厭うてはならない。弱さは罪だ。アグレッサーは強くあらねばならない。だから、自分も強くあらねばならない。たとえ人から恨まれても、それを厭うてはならない。

今の自分が間違っているとは思わない。顔が変わったというのならそれで構わない。優しい目じゃなくなったというのなら、それでも構わない。自分から離れていくのならそれでもいい。誰の支えもいらない。菜緒のことも舞子のこともどうでもいい。恋なんて煩わしいだけだ。

空を飛ぶ者にとって弱さは罪だ。家族も、仲間も、己も守れない。

陸は空を見上げた。雨がこれまでの自分を洗い流してくれているようだ。

もっともっと強くなってやる。

堅く心に誓った。

第五章　倒景《とうけい》

1

梅雨のような天気は九月も半ばを過ぎるとようやく安定した。蟬の声は聞こえなくなり、あれほど蒸し暑かった夜の風の中に、少しずつ冷たい空気が混じり始めた。これから北陸には短い秋と、長く厳しい冬がやってくる。

次の巡回教導に出るまでにはまだ三週間の余裕がある。飛行教導群に所属するパイロット達は、この時間を無駄にしないようせっせと練成訓練に励んでいる。教導資格を持っていないパイロットならばそのための訓練を行い、資格保有者であれば、さらに上の資格を取るための訓練を行うといった風にだ。

朝七時半からモーニングレポート開始。その後、一日三回から四回の飛行訓練を行う。訓練の内容はパイロットによって様々だ。着隊して間もない者はTR訓練を、初級資格の取得を目指す者は、編隊長の方針に従ってウイングマンとして飛んでいる。陸は中級の有資格者なので、すでに訓練は上級へと移っている。

上級は多数機による戦闘訓練となる。数は八機から十二機以上。2VS2がメインだった中級の検定と比較すれば、ミッションのスケールは比べ物にならないほど大きい。しかも、ただ数が多いだけではなく様々な個性が付加される。たとえば対戦相手だ。ベテラン揃いのF－15部隊だったり、F－4が混じった混成部隊、F－2のみで構成された精鋭部隊という具合に。時には仮想敵国の戦闘機部隊という想定もある。実にバリエーションは豊富だ。

ベテランパイロットともなると、F－15を使ってファントムやF－2、スホーイなどの機動特性や弱点を明確に表現できる。さらに驚くことには、そこにパイロットの性格までもが上乗せされる。パイロットだって人間だ。いろんなタイプがいる。極限状態では普段は隠れている素《す》の面が表に現れる。「カッとなりやすい」、「冷静さに欠ける」、「慎重の上にも慎重」であったり、「直感で動く」など、多種多様である。アグレッサーは別機体の機動を演じながら、同時にパイロットの性格をも演じてしまうのだ。

最初に目の当たりにした時は衝撃だった。いや、不思議でならなかったと言った方が正確かもしれない。

「サプライズばかりじゃ困るよ。ユーもいつかはセイムなことをやってもらうんだからな」

訓練後、呆然として後席に座っている陸にドロンパが笑いかけた。陸は返事ができなかった。

そんなことが自分に可能なのか？

まったく想像できなかった。でも今は、演じる側に立つこともある。ホッパーやノブシから見れば出来はまだまだだそうだが、エキストラからセリフのあるチョイ役には抜《ばっ》擢《てき》されている。

先日は慎重な性格のパイロット役をやったのだが、これがもうじれったくて仕方がなかった。

ここで突っ込む。ここは鋭く引く。

自分の感覚でできないのだ。いつものように動けば、慎重な性格のパイロットではなくなってしまう。大いにストレスが溜まり、生まれて初めて蕁《じん》麻《ま》疹《しん》が出た。

昔から直感型と言われ続けてきた。理論より前に感覚で飛んでいると。

「相手の動きを見てたらなんとなく左に寄ってる感じがしたんで、あぁ来るなってピンときたんです。だからグイッとブレイクしてそこから一気に反転して――」

「なんとなくってどういうことだ？」

「ピンときた決定的な理由は？」

「ブレイクのタイミングは？」

「角度は幾つだった？」

「反転の根拠は？」

デブリーフィングでは散々攻め込まれた。行動や判断の根拠を尋ねられても、きちんと言葉にして説明することができない。考える前に反射的に身体が動いたし、誰もが同じ状況、同じ立場に立てば、同じことをするのだと考えていた。でも、それは間違いだった。

【直感で行動する】

【時に自己中心的になる】

【一か八かの賭けをする部分がある】

【意外と怒りっぽい】

【他人に構わない】

次々と自分の性格が顕《あきら》かになっていく……。

他者を教え導くためには、まず自分をしっかりと分析し、理解することが必要となる。タイプの異なるパイロットを演じることでより深く分かる。アグレッサーにならなければ、生涯気づかなかったかもしれない自分の深層部分。それだけでもここに来た意味はあると思う。たとえ顔が変わった、昔の方が良かったと言われてもだ。

これを知ったら舞子はなんと言うだろうか。「全部その通り」と頷くかもしれない。先日以来、舞子とは会っていない。連絡もしていない。舞子をひどく傷つけてしまったことは申し訳ないと思っている。でも、心のどこかでこのままフェードアウトしてくれればと願うような気持ちもある。

【時に自己中心的で、他人に構わない】

自分が嫌になる。

今日のフライトスケジュールは午後一時半から組まれている。自分の訓練ではない。ガンモの訓練だ。陸はガンモのウイングマンとして、ドロンパ・ノブシ組と戦うことになっている。ガンモは今、五回目の中級検定試験へ向けて猛特訓中だ。相手をしているのは飛行班長のドロンパがメインであり、ホッパーやノブシといったベテラン勢がサポートに付く。時には尾方隊長自らが相手をすることもある。皆、なんとかしてガンモに検定を突破させようと必死になっていた。相手を思いやる。これもまたアグレッサーの心情だ。だが、ガンモの目付きは日に日に暗くなり、翳《かげ》りは増す一方だった。

オペレーションルームからひっそりと出ていくガンモを見つけて、陸は小走りに駆け寄った。

「今日はよろしくお願いします」

ガンモは陸の方を見ようともせず、「あぁ」と呟いた。

「どこ行くんです？　ブリーフィングはすぐですよ」

「ションベンだ」

とぼとぼと廊下を歩いていくガンモの背中は、小さく縮こまっている。飛ぶ前からこんな状態では勝負は目に見えている。つまらない。以前、ダメ出しをした後輩と同僚になるかもしれないとガンモは言った。それが嫌だとも。でも、それがどうしたというのだろう。同じ立場になるのが嫌だというのなら、努力して先へ進めばいい。それだけのことだ。アグレッサーは背中を丸めて歩くようなパイロットがいる場所ではない。一八郎が残した言葉通り、空を飛ぶ者は強くなければならない。ここはそういう場所なのだ。

陸はブルーマーダーの前席に座り、前を進む三機を追うようにしてタクシーウェイを進んだ。先頭を行くブルにはドロンパが、すぐ後ろのミドリガメにはノブシが乗っている。隣にはマダラ3号。操縦しているのはもちろんガンモだ。陸は迷彩柄の機体、銀色のノズルが炎で炙られ黒く変色した二つのエンジンを見つめた。今でもこの機体を見ると、胸騒ぎを覚えることがある。浜名零児とマダラ3号は、空でも地上でも一体化して見えていた。

「ねぇホッパー」

陸はバックミラーで後席に呼びかけた。

「ホッパーのお気に入りの機体ってどれですか」

「なんだ、急に」

「いや、なんとなく」

ホッパーはしばらく考えてから、

「やっぱりミドリガメだな。反応は速くはないが、他の機体と比べて安定感がある。お前は？」

「う～ん、やっぱりこれかな」

陸は右の拳でブルーマーダーのキャノピーを軽く叩いた。

「だろうな」

表情は見えないが、ホッパーが微かに笑ったような気がした。

「どうしてです？」

「こいつは俺のもんだって顔してる。特にF－2とやってからはな」

そんなことを言われるなんてちょっと意外だった。

「昔、浜名さんがマダラ3号によく乗ってるのを見かけて。俺、アグレッサーにはてっきり決まった機体があると思ってました」

「浜名1尉か。あの人の場合はちょっと特別だったからな」

皮肉……。

そんな風に聞こえた。確かに浜名零児は他と違っていた。勝手に訓練生と空戦をやるような人だ。いろんな意味で特別だった。

「マダラ3号を見ると、今でも威圧感を感じることがあるんですよね」

「そんな話をガンモもしていた」

「ガンモが……？」

最近、ガンモは決まってマダラ3号に乗っている。誰がどの機体に乗るのかを決めるのは訓練幹部のノブシとホッパーだ。マダラ3号に集中して乗せることで、かつてガンモが感じた威圧感を自分のものにさせようとしているのかもしれない。

「合格できますかね」

「してもらわないといけない」

ホッパーもノブシも陸と同じように、上級の訓練を脇に置いて、連日ガンモの訓練に付き合っている。みんな一丸となってバックアップしているのだ。必ず応えてもらいたい。いや、応えるべきだ。陸は操縦桿を強く握り締めた。

1334《ヒトサンサンヨン》、四機は轟音を響かせて小松基地を離陸した。先行はドロンパとノブシ、続けてガンモと陸があとを追う。地上付近の霞は上昇するにつれて消えた。そのまま北北東に進みながら日本海上空のGエリア空域を目指す。高度一万ftを超えた頃には、どこまでも澄んだ青空が広がって見えた。

「北、西……いや、東ともに視程良好。西の方にも……あまり雲は見当たらない。本日の訓練内容に支障なし。ウェザーチェックコンプリート」

聞いていてイライラするくらい、自信なさげなガンモの声だ。

「360《スリー・シックス・ゼロ》」

コブラが誘導を開始した。あまり馴染みのない声だ。コブラもこちらと同じように資格検定が行われる。巡回教導の際は有資格者が管制を行うのだが、部隊内部での練成訓練ではしばしば新人が声を当てることになる。思い出した。この声の主は確か笹川《ささがわ》という名前の背の高い男だ。初級検定の突破に向け、TR訓練の最中だったはずだ。

「エメリッヒ01、ウィルコー」

ガンモが答えた。しばらく先行する二機を追うようにして飛んだが、「ガンモ、ライト０５０・ゴー・レッドポイント」と再びコブラの声がした。

「セパレート０５０」

「ドロンパ、レフト２３０・ゴー・ブルーポイント」

「２３０、ドロンパ、ウィルコー」

ドロンパとノブシの操縦する二機がゆったりとした仕草で離れていく。

分かれて戦う時は、便宜上、どちらかをブルー、どちらかをレッドと呼称する。巡回教導で部隊と訓練する時と同じだ。今回はドロンパ・ノブシ組がブルー、ガンモ・陸組がレッドとなる。

しばらく待ってもガンモが返事をしない。陸はしびれを切らして「サード、ウィルコー」と答え、すかさず「ガンモ！」と呼びかけた。

「……あ」

「あ、じゃないですって。コブラの声、聞こえませんでしたか」

「いや……聞こえた……かな」

陸は向かって左側に視線を向け、機体の前方を見た。マダラ３号の前席、キャノピーの中にガンモの姿がある。まったく覇気が感じられない。おもちゃの人形みたいだ。マダラ３号を自分のものにしていない。すっかり呑《の》み込まれている。

五分後、コブラが「ＦＴＲポイント」と告げた。ドロンパとノブシが目標地点に到着したのだ。

「では……訓練ルールは計画通りに。よろしくお願いします」

おずおずとガンモが喋る。自信なさげで小さい声だった。

「ドロンパ、ノブシ、本気でかかってきてください。さもないとキルしますから」

陸は会話の中に割って入った。陸の声は無線を聞いている全員に届いている。

「よーし、ならぶっ潰す気でいくぞ！」

ノブシがTACネームさながら野太い声を上げた。ドロンパも「インタレスティング！　ジョークにもなってませんがね」と笑った。

「ちょっと焚《た》きつけ過ぎだろう」

後ろからホッパーが諭したが、「いいんですよ、これくらいで丁度」陸は聞き流した。ドロンパとノブシがあえて挑発に乗ってくれたことは分かっている。今頃、ガンモは余計なことをするなと思っているだろう。でも、これでいい。本気で、死ぬ気でやることこそが上達の一番の近道となる。

「スタート・ミッション」

コブラの声で訓練の幕が開いた。

予想通り、ドロンパとノブシは正面から最大速度でこちらに向かってきた。本気でぶつかるぞという意志が垣間見える。

さぁどうする？

陸はマダラ3号を見た。もう迷っているヒマはない。マッハの世界では0・1秒の逡巡がことを変える。だが、まだガンモからの指示はない。

「ガンモ！」

「ド、ドッグライト！」

ドッグライトは正面から来る敵機に対して取る攻撃機動だ。近づきすぎる前にウイングマンが戦闘を離脱するような機動を取り、敵機にその後を追わせる。そこをすかさず編隊長機が敵機の後方に回り込む。だが、この攻撃機動は相手が一機だった場合に有効なものだ。果たして百戦錬磨のドロンパとノブシが陸のお尻についてくれるかどうか。

陸はガンモの指示通りに向かってくる二機に向かって進行し、頃合いを計って右に旋回した。

食いついたか？

Gを身体に受けながら、首を回して後ろを見る。

……いない！

二機はドッグライトの仕掛けを早々に見破ったのだ。だとすれば狙いは一つしかない。

「サード、戻れ！　早く！」

ガンモの喚き声が耳元で響く。陸は急旋回して上昇すると、十時の方向へ機首を向け、アフターバーナーを点火させた。

空の上でマダラ3号はブルとミドリガメに追い立てられていた。牧羊犬に吠《ほ》えられて逃げ惑う羊のようだ。慌てふためき、必死で躱すマダラ3号にはかつての威圧感の欠片もない。同じ機体でも、乗り手が違うとこうまで印象が変わるものなのか。

陸はブルの横っ腹に狙いを定め、一気に降下した。ガンモの相手をなんとか一機だけにして、キャノピー・トゥ・キャノピー（互いに相手の後ろを取ろうとして旋回を続ける状況）に持ち込ませる。相手はF－2じゃない。同じF－15なのだ。もし、ガンモが圧に耐えきることができれば、たとえ相手がノブシであってもチャンスが巡ってくるかもしれない。そうしなければ万に一つの勝算もない。

ドロンパが陸の接近に気づいた。マダラ3号の背後を追うのを止め、あっという間にその場から離脱する。陸はドロンパをガンモに近づけさせないために、全速力でその後を追った。

「ガンモ、ブルは任せろ！」

陸の言葉がガンモの耳に届いたかどうかは分からない。こうなった以上は信じるしかない。ガンモだってアグレッサーの一員なのだ。1VS1になれば必ず粘ってくれるに違いない。だが、陸の想いはあっさりと裏切られた。右後方からマダラ3号が追いかけてくるのが見えたのだ。

「なにしてる！」

思わず大声が出た。チャンスを不意にするなんて信じられなかった。

「態勢を立て直す」

もう一度編隊を組み直し、一から勝負を始める。ガンモはそう言いたいのだろう。

この期《ご》に及んでかよ!

はっきりいってそれは無理だ。今の状況はブルを先頭に、追いかけるブルーマーダー、その後ろにマダラ3号がいて、それを追うようにミドリガメが迫っている。四機が直線上に並んでいる状態だ。ここからどうやって編隊を組み直すというのか。もう一度ヘッドオン状態からやり直すなど、ドロンパとノブシがそんな時間も余裕も与えてくれるはずがない。

ならばどうすればいい?

陸は音速の世界で懸命に考えた。

再び1VS1の状況を作り出すには……。

「ガンモ」

陸はガンモにのみ聞こえる周波数で呼びかけた。

「よく聞け。俺はこれから左ターンして、そのままミドリガメの後ろに付く。ガンモは加速してドロンパを追いかけろ」

陸がターンすればノブシはその意図に気づくだろう。すると必ず、ガンモの後ろから離れるはずだ。作戦が上手くいけば、再び1VS1の状態に持ち込める。ただ、ガンモの相手がノブシからドロンパに移るが、それは仕方がない。勝てないまでもドローに持ち込みさえすればなんとかなる。

「いや、それは――」

「カウント」

陸は強引にガンモの言葉を遮った。

「3、2、1、GO！」

一気に機体を左に倒し、そのまま反転する。8Gという猛烈な重力が全身を包み込み、身体が押し潰されそうな感覚になる。Gに慣れというものはない。ただ、歯を食いしばってひたすら耐えることしか方法がない。

このままノブシの後ろへ……。

その時だった。

「避《よ》けろ！」

後席からホッパーの鋭い叫びが聞こえた。ハッとキャノピーの外を見る。目の前にはマダラ3号の下腹があった。車輪の格納部、機体の継ぎ目、所々に貼られたマーキングがはっきり見える。

なんで……。

陸の身体は頭よりも早く動いた。間一髪でマダラ3号の下をすり抜けるように躱す。

「こちらホッパー。重大インシデント発生。訓練の中止を要請する」

「何があった？」

ドロンパの問いに、「異常接近です」とホッパーが答えた。

「分かった。訓練中止。全機帰投」

訓練中止。全機帰投……。

陸の頭の中でドロンパの言葉が反響する。

「サード、大丈夫か」

ホッパーが後ろから呼びかけた。

「大丈夫です……」

「危なかったな。もうコンマ数秒判断が遅ければ空中衝突だった」

ホッパーの声も微かに震えているようだ。

「操縦できるか？」

「え……」

あらためて意識して操縦桿を握ったが、嘘みたいに手が震えている。

「あれ、おかしいな……」

「替わろう」

いつ以来だろう。空で操縦を渡すなんて。キャノピーから空を見ながらそんなことを思った。空はここに来た時と同じくらい澄んでいて美しかった。でも、もし衝突していたら、この景色も感じることはできなかった。

唐突に菜緒の顔が浮かんだ。小松救難隊の非常ベルが鳴る。

「アグレッサー機が日本海に墜落。操縦者生死不明。搭乗者は坂上陸2等空尉」

菜緒はその時、どんな顔をするのだろう。耳元で「陸！　陸！」と何度も自分を呼ぶ声が聞こえる。

俺……もしかしたら、死んでたかもしれないんだ……。

全身から汗が噴き出してきた。陸はホッパーに気づかれないように両腕を抱え込み、必死で震えを隠そうとした。


オペレーションルームは重苦しい空気に包まれた。当のガンモが医務室に行ったまま、不参加だというのが一番の理由だが、それだけではない。ＶＴＲ解析の結果、二機が最も接近した距離が５ｍを切っていたという事実が皆を沈痛にさせたのだ。

原因ははっきりしていた。ガンモと陸の連携ミス。態勢を整えようとするガンモと、1VS1に持ち込もうとした陸の考えの相違。陸が左旋回をして後方に向かおうとした時、ガンモもまた左旋回していた。陸の進言通りにドロンパを追わず、あくまでも編隊を立て直そうとしたのだ。腕組みをしたまま黙って話を聞いていた尾方隊長は、ウイングマンである陸が長機の指示を聞かなかったことが大きな要因だと断定した。

「このことは飛行教導群司令に報告する。結果が出るまでサードの飛行を禁止する」

飛行……禁止……。

すぐ側にいるのに、尾方隊長の言葉がひどく遠くから聞こえるように感じた。

「隊長、それはひでぇ。なんで処分がサードだけなんですか」

ノブシが突っかかったが、尾方隊長は「今言った通りだ」と低い声で言った。普通ならそれだけでみんなが黙る。それくらい感情を押し殺した声だった。

「サードだって悪気があってそうしたわけじゃねぇ……」

尾方隊長の視線がノブシに向いた。

「隊長だって知ってるでしょう、ここんとこのガンモの状態がどんなだったか。いつも俯いて、ろくに返事もしねぇ。中級に受かるのが大変なことはここにいる全員が知ってます。だから、ドロンパがメインになって、俺もホッパーもサードだってバックアップしてたんだ」

「それとこれとは関係ない」

「ないわけない。大ありですって！」

ノブシが大声を上げた。

「ストップ！」

鋭くドロンパが遮る。

「隊長、責任は私にあります。すべての面において気を配っておかなければいけませんでした。申し訳ありません。だから、飛行禁止だけは……」

ドロンパが深々と頭を下げた。

「ダメだ」

尾方隊長は静かに言った。

どうしてみんなが揉めるんだろう。

陸はホワイトボードに描かれた機動図をぼんやりと眺めながら思った。こうなったのはみんなガンモのせいじゃないか。ガンモが俺の指示を無視するからこんなことになったんだ。俺は危うく死ぬところだった……。死。何もかもが消えてしまう。ベッドに横たわった一八郎の白い顔。春香のすすり泣く声。途端、激しい熱が腹の底から這いあがってきた。どうしようもない、抑えようのない怒りだ。

「飛行禁止にしたければしてください。俺は別に構いません」

ホワイトボードに目を向けたまま言い放った。

「おい、サード」

ノブシがなだめるように手を伸ばしたが、陸はその手を振り払った。

「ただ、これだけははっきり言います。俺はガンモにちゃんと指示を出した。ホッパーが聞いてます」

その場にいる全員がホッパーを見た。

「確かに聞いた」

静かにホッパーが答えた。

「そらみろ」

ノブシが誰に聞かせるともなく低く呟く。

「だが、ガンモからの返事は聞いていない」

ノブシがホッパーを見た。

「……聞いてねぇ？　そりゃどういうことだ」

「ガンモの返事をサードが遮った」

今度は一同の視線が陸に向けられた。

「サード……。ほんとなのか？」

「そうだったかもしれない……。でも、それにはちゃんとした理由があります」

「なんだ？」

尾方隊長が言った。

「勝つためです」

陸は尾方隊長を見た。

「ガンモの態度は飛ぶ前からはっきりしませんでした。何を聞いても生返事で。空に上がってからもそれは変わりませんでした。逃げ腰だった。だから俺がリードしようと思ったんです。本気にならないと訓練にはならないし、このままじゃ検定だって通らない。ホッパーもノブシも、俺だって自分の検定を後回しにしてまでガンモに付き合ってるんです。それなのに……」

「なのに？」

「弱い者は空にはいらないから……」

「それがお前の本心か」

陸は尾方隊長の目を真っ直ぐに見つめ返した。

「その結果が何を生んだ？　一歩間違っていたらお前は今、ここにいなかったんだぞ」

「そうしたのはガンモの弱さです」

言葉を発したと同時に、頬に激しい衝撃を受けて陸は椅子から転げ落ちた。床に這いつくばったまま顔を上げると、鋭い目をした尾方隊長が見下ろしていた。

「サード、なぜお前だけが飛行禁止になるのか、その意味を考えろ」

尾方隊長はオペレーションルームから出ていった。

2

「高岡1尉、本日より一週間、同乗訓練に参加いたします。よろしくお願いいたします」

灰色のカーペットが敷き詰められた部屋の中に、高岡速の凜とした声が響き渡った。

コブラは年に二〜三回の頻度で、アグレッサーの操縦するF－15の後席に乗ることになっている。時期は決まっていない。巡回教導の合間、アグレッサーが練成訓練をしている時に小松に行く。もちろん練成訓練の管制もコブラがやるので、たいていは二人で向かうことになる。

目の前の黒い机にはプレートが置かれ、そこには肩書きと階級、名前が白字で記されている。飛行教導群司令、1等空佐、吉川峻《よしかわしゅん》。アグレッサーを三度経験した、猛者中の猛者であることはコブラである速の耳に届いている。

「ご苦労」

吉川1佐は机の向こうに立って速を真正面から見据えながら言った。短髪は随分と白いものも混じっているが、ズンと腹に響くような太い声だった。顔や背丈はまったく違うが、どこか坂上護に似ているとも感じた。上に立つ者はいつしか同じような雰囲気を纏うものなのかもしれない。

「空地連携とは言葉で言うほど簡単なものではない。きちんと意思の疎通ができていなければ、その方程式は成立しない。単に搭乗するだけでなく、見て、聞いて、話して、大いに交わってほしい」

吉川1佐の話を聞きながら、先日起こった重大インシデントを指しているのだと思った。訓練中、陸とガンモが衝突しかけたことは、すぐにコブラにも報告が入った。表向き、コブラの側に非はなかったが、それでも二人の会話を聞いていたら、上手くいっていないことは感じ取れただろう。管制したのが新人ではなく自分だったならば、そうなる前に回避できたかもしれない。速はそう考えていた。吉川1佐が言った通り、きちんと意思の疎通ができていたら、ということだ。

速が敬礼すると、吉川1佐も答礼した。

「失礼します」

そのまま飛行教導群司令室を後にすると、廊下には陸が待っていた。はにかんだような笑みを浮かべる。陸とは浜松で会えなかった。直接会うのは前回、小松に来て以来八ヵ月ぶりだった。

「後遺症はないのか」

速が尋ねると、陸はちょっとびっくりしたような表情になったが、「そっちの方は全然」と笑みを浮かべた。

「また、なんかあったのか」

「またって……」

陸は口籠ると、速から視線を逸らして歩き出した。速もすぐにあとを追った。

飛行教導群司令室と群本部事務室の前にはショーケースがあり、戦闘機のモデルや写真、広報の物品が飾られている。もう少し進むと、歴代の群司令、隊長、パイロットや情報幹部達のネームタグが壁にずらりと並んでいる。やがて見えてくるのは黒いドアだ。真ん中に金で縁取られた赤い星のマーク。その下にはローマ字で【AGGRESSORS】と書かれている。

ドアノブに手を伸ばした陸が、動きを止めた。

「俺、今、飛行禁止中なんです」

「この前の一件でか」

陸が頷く。

「だから、今回は高岡さんを乗せて飛ぶことができません。すみません……」

「そんなことはいい」

速は答えつつも、禁止はいつまでなのか、そっちの方が気になった。だが、今はゆっくり話をする時間がない。

「分かった」

陸はドアを開けた。

あきらかにここまでとは異質な空気を感じる。ピンと張り詰めた硬質の空気。さっきまでがアグレッサーの表の顔だとすると、ここからは裏の顔、いや、真の顔と言った方がいい。誰もが気軽に立ち入ることのできないアグレッサーの深部。速は陸と並ぶようにして、パイロット達が集うネストへと向かった。

教導隊隊長室のドアは開け放たれたまま、中に人影はなかった。陸は突き当たりにあるオペレーションルームに向かうと、「スピードをお連れしました」と誰にともなく言った。部屋の中にいる十人ほどのパイロット達が一斉にこちらを向いた。ここにいない者は午前のフライトに出ているのだろう。今では名前と顔が完全に一致する。とはいえ、TACネームだ。多分、向こうもそうだろう。高岡という名前を知っているのはほんの一握りのはずだ。進藤班長のようにすべてのパイロットの声を聞き分け、個々のボイスを出すタイミングまで把握して管制する域には到底達してはいない。

「本日より一週間、お世話になります」

速が声を張ると、その場にいる全員が「おす」と言ったり、片手を上げたりして応えた。

「スピード、午後から俺の後席だ」

中央にある長くて広い机に座っていたノブシが、のけ反るようにしてこっちを見た。

「よろしくお願いします」

速は答えながら素早く尾方隊長を目で探した。だが、どこにも姿が見えない。その様子に気づいたのか、「隊長なら格納庫《ハンガー》に行ったぞ」とノブシが教えてくれた。

「じゃあ俺はここで」

陸がすっと速のもとを離れた。

「後でな」

速が声をかけると、陸は微かに頷いた。

オペレーションルームを抜け、外に出る。格納庫にはものの十歩ほどで着く距離だ。ドアを開けて中に入ると、だだっ広い格納庫の中に二機のF－15があった。一つは濃紺に近い機体、もう一つは陸がよく乗るブルーマーダーだ。主翼の下に人の足が見える。近づくと話し声が聞こえてきた。一人は尾方隊長の声に間違いない。コブラという職業柄、声を聞くだけで相手が誰だか分かる。

「お取り込み中、すみません」

速が声をかけると、尾方隊長と整備隊長の須山3佐が同時に振り向いた。

「えーと、お前は……」

須山3佐が速を指さして、懸命に思い出そうとする。

「高岡1尉です」

速は二人に向かってお辞儀した。

「おーそうだ、五十年に一度の男だ」

確かにかつてはそんな風に仇名されていた時期もある。

「コブラではスピードと呼ばれています。今日からお世話になります」

「あらたまるな。こちらこそだ」

尾方隊長が頷く。

「フライトは午後からだったな。誰の後席だ？」

「ノブシです」

「そうか。あいつとは――」

「初めてです」

「初めてか……」

尾方隊長の顔が曇る。

「心配すんなって」

須山3佐がどちらにともなく言った。

「ノブシはごつい顔してるし、もの言いも上品じゃねぇけど、意外と飛び方は繊細なんだ。無茶して整備《こっち》の世話になったことなんざ、いっぺんもねぇ。人は見かけによらねぇもんよ」

速の顔を見ながらニヤリとした。

これまでに何度かF－15に同乗した。気分が悪くなることも失神することもなかった。そのことに関しては心配していない。むしろ、空に夢中になり過ぎて、ついつい管制官としての視点がズレる方が怖かった。かつて坂上護が隊長をしていた時、パイロットの視点でものを見ていると指摘されたことがある。今でも気を抜くとそうなってしまうことがある。

「ありがとうございます」

速は二人から視線をブルーマーダーへと移した。整備員の一人がコクピットの中を覗き込み、もう一人は主翼の上に乗っている。よく見ると主翼の上に乗っているのは女性整備員だ。歩くたびに帽子の後ろからぴょんと飛び出したポニーテールが揺れる。

「ブルーマーダーはオーバーホール中ですか」

「まぁな」

尾方隊長はそう言ったまま、手のひらで顎を撫でた。

「つい先日、これに乗ってたバカが無茶しやがったからなぁ」

代わりに答えたのは須山3佐だ。

「サードですね」

須山3佐が頷いた。

「主翼の付け根にクラックが見つかってよ」

「クラック……ですか？」

「あの野郎、まったくとんでもねぇ負荷をかけやがって」

須山3佐は左の翼を見上げた。ちょうど女性整備員がいるあたりだ。

「でもまぁ、そのおかげで衝突は回避できたってわけだしな。よしとするか、なぁ、隊長」

尾方隊長は顎に触れたまま、翼を見つめている。

衝突回避。負荷。そしてクラック。陸は衝突する直前、相手の機体を躱した。機体が悲鳴を上げるほどに強く、激しく。ただ、そうしなければ衝突は避けられなかったのだろう。もしかすると、陸でなければ無理だったかもしれない。

「サードは〝天神〟と呼ばれていました」

速はブルーマーダーを見つめたまま呟いた。

「天神……？」

尾方隊長が聞き返した。

「元々はサードのお祖父さんの言葉です。三年前に亡くなられましたが、陸軍のパイロットをされていました。出撃回数は百回を優に超え、それでも必ず戻ってこられたそうです」

「あの時代の百回っていや尋常じゃねぇぞ……」

須山3佐が唸った。

「それで」

尾方隊長が先を促した。

「いつ頃なのかは分かりませんが、戻って来られたのは、天神が助けてくれたからだと話をされたそうです。サードがパイロットを目指した動機は、空のどこかにいる天神に会うためだったと聞いています」

「そんな夢みたいな話があいつの動機かよ……。俺はてっきり親父に影響を受けて、この世界に入ってきたもんだと思ってた」

もう一度、須山3佐が唸るように言った。

「自分は以前、坂上1佐の下で要撃管制官《GCI》をしていましたので知っていますが、親子の仲はそれほど……というか、良くはありませんでした」

須山3佐は意外な顔をして、

「坂上1佐っていや、すげぇパイロットだったんだぞ。航空祭で何度かブルーの演技を見たことがあるが、呆れるくらいキレが良かった。実際、あの人がアイディア出して作った技は今でも現役で使われてるしな。まぁ、不幸な事故があってからは一切飛ばなくなっちまったが……」

「思い出した」

　ふいに尾方隊長が言った。

「サードが浜松の訓練生だった時、同期を助けたことがあった。あの時、確か天神がどうとかと記事になっていたな」

　速は尾方隊長に向かって頷いた。

「サードはあの時、天神が助けてくれたと言ってたのか」

「いえ、本人は何も言いませんでした。あれは周りが勝手に言ったことです。それよりも自分が感じたのは、あの時、サード自身が天神になったのではないかということでした」

「自身だと……？」

「サードがここぞという時に出す力は、目を見張るものがあります。本人がどこまで意識しているのか分かりませんが、自分はそれを何度か体験しています」

　再び尾方隊長は黙った。何か思いを巡らせているように、眉を二度、三度とひそめる。代わりに、「お前とサードは確か付き合いが長いんだよな」と須山3佐が尋ねた。

「防府北の飛行準備課程からですから、もう六年近くになります」

「片や五十年に一度の男、片や天神か。なるほどな、そりゃゼロも気に食わんわな」

「ゼロ……？　浜名1尉のことですか」

「何年か前、小松で戦競をやったろう。あの後、ゼロの奴、少し変わりやがったのよ。

自分から進んでコブラと話したり、飲みに誘ったりしてな。あれには俺も驚いたもんだ。でも、道半ばでブルー行きになっちまったがな」

初耳だった。これは多分、陸も知らない話だろう。

浜名零児が積極的にコブラと交わりを持とうとした。理由は意思の疎通を強くするために他ならない。それほど強く、自分と陸との関係を意識したのだろう。

なんのために？

もちろん、勝つためだ。

ふいに空から音が降ってきた。入間基地では聞くことのない戦闘機のエンジンが奏でる音だ。

「そろそろお戻りだな」

と、須山3佐が格納庫の向こうに広がる青空を眺める。午前にフライトしたメンバーが訓練を終えて戻って来ているのだ。

「なぁ、スピード」

それまで黙っていた尾方隊長が速に呼びかけた。

「天神だかなんだかは知らんが、俺はしばらくサードを空には上げんつもりだ」

さらに、尾方隊長は言葉を続けたが、轟音によって掻き消された。

もう一度言ってください。

空を見つめる尾方隊長の険しい横顔を見ると、その言葉がどうしても口から出てはこなかった。

3

これまでにも飛ばない日は何度もあった。飛ぶことを禁じられたこともあった。しかし、次に飛ぶ予定が分かっていたから、焦りを感じることはなかった。でも今回は違う。次にいつ飛べるか分からないのだ。今まで一度も味わったことのない不安が身体の中に巣食っている。

隊舎に戻ると、すぐにベッドに寝転んだ。何もする気になれない。部屋の電気を点けるのも、テレビのスイッチを点けるのすら面倒だった。

部屋の中は薄らとオレンジ色に染まっている。陸は仰向《あおむ》けになったまま窓の方を見た。開け放ったカーテンの向こうに広がる空は、一面に青、オレンジ、紫、緑、黄色と幾層ものグラデーションが重なっている。まるで息を呑むような美しさだった。日没後、ほんの数分間だけ現れる幻想的な景色。その時間帯がマジックアワーといわれるのは映画で知った。というより、菜緒にその映画のことを教えてもらったのだが。

「ほんの一瞬だけ現れる、幻のような、しかし、見る者を強く惹きつけてやまない圧倒的な美しさ」

覚えたての文章を諳《そら》んじるようにして、菜緒は説明してくれた。

あれはいつ、なんの時だっけ？

随分昔のような気もするし、そうじゃない気もする。分からない。忘れてしまった。

この景色に菜緒も気づいてるだろうか。ダッシュすればまだ間に合う。小松救難隊の庁舎はすぐ隣にあるのだ。だが、今は果てしなく遠く感じる。

浜松から戻って一度も顔を合わせてはいない。電話もメールもしていない。これまでにもそんなことは何度もあったが、ほとんど気にしたことはなかった。会おうと思えばいつでも会えるし、話そうと思えばいつでも話せる。それが当然のことだった。陸が危うくガンモと衝突しかけたことは、救難隊にも伝わっているはずだ。これまでなら聞いたら途端に駆け出して、飛行教導群の庁舎に飛び込んで来ただろう。だが、菜緒が来ることは一度もなかった。今日から速が来ている。いつもなら、いや、もうすでに、飲みに行く約束を交わしていたはずだ。でもそれすらなくなった。これからはこの状態が普通になるのかもしれない。

陸は空を眺め続けた。だんだんと光が失われ、空の大半が闇に覆われていく。庁舎や木や道が暗く潰れていく。代わりに、それまで白く霞んでいた月が輝きを増しながらはっきりと姿を見せ始めた。突然、ドアがノックされた。

「俺だ」

慌ててベッドから跳ね起きると、ドアを開けた。そこには濃いブルーのシャツにＧパン姿の速が立っていた。

「飯、まだだよな」

「え……あ、はい。……どうしたんです？」

「行くぞ」

「行くって……」

「飯に決まってるだろう。早く着替えろ」

速はそう言うやドアを閉めた。廊下の灯りを見たせいか、部屋の中が真っ暗に見えた。陸は電気のスイッチを点けると、床に置いたままのTシャツを取った。緑色の飛行服を脱ぎながら、これからの展開を考える。速が私服だということは、基地の中で食事を摂《と》るつもりはないということだ。

飲みに行くってことかな……。

陸は飛行禁止の身であるから飲んでも大丈夫だが、速は違う。明日も朝から同乗訓練のはずだ。Gパンを穿《は》き、グレーのパーカーをつかむとドアを開けた。だが、速の姿はなかった。

廊下を抜け、階段を降りていくと、玄関の方から人の話し声がする。

「お待たせしま――」

言いかけた言葉が途中で途切れた。なぜなら速の隣に私服姿のガンモがいたからだ。

「ちょうどそこで会ってな。構わんだろう」

まさかガンモの前で「イヤです」と言えるはずもない。

「俺もスピードと意見交換がしてぇんだ」

ガンモが上目遣いにこっちを見た。

そんなの、俺に断る必要なく、いくらだってすればいい。

「どこにします？」

あえて「Ｙｅｓ」とも「Ｎｏ」とも言わなかった。陸は階段を降りると、玄関で履き古したスニーカーに素足を突っ込んだ。

正門に向かう道すがら、小松駅の近辺に向かうことに決まった。

「こっちは夜になるとさすがに冷えるな」

速が夜空に浮かんだ綺麗な月を見上げる。

「北陸ですからね。入間とは違いますよ。聡里さんと有里ちゃんは元気ですか」

「変わりない。お前と大安に会いたがってたぞ」

さりげなく菜緒の話題を振られ、陸は苦笑いを浮かべた。

「それから、デビには必ず連絡をしておけよ。出席の約束を破った罰は腕立て一万回だそうだ」

「それは死ぬなぁ」

陸は思わず頭を掻いた。

「そういえば舞子ちゃんと会ったそうですね」

速は一瞬意外な顔をして、「お前、篠崎舞子と会ったのか」と言った。

「ええ、ちょっと」

舞子は速と連絡を取り合っていると話していた。当然、会ったことも伝わっているだろうと思っていたから、この反応には内心びっくりした。

そうか……。舞子ちゃん、この前のことは高岡さんに話してないんだ……。

話していないというより、話せないということかもしれない。

ふと速が後ろを気にした。陸達の三歩ほど後ろを歩いていたガンモが小走りで近寄ってきて、タクシーを呼んだことを伝えた。

「すまんな」

速が礼をいうと、ガンモは「いいんだって」と嬉しそうに笑う。

「でさ、スピードはなんか苦手なもんとか、あんの？」

「いや。別にない」

「とすると、どこがいいかな。小松駅は西側の東町に店が集中してるんだ。馴染みってほど深くはねぇけど、時々顔を出す居酒屋もありゃ、串揚げの美味い店とか焼肉店とかもある。ただなぁ、店の選択を間違うと、誰かと鉢合わせすることもある。狭い場所だしな」

ペラペラとよく喋る。今度は陸が少し下がり、熱心に速に話しかけるガンモを眺めた。

今まで気づかなかったが、二人は同い歳で階級も同じ1尉だ。ガンモは一般大出だから、速とはこれまでほとんど接点がなかったのだろう。スピードと意見交換がしたいと言ったのも、あながち嘘ではないのかもしれない。

「よし、決めた。タクシーだし、ちょっと駅から離れるけど、すげぇいいダイニングバーがある。そこにしよう」

「任せる」

ガンモは嬉しそうに顔をほころばせて、手に持っていた携帯で店の連絡先を探し始めた。こういう機敏さがどうして空で発揮できないのか、恨めしくなる。それが半分でもあったら今頃は中級検定を突破していたかもしれないし、陸が飛行禁止になることもなかったかもしれない。

かなり乱暴な言い方をすれば、TACでは飛べさえすればどうにかなる。戦闘訓練、スクランブルの対応。ある一定の操縦技術があれば、それは賄える。要するに自分のことだけを考えればよい。だが、アグレッサーは違う。自らが上手くあるのは当たり前であり、訓練を通してTACのパイロットを強くしなければならないのだ。陸も中級検定の際には壁にぶつかった。操縦技術は高いが話術が伴わない。そんなレッテルを張られて苦しんだ。自分の機動や判断を相手に分かるようにきちんと言葉で説明する。これがいかにも難しい。何かを言った途端、矢継ぎ早に質問がくる。これに一つ一つ答えなければならない。しかも簡潔に、分かりやすくだ。デブリーフィングが長引けば長引くほど、他のパイロット達も近づいてきて、最後は1VSアグレッサー全員で総攻めに遭う。これが繰り返し何度も続くため、身も心もすり減ることになる。だが、ガンモは陸と反対に話術は上手かった。擬音は極力使わず、時に比喩を交え、冗談までも織り込みながら、分かりやすく飽きさせることもなく話を進めていく。

「お前はパイロットじゃなくて芸人になりゃよかったな」

ノブシの指摘はもっともだ。ガンモには悪いが、アグレッサーになるべきではなかった。

正門の前で待つこと五分、タクシーが反対車線からウインカーを出してこちらに入ってきた。後部座席に速とガンモが乗り、陸は助手席に乗り込んだ。

「どちらまで」

運転手に尋ねられ、ガンモが即座に「若杉町に行ってください」と答えた。

「若杉ね」

運転手は確認するように繰り返すと、ゆっくりとタクシーを発車させた。

「若杉って、全然駅に近くないじゃないですか」

陸が文句を言うと、「だからちょっと離れるって言ったろう」とガンモが返した。

「なんて店ですか」

「お前は知らねぇよ」

「俺の方がこっちは長いんですけど」

「お前なんか行く店三軒くらいなもんだろ。西尾寿司と弥太八《よたはち》と――」

「もういいです」

まったく……。

青い顔して溜息をついてた人と同じ人物とは思えない。どうしてガンモなんか誘ったんだろうと、陸は速にまで文句を付けたくなった。

陸は話すのを止めて窓の外を見た。相変わらず何も見えない。小松基地の正門を出て小松駅に向かうルートの周辺は田んぼや畑が広がっているので、夜は真っ暗になる。今はもう慣れてしまったが、小松基地に着隊して大松と一緒にタクシーに乗った時は、まるで地の果てにでも来てしまった感じがしたものだ。向本折町《むかいもとおりまち》の交差点で信号が赤になった時、運転手が誰にともなく、３０５号線を北上して、園町《そのまち》の交差点を右に曲がるかと尋ねてきた。

「いや、それだとちょっと混むから、このまま真っ直ぐ進んでどっからか抜け道を行ってください」

「お店の場所ってだいたいどの辺？」

「小松工業高校のちょっと先です。若杉西の交差点からちょっと入ったとこ」

まるで地元民のように喋るガンモの説明に、運転手は「あぁ、あの辺ね」と頷く。

タクシーは北陸本線の線路を越え、しばらく真っ直ぐに進んだ後、脇道に入った。ガンモはこの機会を逃すまいというように、夢中で速に話しかけている。今話に入ろうとしても、「うるさい」だの「黙ってろ」だの先輩風が吹き荒れるだろうから、陸は黙って前を見ていた。その時、向かって左斜め、11時の方向に光が見えた。周りが暗いから状況がよく分からないが、陸にはそれが道から外れているように感じた。

「運転手さん、スピード緩めてください」

「……え？」

運転手が小首を傾げつつ、スピードを緩めた。「どうした？」と後ろから速が尋ねてきたが、陸は答えず、じっと光を見つめた。

「ハイビームにしてください」

再び陸が運転手に言った。ライトがローからハイに切り替わる。その光の先に浮かび上がったものは、二台の車がもつれるようにして畦《あぜ》に落ちている様子だった。

「事故だ！」

タクシーが停まったと同時に、陸はドアを開けて外に飛び出した。

15mくらい走ったところで陸は足を止めた。車は片方が軽自動車、もう片方はバンだ。軽自動車はフロント部分がめちゃくちゃに潰れ、横転している。バンの損傷はそれほどないみたいだが、畦にはまって車体が斜めに傾いていた。

「うわっ、ひでぇ……」

駆けつけてきたガンモが声を上ずらせた。陸が「大丈夫ですか！」と呼びかけると、「痛い……。助けて……」と女の声がした。とっさに田んぼに降りようとした陸を、速が「待て」と止めた。

「これを使え」

懐中電灯が手渡された。懐中電灯にはマジックで○○交通とタクシー会社の名前が書き込まれている。陸はスイッチを入れて明かりを灯すと、畦道に降りて車に近づいた。ガソリンの匂いが鼻につく。どこからか燃料が漏れている。

近づくか……。

一瞬迷った。

高岡さんならどう判断する？

陸は路上を振り仰いだ。暗くてはっきりと姿は見えないが、速はまだ路上にいる。ガンモに救急車を呼ぶよう指示を出している。ガンモが何度も「分かった」と返事をする声が聞こえる。

再び呻き声がした。陸は意を決して、田んぼに腹這いになると、横転した軽自動車の中を覗いた。懐中電灯を向けると、運転席に中年の女性が挟まっている姿が浮かび上がった。逆さまになっているから長い髪がすべて天井に向いている。

「一人ですか」

「そう……。助けて……早く……」

一瞬、引っ張り出そうかと思った。だが、下手《へた》に手を出して事態を悪化させるのはマズい。

「高岡さん！」

陸は速を呼んだ。

「こっちだ！」

速はすでに路上から畦に降りており、バンの中から若い男を外に出しているところだった。若い男は外に出た瞬間、畦道に座り込んだ。どこかに怪我をしているのかもしれないが、速の呼びかけには頷いている。

速はバンを回り込むようにして陸の方に近寄ってきた。すぐに鼻をつくガソリンの匂いに気づき、袖を鼻に当てた。

「漏れてるのはこっちの方だな」

「中に一人、閉じ込められています。早く出さないと――」

「分かってる。貸せ」

陸は手を出した速に懐中電灯を渡した。速は辺りを照らしながら、ゆっくりと横転した車の周りを巡り始めた。引火を引き起こすような要因がないかチェックしているのだとすぐに分かった。一周した速に「どうです」と尋ねると、「見たところ大丈夫そうだ」と答えた。まだ、どこからも救急車の音は聞こえない。こうなったら自分達でなんとかするしかない。

「中にいる人、頭に怪我して出血してます。このまま逆さにしておいたらマズいです」

速はまだ迷っているように見える。

「引っ張り出しましょう。二人なら、できます」

「よし」

陸は潰れたドアを摑むと、懸命にこじ開けようとした。しかし、ドアは変形していて開かない。今度は速と一緒にドアを掴み、「せーの！」とタイミングを合わせて力を込めた。陸が引っ張り、速が押す。ギリギリッと金属の軋むような音がして、ドアが少しずつ押し開かれていく。もし、金属部分が擦《こす》れて火花が散れば、女性はおろか、自分達もただではすまない。それは速も分かっているだろう。それでも止めない。止めるわけにはいかない。

「坂上っ！」

速がドアを押しながら言った。潜れという合図だ。陸はすぐさま運転席に上半身を突っ込むと、ライトを照らして女性の身体に絡まっているシートベルトを外した。

「引っ張り出しますよ。ちょっと痛いかもしれないけど、我慢してくださいね」

女性からの返事はなかった。目が澱《よど》んでいる。意識が朦朧《もうろう》とし始めているのかもしれない。陸は脇の下に手を入れると、力を込めて引きずり始めた。

重い……。

人が身体から意識を抜くと、とんでもなく重たくなる。以前、酒に酔った長谷部を抱えた時がそうだった。

「一緒に引くぞ」

速が隙間のできたドアから手を離し、車体から三分の一ほど出た中年女性の片腕を掴んだ。

「ウィルコー」

航空用語が飛び出す。速もまた、カウントを取り始めた。

「3、2、1、ゼロ」

目一杯の力を込める。閊《つか》えが抜けたように女性の身体が勢いよく引きずり出され、その拍子に陸と速は尻餅をついた。

「やった！」

「車から離れるぞ」

もし、引火したら巻き添えになってしまう。陸は女性の身体を抱え上げて肩に乗せると、そのまま畦をよじ登り、タクシーの停まっている路上まで走った。

「よし、いいぞ」

速の合図で女性を路上に降ろす。速はタクシーのライトを頼りに素早く怪我の状況を確認した。頭からは絶えず血が流れ、右足の脛《すね》もパックリと切れ、骨が覗いている。

「俺は頭をやる。お前は足の止血を」

「はい」

陸は自分のベルトを外すと、女性の右足の付け根部分を縛った。すぐ近くに転がっている女性のハンドバッグを摑むと、逆さにして中身を出した。化粧品や制汗スプレーなどと一緒に携帯用のティッシュとハンカチが出てきた。ティッシュは速に渡し、陸はハンカチを傷口に載せるとその上から手のひらを当てた。圧迫止血だ。速を見ると、傷口をティッシュで何度も拭い、同じようにハンカチで圧迫を始める。あのハンカチはきっと自前のものだろう。ハンカチなど持ったこともない自分と比べたら、やっぱり違うな、妙な感心をした。

道路の上で車の誘導をしているガンモが、「救急車が来たぞ」と声を張り上げた。言わなくてもサイレンの音がするから分かる。

「ガンモ、野次馬の車をどけて、救急車をここまで誘導してくれ！」

ガンモは慌てふためいたようにサイレンのする方に駆け出していった。

しばらく後、救急車が到着して、あとを救急隊員に引き継いだ。陸達は女性が担架に乗せられ、運ばれていくのを見送った。バンを運転していた若い男も別の救急車に乗り込む。救急隊員の問いかけに応えているところを見れば、なんとか大丈夫そうだ。

「第一発見者は君達？」

いつの間にかパトカーが到着しており、警察官に声をかけられた。

「あ……えーと」

陸が答えようとすると、速が右手を上げてさっと敬礼し、「航空自衛隊の者です」と言った。

「あぁ、小松の」

「この二人の所属はそうです。私はたまたま出張で来ており、一緒に食事に向かう途中でした」

速が流れるように説明する。質問している警察官の後ろで、別の警察官がメモを取る。

「事故の瞬間は見ました?」

警察官が速を、次に陸を見た。

「いえ……」

陸が答えに詰まる。すると再び「瞬間というより直後だと思われます。通りがかった時にはすでにこのような状態でした」と速があとを受けた。

「なるほどね」

その後しばらく警察とのやり取りが続き、最後に名前と所属を伝えると、「協力、ありがとう」と言われてその場から解放された。

パトカーの後方にはタクシーがいた。帰らずにずっと待ってくれていたようだ。速はタクシーに向かうと、誘導を手伝ってくれたお礼を述べ、料金を払おうとした。

「いや、受け取れんよ」

「なら、ここまでの分を」

それでも運転手は頑《かたく》なに首を振った。

「それよりお店はどうするね」

そうは言われても、陸も速も服のみならず手も靴も血と泥で汚れていた。こんな形《なり》では店に迷惑がかかる。

「止めときましょう」

陸が言うと、速が「そうだな」と頷いた。

「ガンモ、すみませんけど、お店の方にキャンセルしといてもらえますか」

ぼんやりと突っ立っているガンモに声をかけた。

「あ……あぁ」

のろのろと尻のポケットから携帯を取り出す。

「じゃあ乗って。基地まで送るから」

「いえ……それは」

さすがに悪い。それに、車に乗れば確実にシートが汚れてしまう。

「歩いて帰ります」

速が言ったが、運転手は「いいから」と袖を引っ張り、半ば強引に車内へ引き入れた。

小松基地に引き返す間、運転手はずっと陸達を褒めた。「凄い」「素晴らしい」と言い続けた。

「そんなことありませんよ」

そう、すべてはたまたまだ。でも、速がいたから落ち着いて行動できたのだ。

「昔を思い出しましたよ」

「昔？」

「防府で長谷部さんが急性アルコール中毒になった時、高岡さんが処置してくれたこと」

「あぁ。そんなこともあったな」

「あの時、高岡さん、最後になんて言ったか覚えてます?」

速は少し首を傾げた。

「武人なら恥ずかしい真似するなって言ったんです」

「そうだったか」

「そうですよ。覚えてるくせに」

そんなやり取りを聞いていた運転手が、

「落ち着いてさ、どんどんやってさ、あんなこと普通の人間じゃできないよ。やっぱり自衛隊さんだね」

ガンモはほとんど何も言葉を発しなかった。陸も、多分速もそのことに気づいていたが、あえて何も言うことはなかった。

4

夕食の献立は玄関を開けた時から分かった。クリームシチューの匂いが立ち込めていたからだ。

一週間ぶりに家に帰ると、有里が少し大きくなったように感じられた。聡里にそのことを話すと最初は笑ったが、「案外そうかもね。よく食べるもの」と一転して肯定した。

「疲れてるところ悪いけど、もう少しかかるから、先に有里とお風呂に入ってくれない」

キッチンに立って料理を続ける聡里に言われ、速はリビングの隅で積み木を展《ひろ》げて遊んでいる有里の隣に腰を下ろした。

「これは？」

無造作に積み上げられた積み木を指さして尋ねると、有里は「キリン」と言った。

「じゃあこっちは？」

「キリン」の隣には同じく積み木で丸い円が作られている。

「キリンさんのお家」

「そうか。キリンにお家を作ってあげたのか」

速は有里の小さな頭を撫でた。まるで糸のように細い髪の毛だ。

「次はパパと、お風呂で魚のお家を作ろうか」

顔を上げた有里の目がパッと輝いた。

「うん」

「よーし、お風呂に行こう」

「ゾウさん、作ってからね」

会話ができるようになってから、有里はますます手強くなってきている。だが、それも可愛いものだ。速はもう一度頭を撫でると、自分の部屋に向かった。

スーツを脱いで黒いキャリーバッグを所定の位置に置き、ジッパーを開ける。もちろん、お土産のふぐの子糠漬けは忘れていない。携帯の充電器やカメラなどを取り出して机に置き、最後にビニール袋を取り出した。この中には濃いブルーのシャツが入っている。交通事故に遭遇した際、着ていたものだった。

陸と速が助け出したドライバーは双方、命に別状はなかった。若い男は脳震盪《のうしんとう》と打撲、女性の方は頭部と右脚に裂傷を負い、肋骨《ろっこつ》三本と骨盤の骨折でかなりの重症ではあったが。翌日、小松消防署から小松基地にお礼の連絡が入った。

「実に冷静な状況判断と的確な処置のおかげ、だそうだ。よくやった。ご苦労」

陸とガンモと一緒に隊長室に呼ばれ、尾方隊長からそう直々《じきじき》に感謝の言葉を伝えられた時の陸の顔は見物だった。飛行禁止というペナルティの最中なのだ。実にバツの悪そうな表情を浮かべていた。

その後、基地の中にあるコインランドリーで洗濯はしたのだが、ガソリンと血の染みは多少薄まったものの残ったままになっている。このシャツは一年前、聡里が誕生日にプレゼントしてくれたものだ。なるべくならダメにはしたくなかった。クリーニングに出せば、もしかしたらなんとかなるかもしれない。

ビニール袋を持ってリビングに向かおうとした時、机の上に置かれた白い封筒が目に入った。速は手に取って送り主を見た。名前は八谷志津子《はちやしづこ》。住所は都内だ。裏を見ると、宛名は自分になっている。

八谷志津子……。

頭の中で記憶を探ったが、思い当たる人物はいなかった。

速は片付けの手を止めて、手紙の封を切った。初めまして、というありきたりな一文から文章が始まっていた。だが、読み進めていくうちに、速の鼓動はだんだんと速くなっていった。ついには立っていられなくなり、床に崩れ落ちるように尻餅をついた。大きな音を立てたので、びっくりした聡里が飛び込んできた。

「どうしたの、速くん」

返事ができない。速は手紙を持ったまま身体を震わせた。

「速くん！」

速は聡里に手紙を差し出した。それがやっとだった。聡里は速の手から手紙を受け取ると、素早く目を走らせていく。その間も速の鼓動は収まらなかった。やがて、手紙を読み終えた聡里が速を見た。聡里もまた、どうしていいか分からないという顔をしている。

確かにそうだ。こんなことをいきなり伝えられても、どうしていいのか分からない。分かるはずがない。

手紙の差出人は速の実の父が連れ添った相手であり、今、父が末期ガンで病院に入院していると伝えていた。

第六章　光芒《こうぼう》

1

せっかく聡里が淹れてくれたコーヒーはすっかり冷めてしまった。いつもは賑《にぎ》やかなリビングだが、今は静まり返っている。テレビも点いておらず、有里の声もしない。有里は一時間ほど前から寝室で眠っている。

速の隣には俯き加減に聡里が座っている。向かいには母親の芙美がいる。微かに眉間に皺を寄せ、テーブルの一点を見つめている。視線の先には手紙がある。知らない女から届いた手紙だ。

「どうしても会わないの……」

重苦しい沈黙を破ったのは芙美だった。芙美が手紙から速に視線を移した。

「必要を感じない」

速はきっぱりと答えた。この手紙を読んだ時はさすがに動揺したが、一夜明ければそれも収まった。

「私にとっては他人だけど、あなたにとっては――」

「母さん、俺にとっても他人だよ」

　聡里がこっちを向くのが分かったが、何も言葉を発しなかった。

　昨夜、手紙を読んでから、聡里は、どうするのかと尋ねた。強制的な物言いではなく、優しい問いかけだった。速が生まれてからしばらくして、父親と呼ばれる存在は家を出ていった。実際は何があったのか知らない。ただ、本当に速の気持ちをおもんぱかった、優しい問いかけだった。速が生まれてからしばら

物心ついた時にはもう父親という存在は家の中にはなかった。写真もない。だから顔も知らない。もちろん声もだ。知っているのは速という名前を書いた紙切れだけ。本当にそれだけだ。聡里はこのことをお義母《かあ》さんにだけは伝えたいと言った。速は反対しなかった。反対する立場にはないと思った。芙美にとってみれば、曲がりなりにも一度は愛し合った相手だ。伝えるべきだと思った。

「あなたの気持ちは分かった。私はそれについて何も言うべき立場じゃない。でも、これだけは分かっておいて」

　芙美は一度言葉を切ると、真っ直ぐに速を見つめた。

「血を分けた存在であることだけは間違いないのよ」

　血か……。

「でも、それがどうだって言うんだろう」

「どうって……」

口籠る芙美に、

「人は環境によって育つ。一緒の時間を過ごして、同じものを食べて、同じ景色を見ることで記憶が蓄積され、だんだん自分という存在が形作られていく。その記憶の中にはお袋しかいない。俺はお袋に育てられた。そして今がある。だから、今更、血なんて言われても、そんなものは記号にしか過ぎない」

自分でも驚くくらい冷静だった。だから、言葉が淡々と溢れた。芙美も聡里も、一言も口を挟まなかった。

「この話はここで終わりにしよう」

速は手を伸ばして手紙と封筒を摑むと一息に引き裂いた。ジャリッと紙の裂ける音がした。ピリオドを打つにはぴったりの音だと思った。そのまま椅子から立ち上がると、ゴミ箱に放り込んだ。

「腹が減ったな」

速はこちらを見つめている聡里と芙美に笑いかけた。なるべく自然に。ぎこちなくならないように心掛けて。

夕食はカレーを作ることにした。起きてきた有里を芙美と聡里に任せ、一人でキッチンに立った。ジャガイモの皮を剝《む》き、ニンジンを大きめに切り、玉ねぎをスライスする。カレールーも市販のものではなく一から作るのが自分流だ。そのための香辛料は常にストックされている。香り付けのクミン、コリアンダー、カルダモン、オールスパイス、色を付けるターメリック、辛みのチリペッパー。そこに炒《いた》めたシーフードミックスを加え、最後にまろやかさとコクを出すためにバナナとチョコレート、牛乳を加える。あとはしばらく煮込めばいい。

リビングにはカレーの香りとテレビの音、有里の元気な声が木霊している。さっきまでの静まり返った空間と同じとは思えないほどだ。起きたら目の前に芙美の顔があって、有里は弾けんばかりに喜んだ。有里は芙美にとても懐いている。「ふーみん、ふーみん」と名前を呼んでは、お絵かき帳を見せたり、折り紙をしたり、積み木で遊んだ。速はキッチンから時折その様子を眺めながら、かつての自分もこんな風だったのだろうかと想像した。

速が防大を目指すと告げた時、芙美から聞かされたことは今でも鮮明に覚えている。速という名前は父親が付けたものだった。船旅をしていたアインシュタインが病気になった。その時、偶然船に居合わせた外科医が治療に当たった。徳島県出身の三宅速《みやけはやり》。アインシュタインと三宅は、その後も深い友情を育んだそうだ。父親はその三宅速から名前を取った。偉大な人物を救った男のように、何かを成し遂げる人物になってほしいと願って。父親はいつ、どこで、三宅速のことを知ったのだろう。なぜ、偉大な人物そのものではなく、偉大な人物を救った男の名前を選んだのだろう。そこに、父親の性格が垣間見える気がする。

速は子供の頃から神童と仇名され、常に注目を浴びてきた。学業でもスポーツでも一番が定位置であり、何かにつけてリーダーの役割を担ってきた。だが、本音をいえばそれは苦痛でもあった。輪の中心であるよりも、少し外れたところで中心を眺めていたい。冷静に物事を分析し、その場で最も効果的な戦術を編み出す。幼い頃から自分の中にある冷徹さに気づいていた。今、それが仕事をする上で役に立っている。コブラで兵器管制官としての地位を築きつつあることは、父親譲りのこの性格に起因するところが大きいのは紛れもない事実なのだ。

だが、記憶の中に父親はいない。ずっと側にいたのは母親だ。父親の話をすればいつだって部屋から音を、芙美や聡里から言葉を奪う。笑顔を失くす。邪魔な存在でしかない。だからもう、この話は終わりだ。誰といようと、どこで朽ち果てようと、そんなものは知らない。関係ない。

速はおたまでカレーをゆっくりとかき混ぜながら、坂上護の顔を思い浮かべた。陸には決して言えないが、速は父性を坂上護に見ていた。これは誰にも言えない、自分だけの秘密だ。父親という理想像は坂上護にある。それでいい。

「出来たぞ」

炊き立てのご飯を盛った皿の上にカレーをよそいながら声を上げた。

「有里、パパがご飯出来たって」

聡里の声がする。続けて「えーっ」と不満げな有里の声。もっと遊びたいという意思表示だ。

「ふーみんはお腹空いたな。有里と一緒にご飯食べたいな」

すかさず芙美が誘いをかける。決して強制はしない。あくまでも判断するのは有里だという具合にだ。

「有里、お腹空いてない」

再び有里が逆らった。すると芙美は「じゃあさ、ふーみんに食べさせてくれる？」とお願いをした。お願いの効果はてきめんだった。有里はちょっと考えてから、「うん、いいよ」と答えた。子供は一個の人格を持っている。上から言われれば逆らうが、下からお願いされればそれを受け入れ、優しく振る舞おうとする。

「ふーみんはここね」

いつもは聡里が座る席を有里が指さした。芙美は「はーい」と笑って椅子に座った。速と聡里が一緒にテーブルの上にカレーとサラダを並べる。もちろん有里のカレーは別だ。ハチミツを入れて特別に甘く作ってある。

みんなで一緒に「いただきます」を言おうとした矢先、有里が今度は「有里のだけ色が違うよ」と指摘した。大人のカレーは茶色が濃く、有里のは黄土色をしている。スパイスの分だけそうなるのは仕方がない。でも、有里にとってはどうして自分だけが違うのかと思えてしまう。仲間から外れている。そんな風に捉えているのが分かる。

「それはな」

速が説明をしようとした時、芙美が片手を出してそれを遮った。

「ふーみんに一口ちょうだい」

芙美にそう言われて、有里は自分用のプラスチック製のスプーンでカレーを掬《すく》うと、そのまま芙美の口に差し入れた。

「わ、美味しい！」

芙美が目を見開いてびっくりした顔をした。

「美味しい？」

有里が確かめるように尋ねる。

「ほんとに美味しいよ。パパ、有里のだけ特別に美味しくしたのかも」

そう言うや、芙美がこっちに顔を向けた。悪戯っぽい笑顔で速を見つめる。その目がちゃんとした返しをしなさいと語っている。

「バレたか……」

速は困った顔を浮かべた。こんな返しでいいのかどうか分からなかったが、とっさに思いついたのはこんなものくらいしかなかった。すると、有里はスプーンでカレーを掬って食べた。

「ほんとだ。美味しい」

にっこりと微笑む。あとはもう夢中になって食べ始めた。

「あんたもだんだんパパになってくるわね」

小声で芙美が言う。

「私もそう思います」

聡里が答える。

速はこれが家族だと思った。だからこそ、父親とは会いたいとは思わない。違う時間をそれぞれに過ごしてきたのだ。もはや他人なのだ。この世に存在しているのは父親がいたからだが、もはやそれだけでいい。すれ違っても、どこの誰かも分からないのだ。さよならという言葉さえ浮かばない。

凪みたいなものだ。

速はカレーを口に運びながら、今、この時、この一瞬を大切にしようと思った。


小松で感じた秋を入間でも感じるようになった。北から寒気の帯が降りてきて、ここ数日は風が冷たい。入間基地の中にある並木が紅葉し始めるのはまだちょっと先だが、それでも上に一枚羽織るものがなくては肌寒さを感じるくらいだ。来週からは北海道の千歳基地に巡回教導に出ることになっている。速は基地の中を防空指揮所《DC》に向かって歩きながら、それまでに陸の飛行禁止が解けるのだろうかと考えた。

格納庫《ハンガー》で尾方隊長がなんと言ったのかは聞き取れなかった。もし、しっかりと聞けていれば、何かのヒントになったかもしれない。ただ、なんとなくではあるが、どうして尾方隊長が陸に飛ぶことを禁じたのかは分かるような気がした。先日の衝突未遂は起こるべくして起こったようなところがある。あの日よりも前から、陸がガンモに対して苛立ちを抱いていたのはなんとなく感づいていたからだ。

　陸は天才だ。こと、空を飛ぶことにかけては溢れんばかりの才能がある。だが、その才能ゆえ、凡才の苦しみを理解できない部分がある。速は凡才だった。だから苦しんだ。一緒に訓練しましょうと言われても、素直に従う気にはなれなかった。なぜなら、凡才もまた天才のすることを理解できないからだ。多分、ガンモも速と同じ思いを陸に対して持っていると思う。「どうしてこれができないんですか」と問われても「なぜ、それができるんだ」と問い返すしかない。そんなじれったい思いをだ。今日、ガンモは何度目かの中級検定を行う。管制をするのは速だ。凡才は凡才同士、せめて声で精一杯バックアップしよう。速は重い鉄のドアに手をのばした。

　長い廊下を歩いて最下部にある扉を開くと、そこはもう異空間だ。地下数メートル地点、分厚いコンクリートで囲われた薄暗い室内には無数のモニターが並び、二十四時間、三百六十五日、眠ることはない。日本の中枢たる中部防衛区域（東北南部～四国東部地域）を任された中部航空警戒管制団が、常に領空や周辺空域をレーダーで監視しており、領空侵犯の恐れがある国籍不明機を発見した場合は直ちにスクランブルをかけ、管制を行う。速もかつてここに所属し、日々緊張を味わっていた。

　速は管制官達がレーダーを見つめる姿を横目で見ながら奥へと進んだ。飛行教導群の居室は防空指揮所の一角にある。同じ空間の中に存在しているにも拘《かかわ》らず、中部航空警戒管制団とはまったく異なる匂いを発しているのは、扉に赤い舌を覗かせたコブラマークがあるからだけではない。ここにいる管制官は皆、選《え》りすぐりの者ばかりであり、プライドとプロフェッショナルな気質を全身から放っているからである。

「おはようございます」

速の声で、書類に目を通していた進藤班長が顔を上げた。

「土産、受け取ったぞ」

進藤班長は速と入れ替わるように出張に出ていたため、顔を合わせるのは久しぶりだった。

「向こうはだいぶ涼しくなってるだろう」

「朝晩は涼しいというより冷えます」

そういう班長の顔は少し日に焼けたように見える。

「出張先は那覇でしたね」

「日中は軽く二十五度を超える。週末のゴルフで日焼け止めを忘れてな、おかげでこのザマだ」

進藤班長は笑いながら顔を撫でた。速は微笑んで頷くと、自分の席について青いファイルを取り出した。ファイルはすべて色分けしている。透明は報告書の類、緑は巡回教導、赤は清算の類、青は練成訓練という具合に。色分けは今に始まったことではない。高校の頃からだ。何より一目瞭然だから時間をロスしなくて済むし、間違うことがない。

「スピード、今日は中級検定の管制だったよな」

さりげない感じで進藤班長が問いかけてきた。スケジュールは班長の頭の中に完璧に入っている。それでもなお、念を押すように聞いてきたのには理由がある。例の重大インシデントだ。ガンモと陸が衝突しかけた時、コブラの管制官は経験の浅い者だった。もし、違う者を当てていればこんなことにはならなかったかもしれない。班長がそんな思いをポツリと漏らしたということを、速は河津3佐から聞いていた。一歩間違えればパイロット四名、F－15二機を失っていたかもしれない。途方もない損失だ。決して事は軽いものではなかった。コブラに責任はないにせよ、進藤班長が自分を責める気持ちは理解できる。だからというわけではないのだろうが、ガンモの中級検定の管制は速が担当することになった。

「先日の小松出張の際も、ガンモとはコミュニケーションを取りました。性格も把握しています」

「お前がそう言うんなら安心だ」

「励みます」

速は青いファイルから書類を取り出した。そこには検定の開始時刻、検定内容、2VS2で使用する機体名とすべての搭乗者名が記されている。何度も読んですでに頭には入っているが、再び最初から目を通し始めた。だが、読み始めてふと、陸が搭乗者の一人だったらと考えた。ガンモを相手にやりにくいだろうか。それとも速のオーダーを、速が考える以上に把握して、よりスムーズに立ち回ってくれるだろうか。速は小さく頭を振った。ここにきて余計なことは考えるべきではない。陸はいないのだ。速は再び紙面に意識を集中させた。

進藤班長が部屋を出ていこうとした時、固定電話が鳴った。速が手を伸ばそうとすると掌で制止し、自ら受話器を取った。

「飛教導入間管制班です。はい、……え？」

ふいに進藤班長の声が上ずった。速は何事かが起こったと悟り、微かに身構えた。

「──はい。分かりました。では」

その後、二言、三言言葉を交わし、進藤班長が受話器を置いた。そして「スピード」と呼びかけた。

「はい」

「今日の検定はなくなった」

なくなった……？

小松の天候は確認してある。今日は一日を通して安定した天気だ。だとすればマシントラブルだろうか。いや、当日、機体の不具合で飛べなくなったことはコブラになってから一度もない。万が一マシントラブルだったとしても、別の機体で飛べばいいだけの話だ。だとすれば考えられることは一つしかない。

「ガンモの体調不良ですか」

「いや……」

進藤班長は一度言葉を切った。顎を触って何かを考えている。速は班長が口を開くのを待った。

「除隊を願い出たそうだ」

「え……」

今度は速が絶句する番だった。

2

ガンモが除隊を願い出たという話はすぐに部内に広がった。除隊ということは、文字通りアグレッサーを辞めるということだ。陸はざわめくオペレーションルームの中でホッパーの姿を探した。ガンモ本人に真偽を尋ねる前に、ワンクッション置きたかった。ホッパーは格納庫《ハンガー》の中にある救命装備室で、Gスーツのベルトの緩みをチェックしていた。

「ホッパー、ガンモのこと、ほんとなんですか」

姿を見つけた途端、声をかけた。

「俺がここにいることが何よりの証拠だろう」

ホッパーはガンモの中級検定に参加することになっていた。フライトスケジュール通りなら、今頃ホッパーは雲の上にいる。

「なんだ、そんな顔して」

ホッパーは呆然と突っ立っている陸を横目で見た。

「お前の望んだ通りになったんじゃないか」

「それは……」

「別に責めてるんじゃない。ありのままを言ってるだけだ」

ありのまま……。

自分は本当にこの形を望んだのだろうか。ここに弱い者はいらない。本気で思っていたし、今でもその気持ちは変わらない。ガンモはアグレッサーに不向きだとも思う。だけど、現実にそうなってしまうと、違う感情が芽生えてくる。

「もしかして……俺のせいなのかな」

「分からん。だが、言葉は軽くないってことだ」

嫌な言い方だと思った。「そうだ」とはっきり言われた方がまだすっきりと受け止められる。

「ただな、一つだけ分からんことがある」

陸は物思いから意識を引き戻してホッパーを見た。

「なぜこのタイミングだったのかだ」

中級検定当日。もしかすると、晴れて突破していたかもしれない。そうなれば、また違う景色が見えたかもしれないのだ。なのにガンモはすべてを捨てた。陸は踵を返した。ホッパーに何も告げず、そのまま救命装備室を後にした。

戻ったオペレーションルームの中にガンモの姿はなかった。陸は廊下に出ると、フライトルームと解析室を覗いた。そこにもガンモはいなかった。今度は廊下を仕切られているドアの方へと向かった。ドクロマークのあるドアの裏側には、赤い戦闘機のシルエットが描かれている。陸がドアを開けるのと、ガンモが群司令室から出てくるのが、ちょうど同じタイミングだった。ガンモは陸の姿を見て一瞬戸惑った表情を浮かべた。陸は右手の親指を立てて「上に行こう」という合図を出した。陸とガンモとの間には階段があり、二階には飛行教導群とは別の組織である第6航空団の飛行群本部がある。陸は先に階段を昇り始めた。後から足音が付いてくる。飛行群本部を素通りして三階へ向かった。そのまま廊下の突き当たりまで進み、屋上へ通じるドアを開けた。

パッと視界が明るくなった。秋の太陽の柔らかい陽射しがいっぱいに降り注ぎ、心地良い風が吹き抜けていく。その中に僅かな潮の香りがした。絶好のフライト日和だ。そんな日に自分は飛行禁止を受けて飛べず、ガンモは自ら飛ぶのを止めた。背後にガンモの気配がして、陸は再び先に立って歩いた。小松市街とは反対側、遠くに日本海が見える方へと向かった。

「どこまで行くんだよ」

焦《じ》れたようにガンモが声を上げたが、陸は黙ったまま歩き続け、フェンスの際で立ち止まった。ガンモが隣に立った。お互いの距離は近くなく、かといって離れ過ぎてもいない。今の自分達をそのまま表すような微妙な間隔だと思った。

「この景色ももうすぐ見納めか」

陸は横目でガンモを見た。ガンモの短い髪が風になびいている。表情は穏やかで、すっきりしているように見える。

「なんでですか」

「何がよ」

「いろいろですよ」

「怒ってんのか、お前」

ガンモが笑みを浮かべた。なんでこの状況で笑えるんだろう。

「あー、タバコ吸いてぇ。持ってねぇか」

「持ってませんよ。吸わないし」

「使えねぇ奴」

ガンモは形だけ煙草をふかす仕草をして、「ふーっ」と息を吐き出すと、「別にさ、お前のせいじゃねぇよ」と言った。

「俺のせいだなんて思ってませんよ」

ガンモは「ケッケッ」と特徴的な笑い声を上げた。

「いいねぇ。さすがはサードくんだ」

「茶化さないでください」

「違うって分かったんだよ、はっきりとな。あんときだ。夜。三人で飯食いに行ったろう。結局飯はコンビニ弁当になったけど」

速が小松に来た時のことを指しているとすぐに気づいた。

「違うって……何がです？」

ガンモが指で自分と陸を指した。

「目には見えねぇけど、俺達の間には境界がある。ちなみに高岡もそっちだ」

「そんなもん、ありませんよ」

声が大きくなった。

「ガンモがダメなのは努力が足りないからです。アグレッサーとしての覚悟がないからです」

「そう、それだ。覚悟ってやつ。俺は事故った車を見て、なんにもできなかった」

「救急車の誘導とか野次馬の整理をやったじゃないですか」

「高岡に言われてな。自発してやったことは何一つありゃしねぇよ。いつものようにお前が最初に勘づいた。そして、飛び出した。高岡はその状況を見て、運転手に懐中電灯を借りた。ガソリンが漏れてて、いつ爆発するかもしれねぇってのに、なんの示し合わせもしてねぇのに、二人して怪我人助け出してよ。あれ、お前らじゃねぇとできなかったことだ」

「あれはたまたま——」

「たまたまなんかじゃねぇ」

ガンモの声が強くなった。

「いいか、たまたまなんかじゃねぇんだって。お前や高岡だからできたんだ。俺はビビッて、高岡から指示されるまで動けなかった。それが普通の人の感覚さ。俺はな、サード、普通の人間なんだよ。前から分かっちゃいたけどやっぱりな、どっかで認めたくはなかった。でも、あれを見せられたらもうな、認めるしかねぇ」

ガンモの物言いはどこか軽やかだった。人生を左右するほどの重い決断を下したなんて思えないくらいに。

「この際はっきり言わせてもらうけど、お前には散々ムカついてたぜ。単に操縦が上手いってだけで、先輩の俺にデカい態度取りやがってよ」

「取ってませんよ」

「知ってるぞ、お前が隊長になんて言ったか。弱い者は空にはいりません。かーっ、言うかねぇ、普通そこまで」

「すみません……。でも、俺もあの時は気が立ってて……」

「だからこそ本音が出たんだろ」

陸は口籠った。

そうだ。死ぬかもしれない経験をした直後だったから。心の底にある思いがほとばしった。

そんな陸の気持ちを見透かしたかのように、ガンモが声を立てて笑い出した。

「お前ってほんと、顔に出るよな。分かりやすいわ」

ひとしきり笑ったあとで、

「もし、あの時、事故に遭わなかったらずっとムカついたままだったけどな。しゃーねぇな。いざって時に人はほんとの姿が出るんだから」

一度言葉を切ると、

「サード、俺はアグレッサーになりたかったわけじゃねぇんだよ。アグレッサーの一員として振る舞う自分になりたかったんだ。カッコいいしな、パイロット仲間にも自慢できるし。地元のツレにも鼻が高いしな。それに、やっぱり女にモテたい。だから何度も異動希望出してよ、根回しもしてよ。もちろん、それなりに百里でも頑張ったさ。で、晴れて希望が叶ってここに来れたと思ったら……なんとお前がやって来やがった。お前とはさ、一緒にちゃんと飛んだことはなかったけど、長谷部を助けたことも知ってるし、あの浜名1尉が意識してたってことも噂に聞いてた。その時点でどれだけの腕か、だいたい想像はつくってもんだ」

口を挟もうとすると、ガンモは「聞け」と遮った。

「分かっちゃいたけど、俺もそこそこ腕は上げてたし、なんとかなるかなぁとは思ってたのさ。でも、全然だ。まったく敵わねぇ。だから結構無理してた。もともと操縦も上手かねぇしな。でもよ、下手の上に卑屈にでもなったら最悪じゃねぇか。惨めじゃねぇかよ。だから笑っとくしかなかったんだ。でも、さらに後輩が入ってきて、また追い抜かされたらさすがにこれはたまらねぇと思った……。でも、それもこれもこの前の事故で全部吹っ飛んだ。ここにいるべき存在はどういう奴なのか、それを思いっ切り見せつけられた感じだった。操縦が上手いとかケンカが強いとか、女にモテるとかそんなんじゃねぇ。いざって時に自然と身体が動く。命令される前に反応できる。やっぱ覚悟なんだろうな。そういう奴なのさ、ここにいるべき存在はよ。俺はな、覚悟って技術とか強さで出来てるもんだと思ってた。けど、そうじゃなかった。助けたいとか守りたいとかっていう人の根っこっていうか、そういうもんなんだよ。それをしっかり持ってる奴がとっさに動くことができるし、いろんなものを救うことができるんだ」

いつものような偏屈で嫌味な言葉ではなかった。ガンモの告白は心の底から素直に出ているように感じられた。だから途中から、遠くに広がる海を見ながらじっと耳を傾けた。

ガンモがチラリと陸を見た。

「どうだ、いいこと言うだろう」

「それが余計なんですよ」

もちろんガンモの照れ隠しだとは分かっている。でも、その一言を言わなければ相手にはもっと深く伝わるし、ガンモの評価も変わるはずなのだ。

「お前が何を思ったかだいたい分かる。でも、そこを言うから俺なんだよ。これは個性さ。アグレッサーになってから、ずっと我慢してたんだ」

「それで……？」

ガンモの足が飛んできた。尻を蹴られる直前、躱した。

「なんで躱すんだよ！」

「攻撃機動が丸分かりだからです」

「へへへ」

ガンモが笑った。

「よく笑えますね、こんな時」

言いつつも、思わずガンモの笑顔に惹き込まれた。こんな気持ちのいい笑顔を浮かべたガンモの顔はアグレッサーになってから初めて見た気がする。

「今日、検定受けてたら、もしかしたら受かったかもしれませんよ」

「かもな」

「ほんとに後悔しませんか」

「してるよ」

「だったら――」

「バカ。検定受けて合格したらもっと後悔するだろがよ。自分の居場所じゃねぇのにそこに居続ける。あーやだやだ。俺はそういうの苦手だ」

ガンモはひらひらと手を振った。

「これからどうするんです？」

「さぁな。多分、元の部隊に戻すようなことを隊長が言ってたから、そうなるんじゃねぇのかな。なんだよ、お前、萎《しお》れた顔して。辞めてほしかったんだろ、俺に」

「俺はただ、アグレッサーとして強くあってほしいと思ってたんです。ちゃんと話してくれればよかったんですよ、本心とか」

「本心は隠すから本心って言うんだよ」

なるほど。考えてみれば陸も本心をガンモに打ち明けたことはない。怒りに任せて口走ったことはあるが、きちんと向き合って心の底をさらけ出すようなことは一度もしてはこなかった。

「そうか、そうですよね……。なんかすみません……」

「謝んじゃねぇよ。お互い様だ。あいこだ。そうそう、あいこっていや、篠崎舞子な。あの女に情報流したの、俺だ」

はぁ？

「いつから……」

「新田原の時も何度かあったな。だからさっきも言ったろう。俺はモテたかったんだよ。戦闘機好きの、しかもアイドル並みのルックスを見りゃ、そりゃなんとかしてぇと思うだろうがよ。お前にゃ救難の大安がいるし」

「菜緒は違いますよ！」

「そんなことはどっちだっていいんだ。大安もいて篠崎舞子もいて、お前はどっちつかずだ。その間になんとか滑り込もうとしてたワケだ。でもクソッ、どうにもならなかった。だからこれでチャラな」

チャラって……。

「それも本心ってわけですか……」

「こんなことになってなけりゃ、絶対話さなかったかもな」

ガンモはまたニヤリと笑った。

まったくむちゃくちゃな話だ。怒ってもいいくらいの。知らん顔をして後輩を売り、あわよくば舞子に付け入ろうとしたなんて。でも、陸の心に怒りは芽生えてこなかった。ガンモはこんな奴なのだ。だからこそガンモなのだ。

「さっき謝ったの取り消しますからね」

「嫌だね」

「ほんっと最低ですね」

でも、ガンモに釣られるようにして陸の顔にも笑みが浮かんだ。また、潮の香りが混ざった風が吹いた。互いを隔てていたさっきまでの距離はもう、気にならなくなっていた。

「なんかいいことあったのかい？」

夜の八時近く、食堂で一人、テレビを眺めながら海鮮丼定食を食べていたら、いきなりダミ声が側で響いてびくっと身を縮めた。なんの気配も感じなかったのに、隣に小柄なおばちゃんが立っていた。

「ビクビクしなさんなって。べつに取って食おうってんじゃないんだから」

いつもと同じ、ピンク色のバンダナを頭に巻き、ピンク色のエプロンをした大田《おおた》のおばちゃんが、薬缶からダイレクトに陸のコップにお茶を注いだ。

「ありがとうございます」

おばちゃんは礼には何も言わず、陸の向かいに腰を下ろした。

「いいんですか、油売ってて」

「いいんだよ。あんたが最後の客なんだから」

さっきまでいた二人はいつの間にかいなくなり、今は食堂に陸と大田のおばちゃんしかいなかった。

この頃、遅い時間に一人で食事に来ている。デブリーフィングが終わり、皆が食堂に行くのを見届けてから、三十分ほどして庁舎を出るのが日課になっていた。食堂が閉まっていれば、ＢＸに寄って弁当を買い、一人で部屋で食べた。

「すみません……」

陸が謝ると、おばちゃんは「ふん」と鼻を鳴らした。

「まだ、飛行禁止は解けてないんだね」

この人はどういうわけだか、部隊の内情に詳しい。306部隊にいる時もそうだったし、菜緒によれば救難にも通じているらしい。いったいいつから食堂のおばちゃんをし、ド派手なピンクを身に纏うようになったのかは知らないが、ともかく、大田のおばちゃんが小松基地の事情通であることは疑う余地がない。

「まだです」

「じゃあ、すっきりした顔してるのは別の理由があるんだね」

「別に何もないけど……」

おばちゃんは身を乗り出すようにして陸を見つめてくる。

「パイロットはポーカーフェースが多いけど、あんたは昔っから顔に出るからね」

またそれか……。

陸は箸を置くと、

「ポーカーフェースとかって言葉、知ってるんですね」

「下げるよ」

おばちゃんが海鮮丼が載ったお盆に手を掛けた。

「あ！」

慌ててお盆の反対側を摑む。

「バカにすんじゃないよ。伊達《だて》に長くは生きちゃいないんだ」

そうですねと喉まで出かかった言葉を慌てて呑み込んだ。それを言ったら今度は間違いなく、お盆を下げられてしまう。

「いいことってわけじゃないけど、今日、ガンモといろいろ話ができたから」

「ははーん」

大田のおばちゃんは何かを思い出すように頷くと、「どおりで。あいつ、アグレッサーから尻尾巻いて逃げるって割にはよく食うわけだ」

「そんなに？」

「大盛三杯」

「バカだ、あの人……」

「生言《なま》うんじゃないよ。あんたと同じさ。ガンモは食い気に出るんだよ」

「あ……」

すとんと腑《ふ》に落ちた。

「あんたは人のことにあんまり関心がないからねぇ」

おばちゃんは横を向き、足を組んでテレビを眺める。

おばちゃん、只者《ただもの》じゃないって知ってるけど、ほんとによく観察してるんだな……。

おばちゃんがテレビの方を向いたまま、陸の海鮮丼を指さした。

「え、何です……？」

「ご飯、いつもより多めにしといたの、気づかなかったのかい」

　陸はどんぶりを見た。言われてみれば、少し多かったような気もする。

「すみません……」

「私はね、あんたらの表情、会話、誰と来たか、一人なのか、天気もそうだ。そんなのでご飯や煮つけの量や味を変えてんだよ。日本の宝のあんた達をしゃんと支えてあげなきゃ、お天道様に叱られるだろう」

　大田のおばちゃんは陸の方を見ずにだみ声を張り上げた。

　自分が日本の宝なのかどうかは分からない。けれど、おばちゃんはこれまでもずっと細やかな気配りをしてくれていたのだ。陸はこの数年、病気で寝込んだこともない。思い返せば新田原基地の食堂にいた吉田《よしだ》さんもそうだった。さりげなく大盛にしてくれたり、プリンをサービスしてくれたり、風邪気味の時はお粥《かゆ》を作ってくれたりした。今まで考えもしなかったが、食堂で働いている人達も自分達を懸命に支えてくれていたのだ。

「ありがとうございます」

　陸は箸を取ると、黙々と食べ始めた。

「ところであんた、菜緒とは上手くやってんのかい」

　再び箸が止まった。顔を上げると、大田のおばちゃんはちょっと首を傾げたポーズで陸をじっと見つめている。嘘は一切通用しない。そんな目だ。

「菜緒、近頃どうしてますか」

「頑張ってるさ。あの子はいつだって頑張ってるよ」

「ですよね」

「ですよね、じゃないよ」

テーブルの下から足が飛んできて、脛の辺りを小突かれた。

「イテッ」

陸は蹴られた辺りを右手で撫でながら、「おばちゃん、なんかあった時、菜緒はどこに出るんだろう」と尋ねた。

「そんなこたぁ、あんただって分かるだろう」

「……目」

「分かってるんならいちいち聞くんじゃないよ」

「すみません……」

「おばちゃん、おばちゃんって元気に声かけてくるけど、ありゃ完全にカラ元気だ。目は冴《さ》えない。この前、浜松に行った時、なんかあったんだろ」

そこまでお見通しか……。

陸は一瞬迷ったが、どうして菜緒と上手くいかなくなったのか、その理由を正直に打ち明けた。菜緒とお似合いの人がいる。海保の救難隊の人。楽しそうに笑っている菜緒の顔を見たら、良かったと思う反面、どうしていいか分からなくなった。だから、メールもしていないしもちろん会ってもいない。大田のおばちゃんはその間一言も口を挟まず、黙って陸の話に耳を傾け続けた。

やがて話を聞き終えた時、大田のおばちゃんは溜息混じりに「バカだねぇ」と言った。

「俺、やっぱりバカですかね……」

「菜緒もだよ」

「菜緒は俺と違ってはっきりしてますよ」

「してないから、こうなってんだろう」

大田のおばちゃんがピンク色のバンダナを外した。パーマをかけた髪とおでこにくっきりと痕が付いている。頭に巻いている時は気づかなかったが、バンダナは擦れ、ところどころで糸がほつれている。随分と年季が入っている感じに見えた。おばちゃんはバンダナを見つめ、

「息子がくれたのさ。誕生日プレゼントって言ってね」

「だから色がエプロンとお揃いなんですね」

「こっちは私が買ったんだ。色を合わせようと思って」

「あぁ……」

「親一人子一人だったから、グレてさ、どうしようもないくらい迷惑かけられた。どこにいるのか、元気にしてるのかも分からなかった。それがある日、小包が届いてさ、誕生日おめでとうってメッセージ付きで。住所は東京だったよ。でも、私は何もしなかった。返事も出さなかった。今更何が誕生日だよって意地になってね。そしたら今度は死んだって連絡があった。工事現場で、何階だったか忘れたけど、ビルから落ちたんだ」

思いもよらなかった。いつも頭に巻いているバンダナに、こんなに哀しいエピソードがあったなんて……。

陸が黙っていると、「私にこんな話をさせんじゃないよ」と再び脛を蹴られた。

「俺、なんも言ってないし……」

「いいかい陸、ちゃんとしな。しないで後悔するのと、して後悔するんじゃ百万倍違うから」

そんなことを誰が比べたのかなんて聞くのは野暮だ。大田のおばちゃんが自分のために、辛《つら》い過去を話してくれた。その気持ちは脛の痛みと一緒に受け止めないといけないと思った。

「分かったらさっさと食べてとっとと出ていきな」

おばちゃんは席を立つと、厨房へと戻っていった。

陸は冷え切って少し固くなったご飯を頬張った。この感触も忘れてしまってはいけないものだ。箸を動かしてご飯を口に掻き込みながら、そんなことを考えていた。

食堂を出てふと夜空を見上げた。ひんやりしているが、月が明るい。満月だった。庁舎地区を照らしている街灯がいらないくらいだ。陸は自転車にまたがると、気持ちのままにペダルを漕ぎ出した。補給倉庫やプールの前を通り過ぎ、庁舎地区を抜け、それでもどんどんとペダルを漕ぎ続けた。風が頬に当たって気持ちが良かった。お尻を浮かせ、さらに漕いだ。ここまで来ると、街灯の数が減ってくる。それでも今夜は月明かりがあった。スピードを出して滑走路の端へ出る。それでもまだ物足りない気がして、今度は滑走路の外周を巡り始めた。ここまで来るともう気持ちは決まっていた。小松基地で見つけたとっておきの場所。庁舎地区とは滑走路を挟んで真向かいにある小高い草むらへと向かった。

　自転車を止めると、静けさが包んだ。自分の呼吸音と虫の声が微かに聞こえるだけだ。陸は草むらの中腹辺りまで登り、振り返って腰を下ろした。目の前には一面に滑走路が広がっている。投光機が真っ白な光を放ち、駐機場《エプロン》のF－15を照らしている。陸の目には尾翼に描かれたイヌワシがくっきりと見えた。306の機体だった。昔はあの機体に乗って空を駆けた。味方からも敵からも一目置かれるエースを目指して、ただがむしゃらに訓練に励んでいた。整備員が格納庫に繋留《けいりゅう》する作業を進めている。ここにはアグレッサーになってから一度も来たことがない。余裕もなかったし、いつの間にか忘れていた。当たり前になっていた。いつだったか速から指摘された時、この場所のことを答えられなかった。それほど遠くなっていた。防府北基地でも、芦屋基地でも、浜松基地でも、あれほど苛酷だった新田原基地でも、自分だけの場所を探した。滑走路が見渡せる場所。滑走路は空と繋がる道であり、再び戻ってくる道である。それを見るのが好きだったし、眺めているといつも心が落ち着いた。

　なのに……。

　いつかそんな時間さえ忘れていた。

ふいにライトが迫ってきて、陸はあまりの眩しさに手を翳《かざ》した。巡回のパトロールにはまだ早い。

「眩しいんで、ライトをちょっと下げてもらえませんか」

光の向こうにいる誰かに言った。誰かがライトを消した。やがて月明かりに目が慣れ、人影がぼんやりと浮かび上がってきた。

「菜緒……」

びっくりして言葉に詰まる。

「何べん電話したと思うてんねん」

慌ててポケットの中を探り、携帯を取り出す。

「切ってた……」

「あんたに緊急連絡はとどかへんな」

溜息混じりで言うと、菜緒は陸の隣に腰を下ろした。これまでとは違って明らかに遠い距離だ。

「あんたに頼みがある」

「もしかして美味しい店とか」

「アホ。そんなんであんたを頼るわけないやろ。そんなもんウチの方がよーけ知ってるわ」

軽くあしらわれた。

「高岡のことや」

「スピード？」

「知ってるやろ。高岡に父親がいないのんは」

「小さい時に離婚したくらいしか」

聞いていない。父親の話を速がすることはまずなかった。

「その親父さんが今んなって出てきたそうや。しかも死にかけてる……」

「高岡さん、会わないって言ってるんじゃ……」

「そうや。なんで分かった？」

「高岡さんの性格ならそう言うと思った」

「伊達に長う一緒におるんやないねんな」

普通なら笑いながら茶々を入れるところだが、菜緒に笑顔はなかった。

「俺に頼みって？」

「説得してほしいんや」

直感でそれは難しいことだと思った。速が一度決めたことだ。ならばテコでも動かない。速にはそういう頑固さがある。ましてやプライベートな問題なら尚更だ。

陸が黙っていると、「あんたにやないで」と菜緒が言った。

「なら誰が？」

「あんたのお父さんに説得してほしいんや」

「親父に！」

「これは聡里さんからのお願いでもあるんや。頼むわ、陸。これはあんたにしかできへんことや」

菜緒が陸を見つめた。自分のことではなく、人のことでこうまでなれるのが菜緒らしいところだ。

「分かった。頼んでみる」

「そうか」

菜緒は立ち上がると、お尻を二度、三度はたいた。

「邪魔したな」

もう行くのか。引き止めたい。でも、その言葉が出てこない。

「なぁ陸、ウチかてあんたが思ってる以上に、あんたのこと分かってるんやで」

そうだと思う。げんにこうして、秘密の場所にまで探しにきてくれた。誰にも、菜緒にもこの場所を教えたことなんてない。自分自身、忘れていたくらいなのだ。

菜緒が草むらを降りて自転車の方に近づいて行く。陸も立ち上がると、後を追いかけた。

「なんや、ウチに気兼ねなんかする必要ないで」

「もう十分考え事できたから」

「そうか」

菜緒と二人、自転車を漕ぎ出した。元来た道を引き返すのではなく、先に向かって進んだ。菜緒は黙ったままだ。陸も話しかけたりはしなかった。だが、居心地の悪さはなかった。二人を風とペダルを漕ぐ音だけが包んでいた。

「ここでええわ」

救難隊庁舎が見えてきた辺りで菜緒が口を開いた。陸は自転車を止め、まだ明かりの灯っている庁舎を見た。

「まだ仕事すんの」

「訓練の準備とか、いろいろな」

「大変だなぁ」

「お互い様や。ほなな」

菜緒がペダルに足を置いて漕ぎ出そうとした時、「菜緒」と呼びかけた。菜緒が振り向いた。

「えっとさ……頑張ってな」

菜緒が一度視線を落とし、もう一度上げた。

「あんたもな」

遠ざかっていく菜緒を見つめながら、陸は唇を嚙んだ。

3

週末の土曜日、陸は小松空港から福岡へ向かうことにした。速のことを護と電話で話しても、上手くいくイメージがまったく湧かなかったからだ。

「それは本人の問題だろう。他人がとやかく言うことはできん」

以上。これで電話を切られてお終《しま》いになる。だから、その先を続けるためには直接顔を見て話す以外にはないと思った。

小松空港を17時50分発にしたのは、その便しか空席がなかったからだ。小松〜福岡間は一日四往復しかない。ＡＮＡと、ＡＮＡと共同運航しているアイベックスエアラインズ。その上、機体は大型ではなく、ボンバルディア社のＣＲＪという小型機だ。当然、あっという間に満席になる。陸は左側の一番後ろ、通路側といういかにも人気のなさそうな席に身体を押し込めつつ、それでも自分を待っていてくれたかのように空いていたことを感謝した。

フライトは一時間二十分。たいした揺れもなく（というか、起きなかったからそう思っているだけだが）ぐっすりと眠っている間に福岡空港に着陸した。そういえば３０６にいた頃、檜垣《ひがき》3佐から聞いたことがある。大松は民航機に乗ると、緊張して眠れないタイプなのだと。あんな強面で凄腕のパイロットが空で緊張して眠れないなんてと心の中で笑ったものだ。陸は図太いのか、多少の揺れでもまったく問題ない。もし、大松と一緒の民航機に乗ることになったら、なるべく離れていた方がよさそうだ。大松が隣にいたらそれこそ緊張して眠れる気がしない。

とっぷりと日が暮れた故郷の夜空を見上げながら、駐機場の端に停まった機体からバスへと乗り換えた。やがて空港の建物へと足を踏み入れると、以前と違って薄暗く感じた。前回帰省した時もそうだったが、福岡空港は拡張工事の真っ最中だ。あちこちに灰色のシートが掛けられ、窓も隠されているために外からの明かりも入ってこない。売店なども移動しているので賑わいも減っている。仕方がないとは分かっているが、早く以前のような華やかさを取り戻してほしい。そんなことを思いつつ、迷路のような通路を抜けて外に出た。時刻はもう二十時近い。今からバスに乗れば、込み具合によっては一時間近くかかるかもしれない。実家には一応、戻ると告げてある。春香のことだ。きっとご馳走《ちそう》を作って待ってくれていると思う。

「よし」

別に気合いを入れるほどのことでもないが、陸はタクシー乗り場の方に足を向けた。

タクシーの運転手に実家の住所を告げると、「もしかしてあの博物館の?」と尋ねられた。

「えっと……博物館って坂上戦闘機博物館のことを言われてますか?」

逆に聞き返してしまった。

「そうそう、最近お客さん乗せて行くことが多いっちゃんね」

マジかよ……。

あまりの驚きで言葉が出ない。

「今から行っても閉まってるっちゃないね」

運転手がバックミラー越しに陸を見た。

「いや……大丈夫です。実家なんで」

「実家？　あぁそう、実家ね。なら心配なかね」

はい。なかなか。

運転手はウインカーを出し、右車線へと車を滑り出させた。

代金を払ってタクシーを降りると、実家の外観を眺めた。玄関のランプが灯り、小さな門と鉢植えがぼんやりと照らされている。去年の十二月に一八郎の三回忌で戻ってきて以来、一年もたたずに帰省するなんてこれまでにはなかった。

「ただいま」

玄関のドアを開けるとカレーの匂いがした。息子の大好物は今も忘れないでくれているみたいだ。

「お帰り」

廊下に春香が顔を出した。セーターとGパンというラフな格好だ。昔から細身なので、年齢よりもかなり若く見られる。だが、一つだけ変化があった。

「……焼けてる？」

「そぉ」

春香が両手で頬を覆った。

「これ」

小松土産の紙袋を差し出すと、春香は受け取りながら「今度は何？」と聞いてきた。

「栗むし羊羹《ようかん》」

途端、「さすが息子」と春香が顔をほころばせた。陸は頷きつつ、「お互い様」と心の中で言った。

リビングに入ると、護がビールを片手にテレビを観ていた。ボクシングの中継だ。灰色のスウェット姿、テーブルには半分ほど食べた冷ややっこがある。「ただいま」と声をかけると、護は顔をテレビに向けたまま「うん」と答えた。

「すっかりオヤジ化してんな」

「立派にオヤジだからな」

護の顔も手も日に焼けて黒い。農業をやるって聞いていたけど、どうやら本当だったみたいだ。

「まず、祖父さんに挨拶してこい」

「うん」

一八郎の部屋には灯りが点いていた。陸のために点けてくれていたのだろう。ガランとして冷たい部屋に入ると、仏壇の前に正座した。一八郎の写真を眺める。三回忌の時にも飾られていた、腕組みをして頭を反らし、不遜な態度でこっちを見ているあの写真だ。

祖父ちゃん、ただいま。元気でやってる？　俺は……山あり谷ありって感じかな。いろいろあるよ、やっぱり。

一八郎は何も答えてはくれない。でも、話を黙って聞いてくれている。そんな気がした。

洗面所で手を洗ってリビングに戻ると、テーブルの上にカレーとサラダが用意されていた。

「姉ちゃんは」

「いるわけないでしょ」

キッチンにいる春香が忙しそうに立ち回りながら答えた。

そうか……。あの人、再婚したんだよな。

「あんたもビールにする？」

「お袋は？」

「飲むわよ。もちろん」

春香が冷蔵庫を開けて瓶ビールを取り出す。陸もキッチンに入ると、水屋からグラスを二つ取り出した。

春香の作ったカレーは相変わらず絶品だった。ボクシングの中継を眺め、時々春香と会話しながら、三杯もお代わりした。一八郎もいない、雪香もいないリビングは前よりも随分広く感じる。そして静かだった。でも、不思議と寂しいとは思わなかった。

「順調なの、その、農業は」

「あんたが今食べたサラダも、半分くらいはお父さんと作ったのよ」

「へぇ」

「お祖父ちゃんの知り合いの人が畑を貸してくれてね、近くなんだけど、そこでやってるのよ。ビニールハウスとかね」

「本格的なんだ」

「あんた、明日見ていきなさい」

「わかった」

陸は答えつつ、寂しいと感じなかった理由を悟った。夫婦水入らず、それなりに充実した時間を送っているように見えるからだ。

護がチャンネルを替えたので、春香と陸は話を止めてテレビの方を向いた。

「勝ったの、村田？」

春香が尋ねると「ＫＯだ」と護が答えた。

いつもこんな会話をしてるんだな。

陸は二人の日常を垣間見るような気がした。

ビールからやがて焼酎へ。やはり九州では自然とそうなる。これが小松だと日本酒なんだけど。護は日に焼けた顔に少し赤味を増しながらも、グラスに新たな氷を入れた。陸は護が摑むよりも先に焼酎の瓶を手に取ると、「ストップかけて」と言いながら護のグラスに透明の液体を注いだ。

「ストップ」

「濃いよ、これ」

「いいんだ」

護は指でグラスの中をかき混ぜると、軽く呷《あお》った。

「で、今日はどうしたの？」

春香の問いに「ちょっとね」と言葉を濁しつつ、焼酎の入ったグラスを一気に傾けた。身体の中に熱い流れが滝のように広がっていく。その勢いのまま「親父に頼みがあって」と続けた。

「お父さんに？」

春香が目を見開いた。

「珍しい」

護もこっちを見ている。「言ってみろ」と促すような視線だった。

「実は高岡さんのことなんだ」

「高岡の？」

護が目を細めた。

「どうかしたのか?」

陸は知っている情報を話し出した。速の行方知れずだった父親が現れたこと。病気で命が危ないこと。しかし、速は会わないと言っていること。

「でも聡里さんがさ、どうしても親父に説得してほしいって」

護はしばらく黙っていたが、やがて「お前はどう思うんだ」と聞いてきた。

「俺は……分からない」

護が僅かに眉をひそめた。

「分からんよ、そんなこと。高岡さんじゃないし」

「じゃあなんでわざわざ頼みに来た?」

護はわざわざという言葉をあえて使った。電話でも済むところを、時間と金を使って直接話しに来たということに気づいているのだと思った。

「それは、仲間だから……かな」

護の眉がさらにひそめられる。

「お前、高岡の結婚式のスピーチで友達じゃないって言ってたな」

「今でもそうだと思う」

「でも、仲間か」

陸は護の言葉に頷いた。

「そういうことなら、聞かないわけにはいかんな」

「え……」

護があまりにもあっさりと承諾したことに、拍子抜けしてしまった。

「いいの……？」

「いいさ、仲間のためなんだから」

「そのセリフは何度も聞いたわね、私も」

春香が昔を懐かしむように笑った。

「それでいろいろ振り回されもしたけど」

「悪いと思ってる」

「でも、仲間のためには、なのよね」

「まぁ、そうだな」

護がはにかむと、春香が「ふふふ」と声を出して笑った。

「陸、戦闘機乗りは一人では強くなれん。仲間がいてこそ初めて強くなれる。誰かを思いやる気持ち、信じる気持ちがあるから、命を預け合うことができる。素晴らしい仕事だと思わんか」

「思うよ……」

思う。確かに。親父の言う通りだ。

「俺、空自に入って、パイロットになってほんとに良かったと思う」

「そうか」

護が笑った。子供の頃に何度も見た、あの笑顔だった。

「お祖父ちゃん、今頃胡坐《あぐら》かいて笑ってるわね。小僧がいっぱしのことを言うようになったって」

「そうだな。直接聞かせてやりたかったな」

「なんだよそれ……」

急にググッと感情が昂《たかぶ》って、目元がじんわりと熱くなってきた。

空っぽになっていたことを忘れてグラスを一気に傾けると、氷の塊が落ちてきて、カチンと歯にぶつかった。

「いてっ」

電気が走ったように感じて、掌で口元を抑えた。

「バカねぇ、何してんの」

春香が陸の手からグラスを受け取った。途端、陸は後ろに倒れて床に寝そべった。

「あぁ、痛かった」

その一言に、護と春香が声を立てて笑った。陸も笑った。子供の頃から何度も見たことのある煤《すす》けた天井が、今はとても新鮮に見えた。

4

小松基地に戻った陸は、真っ先に隊長室へと足を運んだ。

開いたドアの奥には尾方隊長の姿が見える。机に向かって何かの書類に目を通している。陸は入り口に立ち、ドアをノックした。尾方隊長が書類を見つめたまま、「入れ」と言った。陸は数歩足を踏み出し、机の向かい側に立った。尾方隊長が書類を置いて顔を上げる。目の前に陸が立っているとは思わなかったのか、ちょっと意外そうな表情を浮かべたが、すぐに真顔になった。

「あの……隊長」

「気がついたみたいだな」

……え？

陸が何も言えずにあっけに取られていると、

「顔が違ってるぞ」

思わず頬に手が伸びた。

「お前、言葉の意味、分かってるのか」

尾方隊長が苦笑する。陸も釣られて笑みを浮かべた。

「お前はな、それでいいんだ。笑っていればいい。お前から笑顔がなくなれば、なんの魅力もない」

「なんかそれって……」

どう言えばいいんだろう。ピンとくる例えが思い浮かばず、「アイドルみたいですね」と答えた。

「アイドルって面《つら》じゃないがな」

尾方隊長は苦笑いを浮かべたまま、

「まぁ、そんなもんかもしれんな。笑うことで人を元気付けられる。笑うことで自然と人の輪を生むことができる。笑うことで信頼や友情が生まれる」

「でも、自分はまだ……」

「そうだ。お前はまだまだだ。だが、その端緒はあった。だからアグレッサーに呼んだんだ。お前は仲間を命懸けで助けた。あれは今でも奇跡だと思う。だがな、奇跡は偶然には起こらんと俺は思っている。奇跡を起こす人間だからこそ、見えない力が味方してくれる。お前の笑顔にはそれがある」

俺の笑顔には……。

「だが、力を求める余り、お前は他人を思いやる気持ちを忘れた。それと並行して笑顔が消えた。もし、かつてのお前だったなら、ガンモは違った展開になっていた。そうは思わんか」

そうかもしれない。かつての自分なら、もっと話をして、もっと一緒に行動して、もっと一緒に飛んでいただろう。決して突き放すようなことはしなかった。空を飛びたい。その思いを持つ者なら等しく仲間だったはずだ。

「すみませんでした……」

陸は頭を下げた。素直な気持ちだった。

「過去は変えられん。だが、未来は作れる。お前次第で、いくらでもな。今日がお前にとってのブルズアイだ」

ブルズアイ……？

尾方隊長が椅子から立ち上がった。

「坂上2尉、只今を以《もっ》て飛行禁止を解除する」

尾方隊長の言葉がズシンと胸に響く。また空に戻れる。

その日の午後、陸はドロンパの後席に乗って、空を飛んだ。

手を伸ばせば触れられるところに雲がある。光の筋を、熱をはっきりと感じる。どこまでも広く、幾重もの青が折り重なった空がある。

またここに戻ってこれた……。

機体が高度を上げるのと比例するように、気持ちがどんどん昂ってきて、涙が溢れそうになる。そんな自分が可笑《おか》しかった。

ほんとに空バカだ……。

でも、それでいい。空バカでいいのだ。それが何よりも自分らしいのだから。

霧が晴れ、久しく忘れていた気持ちが甦ったみたいだった。

菜緒に謝りに行こう。

今なら素直に向き合える気がする。

訓練を終えて機体から降りた時、ドロンパに声をかけられた。

「ボーイ、随分と空に浸ってたじゃないか」

何も特別な素振りなどしなかったつもりなのに、どうして分かったのだろう。

「人は感動している時、喋らなくなるもんだからね」

ハッとした。もしかして、ドロンパの問いかけを無視したかもしれない。

「スリータイム」

ドロンパはそう言って笑った。

「すみませんでした」

「今日だけは許そう。でも、ネクストからはノーだ」

ドロンパは真顔で陸の目を見つめ、ニッと笑みを浮かべると、格納庫に向かって歩き出した。陸は慌てて追いかけた。

「あの、ブルズアイってなんですか?」

不意にドロンパの足が止まった。

「隊長に言われたのか?」

「そうです。今日が――」

「――お前にとってのブルズアイだ」

びっくりした顔の陸に、

「それ、隊長の十八番だ」

「十八番……？」

「ここぞという時に使うフレーズさ」

そうなのか……。

「ブルズアイは航空作戦を行う際に、設定する基準のポイントとして使われる言葉だ。自分はブルズアイから何マイルとか、敵はブルズアイから何マイルとか」

今一つ意味が分からない。陸の戸惑いを察したのか、

「要するに、今の気持ちを自分の基準点にしろってことだ。ブルズアイは常に自分で決められる。ここから作戦をスタートする。ここから新しい自分を始める」

過去は変えられないけど、未来は自分次第で変えられる。そういうことだったのか。

「アンダスタンド？」

ドロンパはポンと陸の肩を拳で打った。

「ちなみにその言葉、隊長も受け売りなんだけどな」

「そうなんですか」

「テイルは昔、ゼロやサード以上に跳ねっ返りだったからねぇ」

テイルとは尾方隊長のＴＡＣネームだ。部隊にいる者は今、尾方隊長をその名前で呼ぶことはないし、旧知の仲であるドロンパも滅多なことでは口にしない。

「隊長が跳ねっ返り……ですか」

ドロンパが微笑む。

「まだ俺達が部隊にいた頃、テイルはエース気取りでね。実際、強くもあったから誰も文句は言えなかった。そんなテイルの長い鼻っ柱を折ったのが、巡回教導でやって来たアグレッサーの隊長さ。テイルは全戦全敗。どころか、ほとんど何もさせてはもらえなかった。その時、誰かに言われて知ったのさ。アグレッサーの隊長には通常のＴＡＣネームの他に、もう一つの称号があることを」

「もう一つの称号……」

「エースだ」

エース……。

「エースはね、ただ操縦が上手い、撃墜数が多いで得られるようなシロモノじゃない。圧倒的な技量で戦わずして矛《ほこ》を収めさせる存在。味方だけでなく、時には敵からも恐れられ、称賛される、そんなパイロットのことを指す。本物のエースが偽のエースに贈った言葉。それからだよ、テイルが変わったのは」

知らなかった。アグレッサーの隊長にそんな隠しネームがあるなんて。それがエースだったなんて。その日が尾方隊長にとってのブルズアイだったのだ。

ドロンパは駐機場の方に顔を向けた。だが、その目は機体を見てはいない。もっと遠いところを見ているような気がした。

「何してるんンすか！　解析始めますよ！」

格納庫の奥からノブシが大声で呼びかける。

「ウィルコー」

ドロンパは呼びかけに応えると、陸の方を向いた。

「ボーイ、今の話、テイルには内緒にしといてくれよな」

「分かってます」

陸の答えに満足するように頷くと、ドロンパはまた拳で陸の胸を叩いた。

「行こうか」

「はい」

格納庫に向かって歩きながら、陸は一度だけ振り返った。迷彩塗装のF－15が光を浴び、輝きを放っている。

アグレッサーの隊長がエース……。

これからの道がはっきりと見えた。

今日が自分にとってのブルズアイだ。

5

仕事を終えて庁舎を出ると、陸は隣にある救難庁舎へと向かった。日はすでに落ち、空が茜色に染まっている。時折吹く風も冷たい。冬はもうそこまでやって来ている。

救難庁舎の隣にある格納庫を覗き込むと、菜緒が大きな男と話をしている姿が見えた。座頭班長だ。小柄な菜緒と並ぶと巨人のように見える。先に陸に気づいたのは座頭班長の方だった。座頭班長が何か言い、菜緒がこっちを見る。陸が小さく片手を上げると、駆け寄って来た。

「どないしたんや？」

いきなり救難の方へ来たからか、菜緒の顔は少し戸惑っているように見えた。

「もしかして高岡の話か？」

「それもあるけど、それだけじゃない。菜緒、俺、飛行禁止、解除されたんだ」

「知ってる」

「え？」

「あんたが後席から降りて来るのが見えた。言っとくけどな、ウチはあんたから飛行禁止になったとか一言も聞いてないんやで」

「そうだっけ……」

「だっけやあらへんやろ。ほんまに……。そんで、高岡のこと、お父さんに頼んでくれたんか？」

「うん。昨日実家に戻って今日帰ってきた」

菜緒の目が大きく見開かれる。

「そのためにわざわざ実家帰ったんか……」

陸は頷いた。

「電話じゃ無理だと思ったから」

「そうか……。それは知らんかったわ」

今度は目が細められた。

「でも、それで分かったわ」

「何が？」

「あんた、すっきりした顔してる」

「道が見つかったんだ」

「道？」

「うん」

「そうか」

菜緒が微笑んだ。化粧も何もしていない。日に焼けて、秋だというのに鼻の頭が赤くなっている。それでも陸は愛《いと》おしいと感じた。宝物だと思った。二度とこの笑顔をなくしたくないと全身が言っていた。

「菜緒、この先もずっと、俺と一緒にいてほしい」

菜緒が陸の顔を見つめたまま固まった。

「それ……どういう意味や」

意味なんかない。そのままだ。

陸は答える代わりに菜緒の目を真っ直ぐに見つめた。

――と、いきなり菜緒が座り込んだ。

何が起こったのか、分からなかった。

「奈緒……」

呼びかけたが、菜緒は返事をしない。

「おい！」

代わりにどこからか大声がして、座頭班長が駆け寄ってきた。うずくまって身体を震わせている菜緒を見つめ、視線を陸に向けた。

「坂上、うちの娘に何してくれた！」

座頭班長が顔を寄せてきた。剝き出しの怒気が溢れているのは、いかに鈍感な陸でも気づいた。

「……俺は何も――」

「なんもないわけがないだろう！」

座頭班長の大声に、ドアを開けてメディックや整備員が何事かと顔を出す。

座頭班長の上着の裾を菜緒が引っ張った。

「班長、違うんです」

か細い声がした。

座頭班長が座り込んで、「なんだ？」と聞き直す。

「すんません……。ちゃうんです……。ちょっとびっくりしたから腰が抜けただけ」

「腰？」

座頭班長が立ち上がろうとする菜緒の肩を支えた。

ようやく立ち上がった菜緒が陸の方を向いた。頰からは血の気が引いて、肌が薄くなっているように見える。

「菜緒、俺……」

「なんも言わんでええ」

菜緒は陸の言葉を遮ると一言呟いた。

「しゃあないな」

第七章　晨光《しんこう》

1

明日から北海道の千歳基地にて巡回教導が始まる。速は入間基地からC－1輸送機の定期便に乗り込み、空路で青森県の三沢基地へと向かった。三沢基地には北海道から東北北部地域の領空や周辺空域を監視する北警団（北部航空警戒管制団）がある。今回は北警団を拠点としてアグレッサーの管制をすることになる。コブラ側のメンバーは五名。自分の他に管制班長の進藤将夫2佐、大坪卓《おおつぼたく》3佐、飯森義人《いいもりよしと》2尉。そして、TRから昇格したばかりの新人、真鍋美夏《まなべみか》3尉が加わった。

過去、コブラに女性がいたことは一度もない。技量的な問題もあったが、それは些細なことだ。むしろ、F－15の同乗訓練に耐えられるのか。身体的に影響はないのか。年間百日を超える出張に、女性一人が加わることでの支障はないのか。様々なケースから見送られてきた経緯がある。しかし、昨今の男女平等参画社会実現の波は、空自といえど例外ではない。今では空自初の女性ファイターパイロットを育てようとするプランも、現実のものとなろうとしている。個人的なことをいえば大賛成だ。男性と女性の差はほとんどないと思っている。むしろ、女性の方にこそやる気を感じることも多々ある。

一般大出身の真鍋3尉は幼い頃から要撃管制官になることを夢みており、ついにその夢を叶えた。小柄で線は細いが、反面、精神力は強い。夢を掴み、それを確固たる現実のものとするために、どんなことにも耐え抜こうとする覚悟が見える。進藤班長は速を教師役に指名した。「いきなりスピードでは耐えられないのでは」という心配の声もあったが、今のところ真鍋3尉から弱音らしいものは出ていない。速も相手が新人であり、女性であることを気にせず、ストレートに接していた。

TACネームは「アイリス」だ。それまで在籍していた南混団（南西航空混成団）の南西航空警戒管制隊では名前の一字から「ナツ」と呼ばれていたそうだが、進藤班長が趣味である俳句から夏の季語を付けた。アヤメ科の植物で紫色の花が咲く。自分に花の名前が付くことを女だからと気にしている風だったので、速は花言葉を調べろと伝えた。アイリスはギリシア神話の女神、イリスにちなんだ名前だ。イリスは虹を渡って神々のいる天上と地上を行き来する使者だったことから、「メッセージ」「吉報」「良き便り」、そして「希望」という花言葉がついた。空にかかる虹のように希望を与え、真っ直ぐに信じる心を持つ。

「こんな風になりたいです……」

「なりたい、ではなく、そこは、なります、だろう」

「そうでした」

花言葉を知った真鍋3尉が嬉しそうに笑う姿は、とても清々しいものだった。

C－1輸送機のカーゴに乗り込んで、堅い座席に座りシートベルトを締める。隣に座ったアイリスに目をやると、実に慣れた手つきでベルトを締めていた。

「どうかしましたか」

視線に気づいたアイリスが顔を上げた。

「いや、慣れているんだなと思ってな」

空自に所属する者ならば誰でも申請すればC－1輸送機に乗ることができる。しかし、速はコブラになるまでほとんど乗ったことはなかった。

「乗り心地はよくないけど、タダですからね」

至極当然のようにアイリスが答える。

なるほど、しっかりしている。

こういう金銭感覚は、やはり男よりも女の方が上のような気がする。

離陸後しばらくして、話題はアグレッサーのメンバーに移った。

「サードさん、飛行禁止が解けたんですね」

「そのようだな」

巡回教導はアグレッサー全員で動く。だが、全員が飛べるわけではない。教導資格がなければ後席にしか乗れない。訓練の名簿には確かに陸の名前が記載されていた。速もそれを見た時、陸の飛行禁止が解けたことに気づいた。

「スピードとサードさんは古いお付き合いなんですよね」

「だからといって、なんでも知ってるわけじゃない。あいつの携帯番号を知ったのも、コブラになってからだ。それも、必要にかられてな」

「必要にかられてって……」

　アイリスが言葉を繰り返して笑った。

「でも、良かったですね。解けて」

「さっきから何が言いたい？」

「サードさんにオーダー出してるスピードは、とても楽しそうに見えます」

「否定はしない。F-15のパイロット《イーグルドライバー》の最高峰であるアグレッサーにおいても、こちらの意図以上の行動をするパイロットは一握りだ。その中でも坂上の感性は群を抜いているからな」

　答えても尚《なお》、アイリスは微笑んだままだ。

「なんだ？」

「私もいつか、そんなパイロットに出会えたらいいなぁと思って」

　速は口を開きかけて、止めた。そのことについては、教師役として指南できることは何もないからだ。自分が陸と出会ったのは運命としか言いようがない。二人で高みを目指し、ここにある。ほんの少しでも歯車がズレていたら、こんな関係はあり得なかった。

不意に機体が大きく揺れた。尻が座席から浮くほどの強い揺れだ。だが、民航機と違って機長からの機内アナウンスなどはない。

「今はどういう状況だ？」

速が質問すると、

「強い偏西風を受けながら雲の中を飛んでいますね」

「強さは？」

「100から120ノットくらいでしょうか」

アイリスの答えはパーフェクトなものだった。しかも、表情に怯《おび》えは見えない。

「怖くはないのか」

アイリスは少し首を傾げた。速の質問の意図を探っているようだった。

「揺れているからといって怖いとは思いません。整備員が整備をして、パイロットが操縦して、航空管制官が誘導しています。それぞれの持ち場で、全員が目一杯の仕事をしてる。同じ空で生きる仲間ですから」

言い終わってから、「すみません。今の、ちょっとクサかったですね」と笑った。

「いや、いい答えだと思う」

「良かった」

同じ空で生きる仲間か……。

「少し眠る」

速は目を閉じた。一人の世界になると、昨夜の光景がすぐに甦ってきた。

三沢基地に出向くための荷造りをしていると、遠くで携帯の着信音が鳴った。壁に掛かった時計を見ると、時刻は九時近かった。有里はすでに眠りにつき、聡里は風呂に入っている。速はまとめた書類を机の上に置くと、リビングに行って充電中の携帯を掴んだ。

「――――!」

表示された名前を見た途端、身体が固まった。鳴り続ける携帯をしばらく呆然と眺めた。

「高岡です」

僅かな間のあと「元気か」と男の声がした。懐かしい声。坂上護だった。

「……坂上隊長」

「もう隊長じゃないぞ」

「自分にとってはいつまでも隊長です」

「なら、そういうことにしとこうか」

笑っているような、楽しんでいるような、そんな声だった。

退官してから一度も坂上隊長とは話をしていない。もちろん、電話があることもなかったし、こちらからしたこともない。

に違いない。それが陸に伝わり、ついには坂上隊長へと繋がったのだ。

速の頭が目まぐるしく回転した。結論はすぐに出た。聡里だ。聡里が菜緒に相談した

なぜ、あいつが知ってるんだ?

「話は陸から聞いた。お前の親父さんのことだ」

思い切って尋ねてみると、

「どうされましたか……」

余計なことを……。

「お騒がせして申し訳ありません」

電話越しに詫《わ》びた。速が考え直すよう説得してほしいと頼まれ、電話をしてきたに違いない。

「いいさ。こういうことがないとお前と話をするきっかけがないからな」

「そんなことはありません。いつだって——」

「似た者同士、お前のことはなんとなく分かるんだよ」

見透かされている。その通りだ。話はしたいが気軽に電話なんてできない。何かきっかけが見つからないと大胆にはなれない。

「似た者同士ですか……」

「キャリアもものの考え方も、俺とお前はよく似てる。うちの祖父さんや陸とは違ってな」

「お言葉ですが、坂上は案外、こちら側かもしれません」

「空以外は、か」

「そうです」

実の父親に息子のダメさ加減を伝えて、二人で笑い合う。陸が知ったらさすがにムッとするだろう。

「だがな、お前のことになると、あいつもちょっと違う風になるみたいだ」

「それは……」

「電話じゃなくて、直接頼みに来た」

直接……。

「お前なら、それがどういうことか分かるだろう」

分かる。ひたすら仲間を思う気持ちだ。かつて速も突き動かされた。事故で息子を亡くした杉崎夫妻に会いに行き、陸の嘆願をした時だ。電話でも手紙でもなく、直接会いに行き、顔を見て話す。自分のすべてをさらけ出して全身で言葉を伝える。後にも先にも、あんなことをしたことはない。

自分が大変な時に何やってる……。

そんな思いも浮かんだ。だが、嬉しくもあった。雪解けしたとはいえ、長年、父親との確執を抱えていた陸が、自分のことを直接頼みに行ってくれたのだ。

「高岡、だからといって俺は強制も命令もしない。お前が決めることだ。ただ、これだけは言わせてくれ。大きくなるためには殻を破るしかない。以上だ」

そこまで言って「おっと、まだ昔の名残があるようだ」と苦笑した。

「隊長、ありがとうございます。もう一度考えてみます」

「活躍、期待してるぞ」

「はい」

携帯を切ったあともしばらくその場に立ち尽くした。ふと視線を感じて廊下を見ると、バスタオルを巻いた聡里が立っていた。

「もしかして……」

不安そうな表情を浮かべている。

「あぁ。坂上隊長からだ」

聡里は目を伏せた。

「勝手なことしてごめんなさい。でも、私……」

「もう一度考えてみる」

聡里が驚いたように目を上げた。

「ほんとに……？」

聡里の濡れた髪から滴が落ちて、肌を伝わるのが見えた。

「風邪ひくぞ」

今にも泣き出しそうな顔で微笑んだ。

聡里もまた自分を思う気持ちに突き動かされたのだ。誰かを強く思う時、人は強くなれる。そして、物事が新たな方向へと動き出す。

「殻を破る、か……」

速は小さく呟いた。


一時間半ほどのフライトを経て、C－1輸送機は三沢基地の滑走路に着陸した。

駐機場に停止した後、カーゴが開くと、真冬のような冷気が身体を押し包んできた。

十一月も後半ともなると、青森はここまで冷えるのだ。

「うわ……寒い……。もう一枚、下に着てくればよかったかも……」

アイリスが身をすくめる。

「大丈夫だ。すぐに寒さなんか忘れる」

「どういう……？」

「そうだな。寒いなんて頭から吹き飛ぶだろうな」

向かいに座っていた進藤班長がベルトを外しながら言った。

速は立ち上がると、「お前を今回の巡回教導中にデビューさせる」と告げた。

「ほんとですか……」

アイリスは速を見上げ、進藤班長に視線を向け、再び速を見た。

「班長の決定だ。でも、心配はするな。俺がサポートする」

「あ……ありがとうございます」

アイリスは上の空だ。まだ実感が湧かないのだろう。かつて自分も同じような思いをしたことを思い出した。

「降りるんなら早くしろ。それとも、そのまま座って入間までUターンする気か？」

「しません！　しません！」

アイリスは慌ててベルトを外し始めた。

コブラ一行がカーゴを出ると、迎えの空自隊員が車を着けて待っていた。

「ご苦労様です」

隊員の一人が進藤班長に挨拶すると、「進藤2佐以下五名、本日よりお世話になります」と告げた。

青森県三沢市大字三沢字後久保《うしろくぼ》125－7。これが正式な三沢基地の所在地だ。三沢市は青森県東部に位置し、基地は市街地の外れ、太平洋に面した場所にある。三沢空港は民間空港との共用だ。これは福岡や千歳も同じなので珍しくはない。一つだけ大きく異なっている点は、同じ場所に米空軍の基地も存在するということである。

「わ、わ、あそこにグラウラーがいます！」

アイリスが興奮する前からもちろん気づいていた。南側のランプ地区には米海軍の電子戦機、EA－18Gが展開している。EA－6Bの後継機として、複座型のF／A－18Fをベースに開発された機体。愛称はアイリスが叫んだ通り、グラウラーだ。

「ほんとにここ、米軍がいるんですね」

すっかり寒さも忘れて興奮するアイリスに、「横田には行ったことないの？」と飯森2尉が声をかけた。

「ありません」

「そうか。あそこも同じようなもんだよ」

「横田に戦闘機はないだろう。それに今の時期、こんなに寒くない」

大坪3佐が身体を丸めて歩きながら会話に入った。どんよりした空を低層雲が覆い、今にも雪が舞いそうな気配だ。名残惜しそうにＥＡ‐18Ｇを眺めるアイリスに「早く来い」と声をかけ、速は迎えの車に乗り込んだ。ターミナルから北警団の庁舎に向かうにしろ、宿泊施設である隊舎に向かうにしろ、歩くにはちょっと距離がある。それほど三沢基地の敷地は広大だ。

「時間が時間だからな、北警団には明日の朝、挨拶に行くとしよう」

助手席に乗った進藤班長が誰にともなく言った。時刻は六時を回っている。幹部はすでに出ているか、帰り支度をしている頃だろう。

「では、隊舎へ直行します」

運転席に座った空自隊員がゆっくりと車を発進させた。

隊舎には五分ほどで到着した。車から降りて、トランクからキャリーバッグを取り出す。ついでにアイリスのバッグも取り出した。アイリスは初めての基地がよほど珍しいのか、キョロキョロと辺りに目を走らせている。

「随分と古いんですね、ここ」

隊舎は色の塗り替えはしてあるものの、年季が入っているのは確かだ。

「イケてないけど、ゴーゴーなんだよなぁ」

大坪3佐が軽口を叩くと、アイリスが不思議そうに「ゴーゴー？」とオウム返しをした。

「ここに来る途中、建物の番号が見えていただろう」

速の問いにアイリスが頷く。

「隊舎の番号は何番だった？」

「あ！」

アイリスは声を上げ、すぐに笑い出した。

「55番だからゴーゴー」

「そういうこと」

大坪3佐が答えながら玄関に入っていく。アイリスは速が自分のバッグを持っていることにようやく気づき、「すみません」と謝りながら速の手からバッグを引き取って歩き出す。

「違う。お前は向こうだ」

「え？」

　アイリスは速が指した方に顔を向けた。55隊舎の隣には似たような別の建物がある。女性専用のWAF《ワッフ》隊舎だ。

「なんだ、残念そうだな」

　大坪3佐が歩きながら尋ねると、

「だって……。どうせなら私もゴーゴーがよかったなぁ」

「なら、代わってやってもいいぞ」

「それはちょっと……」

　アイリスと大坪3佐のやり取りにみんなが笑い声をあげた。

　鍵を開けて部屋に入り、壁のスイッチを入れた。ベッドと机が電灯に照らし出される。速は制服の上着を脱ぐとロッカーを開けてハンガーに掛けた。いつも通りの所作だ。これからやることといえば、食堂で夕食を食べ、明日から始まる巡回教導の訓練内容をチェックし、シャワーを浴びて眠る。陸もすでに千歳基地に入って、今頃は食事をしているだろう。陸が眠る前に電話をしなければ。そんなことを考えながら、バッグから取り出した普段着に着替えた。

　ドアがノックされた。多分、コブラの誰かだと思い、速は返事もせずにドアを開けた。

「久しいな」

　目の前に、服の上からでも分かるほど筋骨隆々な男が立っていた。

「ご無沙汰しております」

速は大松雅則《まさのり》2佐に頭を下げた。

「ご挨拶は明日の朝、伺うつもりでした」

大松が306の隊長から北部航空方面隊司令部の方面運用課長を拝命したことは知っていた。北部航空方面隊は航空自衛隊に四個ある航空方面隊の一つであり、航空総隊司令官の指揮を受ける。二個航空団を主力とし、戦闘機四個飛行隊のほか、二個警戒群七個警戒隊、二個高射群などで構成されている。運用課長の仕事はスクランブル対応や災害派遣など、これら部隊に下命し、動かすことにある。

それにしてもなんで大松が自らここに出向き、しかも自分の部屋のドアをノックしたのか、速は計りかねていた。

「進藤班長ならば上の階の――」

しかし、大松は片手を上げた。

「お前に会いに来たんだ」

「自分に……ですか」

「どうだ、飯でも食いに行かんか。ゲートのすぐ近くに美味い串揚げ屋がある」

「は……」

あの大松が自分を食事に誘っている。その事実に速は若干うろたえていた。

「ぜひ、お付き合いさせてください」

うろたえてはいたが、口ではそう答えた。

「玄関で待ってる」

大松はそう言うと、ドアを閉めた。速はしばらくドアの前で立ち尽くした。アイリスのことは誰かに頼もう。そんなことを考えながら。

基地のゲートを出て真っ直ぐに進むと、すぐに繁華街に入る。ホテルや飲食店などが立ち並ぶ三沢市一の賑わいのある場所だ。以前に一度だけここを訪れたことがあった。名前は忘れてしまったが、階段を上がって二階にあるバーだった。

先導する大松の後を歩きながら、速は黙ったままだった。寒くもあったし、もちろん緊張もしていた。誰かと一緒のような気配はない。もしかすると店で待ち合わせをしているのかもしれない。まさかサシ飲みということはないだろう。大松は黙々と歩き、アーケードの屋根が低い商店街へと入った。

「ここだ」

大松が立ち止まった。薄暗い店の前で、看板だけがやけに明るい。特徴的な人物画の横にはひらがなで「もっけ」と書かれている。速の心境などまったく意に介さない風に大松はさっさと横引き式になった入り口のドアを開けると「こんばんは」と野太い声で挨拶をした。

「おぅ、いらっしゃい」

店主であろう。ちょっとしゃがれた声がした。

大松が速の方を見て、「早く中に入れ」と目で合図した。速は中に入ってドアを閉めた。煙った空気の中に油の匂いがする。店内に入って真っ先に目に留まったものは、猫の置物だ。一つや二つじゃない。至るところにある。主人がとても猫好きなのが伝わってくる。猫に埋もれるようにして、壁にはブルーインパルスの写真が数枚飾られていた。基地の近くには必ず空自隊員の馴染みの店がある。どうやらここもそんな店の一つのようだった。カウンターの中では白髪を短く刈り揃えた店主が、忙しそうに手を動かしている。その周囲には所狭しと張り紙があり、よく見るとそれはメニューではなく、筆で書かれた格言のようだった。

店主が「そこな」と顎をしゃくった。込み合っている店内で、カウンターが二席空いている。どうやら大松は本当にサシ飲みをするつもりのようだ。

速は四角い木製の椅子に腰を下ろすと、緊張した面持ちでメニューを眺めた。その様子を見ていたのか、大松は上着を脱いで椅子の背もたれに引っ掛けながら、「ここは日本酒とゲソが美味い」といった。

「まずは騙《だま》されたと思って試せ」

「お任せします」

大松は店主に日本酒とゲソのかき揚げ、そして塩辛を頼んだ。注文が終わればまた会話は止まる。自然に客の話し声が耳に入ってきた。喧騒《けんそう》のせいもあるとはいえ、半分ほどしか分からない。東北の訛《なま》りは横浜で育った速には馴染みがないものだった。

「はいよ」

店主がカウンター越しに塩辛とコップを差し出した。速が受け取って、大松の前に並べていく。

「大松さんの部下かい」

速を横目で見ながら店主が尋ねた。

「大きな意味では部下だといえるが、直接じゃないな」

「なんだそりゃ。さっぱり分からん」

店主は笑いながら、今度は一升瓶を差し出した。ラベルには田酒《でんしゅ》と書かれている。速が受け取る前に大松の手が伸び、慣れた手つきで酒蓋を抜いた。

「早くコップを持て」

「しかし……」

促されるままに速はコップを差し出した。水のように透明だが、濃厚な液体がコップになみなみと注がれていく。

「自分に注がせてください」

速は大松から一升瓶を受け取ると、大松のコップに同じように注いだ。

大松は溢れそうなコップを摑むと、「よくきたな」と頷き、速のコップにグラスを当てた。言葉の意味が分からない。三沢によく来たということなのか、それともここまで這い上がってきたということなのか。

忘れもしない。大松と初めて会ったのは、芦屋基地で訓練中に事故にあった直後のことだった。T－4での操縦訓練中、天候不順で芦屋基地に戻ることができなくなり、指示通りに進路を防府北基地に向けた。着陸の際、雨に濡れた滑走路でスリップし、そのままオーバーランして着陸拘束装置に突っ込んだのだ。精密検査を受けるために防府北にある病院から、埼玉県の所沢にある防衛医科大学病院に転院した。そこへ現れたのが大松だった。大柄で鋭い目をした大松は、一見しただけでパイロットだと分かった。全身からそんな気が放たれていた。大松は二つのことを告げに来たと言った。一つは芦屋基地で教官をすることになったこと。もう一つは速をブラボーから外し、チャーリーに転入させるということだった。この時点で事故からすでに一週間ほどが経過していた。CTスキャンなどで脳に異常はないと診断が出ていたが、まだ立ち上がるとふらついてしまう状態であり、頭や腕、足に負った裂傷を癒やすためにも、退院まではそれなりの時間がかかる。ブラボーから外れるのは仕方のない措置だと思った。

その後、チャーリーとして訓練に復帰はしたが、速は空回りし続けた。上手くいかないことへの焦りと苛立ち。生まれて初めての挫折感。それらすべてを陸の所為《せい》にした。

速は大松によってパイロットになる夢を断たれた。そのことに対して、恨む気持ちはもはやない。今はもう、なるべくしてそうなったと受け止められている。だが、大松個人に対してはどこか気後れする部分がある。これは教官と学生という立場で、課程免を下された者にしか分からないだろう。

「どうした、飲まないのか」

「いただきます」

速はコップに口をつけ、一気に飲み干した。そんなことをしようとは思ってもいなかったが、どういう訳か止まらなかった。

「兄さん、いけるクチだねぇ」

店主が驚いた顔をした。

「無理するな」

大松は空になった速のコップに、今度は半分ほど酒を注いだ。

「日本酒は体質に合うようです」

「国はどこ?」

店主の問いかけに「横浜です」と答えた。

「行ったことねぇからわかんねぇけども、都会だってことはわかる。『あぶない刑事』観てっから」

これには大松が驚きの声を上げた。

「まさか親父さんの口から『あぶない刑事』が出てくるなんてねぇ」

「バカにすんじゃねぇよ。俺は裕次郎の頃から石原軍団びいきなんだから」

店主は速に笑いかけると、再び厨房で料理を始めた。鼻歌が聞こえてくる。この唄は知っている。五木ひろしの『よこはま・たそがれ』だ。

「お前のおかげで親父さんの新たな一面が見れた」

塩辛をつつきながら大松は楽しそうに酒を飲む。大松が306の隊長をしていた頃に二度、酒席で顔を合わせた。大勢のいる中であり、大松も全身から覇気を漲らせていたし、こちらからあえて近づくことはなかった。だが、今、隣にいる大松からは何も感じられない。教官時代、あれほど気圧《けお》されていた威圧感もない。

「運用課長、今日はどのようなご用だったのでしょう」

速は思い切って尋ねてみた。

「まず、その堅苦しい呼び名はやめろ」

「あ……はぁ」

「それとな、飲みに誘うのにいちいち理由がいるのか？」

大松が速を見た。優しい目だと思った。

「お前とサシで飲みたくなった。それだけだ」

速は半分ほど空いた大松のコップに日本酒を注いだ。

「光栄です」

「相変わらず堅い奴だな」

大松は再びコップを摑むと、速の前に差し出した。二度目の乾杯。今度はゆっくりと味わって飲んだ。爽やかな香りが喉から鼻に抜けていく。美味い。大松が穏やかな笑みを浮かべている。

「こんな日が来るなんて思いもしませんでした」

酒に酔ったわけじゃない。大松の表情が本音を言わせた。

「お前が自分の力で勝ち取ったんだ」

大松が言った。カウンターの一点を見つめている。見ているようで見ていない。速にはそれが分かった。同時にさっきの言葉の意味も分かった。よく、ここまで辿り着いた。褒め言葉だったのだと。

料理は大松が勧める通りのものを食べた。どれも美味いと思った。そして他愛のない話をした。速は三歳になる有里の話をし、大松もまた家族の話をした。離れて暮らしている妻と二人の息子。上の子が今年、高校受験を控えていると言った。当たり前のことだが、大松にも家族がいるのだ。夫であり、父親でもある。

「自分には父親はいません。幼い頃に両親は離婚し、母親に育てられました」

ほとんど誰にも言ったことがないプライベートを口にしている。自分でも微かな驚きだった。

「先日、父親の連れの方から手紙が来ました。ガンを患っていて長くない。会いに来てほしいと書いてありました。母親は会うことを勧めましたが、そうはしませんでした。でも、そのことで坂上隊長から電話を貰ったんです」

「坂上2佐か？」

大松が目だけをこっちに向けた。

坂上護は空自を離れた。しかし、速は今も「隊長」と呼んでいる。どうしても「さん」とは呼べない。呼びたくない。「2佐」と呼ぶ大松も同じ思いなのだろう。

「坂上2佐はなんと言った？」

「自分で決めろと。それから、こうも付け加えられました。大きくなるためには殻を破るしかない」

「あの人らしいな」

「自分は坂上隊長に父親の面影を見ていました。だから、父親の言葉はきちんと受け止めようと思っています」

「そんな風に思ってもらって、坂上2佐も嬉しいだろう」

「どうでしょうか。まるでファザコンみたいで気味悪がられるかもしれません」

「いや……、ある意味、実の息子より、息子だと感じていると思う」

「それは——」

言い過ぎだと言おうとすると、

「酒の飲み方は誰に教わった？」

え……？

「坂上陸はそんな飲み方はせん。だが、お前はあの人にそっくりだ」

大松が指を二本立てて、口元に近づけた。

「持ってるんだろう」

煙草だとはすぐに分かった。服に匂いが染みついているのかとドキリとした。

「喫煙所にいるところを見たことがある」

そういうことか……。

速はポケットから煙草を取り出すと、カウンターに置いた。大松が箱から煙草を一本取り出す。速はライターで火を点けた。

「これで休煙解消だ」

「いいんですか」

「禁煙してたわけじゃないからな」

大松はふーっと煙をふかした。速も煙草に火を点けた。二人でしばらく黙ったまま煙を吐き出した。油の匂いと煙草の香りが混じりあい、やがて消えていく。

「高岡」

「はい」

「煙草の吸い方も同じだぞ」

吸い方は意識的に真似た部分がある。人差し指と中指の間に煙草を挟み、指を立てるのではなく斜め横に向け、若干中指を折る。それが坂上隊長の癖だった。

「よくご覧になってますね」

「当たり前だ。どれだけしごかれたと思ってる。お前も坂上もあの人が教官時代に当たってたら、早々に音《ね》を上げてる」

「なんとなく想像できます」

速は中警団の頃の坂上護のことを思い浮かべた。声を荒らげることはほとんどなかったが、準備不足や慣れや思い込みによる行動を見せると、「外れろ」と対空無線を通じて声が飛び、コントローラーの交代を指示される。静かな怒りはひんやりとしたDC内の空気をさらに下げた。先輩達はそれを「瞬間冷却装置」と表現していた。

「瞬間冷却装置か、そりゃいい」

大松が笑った。

「でも、やっぱり俺が知ってる頃とはちょっと違う」

「そうなんですか」

「なんていうか、もっと明るかった。太陽と月なら間違いなく太陽の方だ」

「意味もなく眩しい」

大松はびっくりしたように箸を止めた。

「案外言うなぁ、お前も」

「いや、坂上のことです」

大松がニヤリとした。

「言えてる。あいつは確かにそうだ。まぁ、親子だからな。似ている部分はある。ついでに言うと一八郎さんもな」

「はい」

真似できん」
悔しかっただろうよ。真実は自分が一番よく分かっていたわけだからな。俺にはとても
麗な経歴に嫉妬していた連中が騒ぎ立てた。それでもあの人は言い訳一つしなかった。
「それが一番大きいだろうな。マスコミからも袋叩き、本来なら守るべき社内でも、華
「坂上隊長が変わられたのは、やっぱりあの事故が原因ですか」
速は素直に賛同した。

浜松の事故の後、坂上護は空を飛ぶことを自らに戒めた。その時から太陽のような明
るさは影を潜め、月として静かに辺りを照らす存在へと変化した。
「もういっぺん、あの人に空を飛ばせてやりたかった……」
賑わう店内で、大松と自分の周囲だけが切り離されているように感じた。大松の心の
声。再び坂上護を空へ返したい。大松はきっと何度も働きかけをしたのだろう。だが、
ついに坂上護がそれを聞き入れることはなかったのだ。
大松がゆっくりとコップを傾ける。速はその横顔を眺めながら、フライトスーツ姿の
坂上護の姿を思い浮かべた。籠の中から解放され、もう一度、鷲が青い空を華麗に舞う。
殻を破る……。
速の中に一つの思いが浮かび上がった。

2

巡回教導は概ね晴天に恵まれ、訓練も順調に推移した。

北の訓練空域は三陸沖のブラボー・エリアと北海道の日本海側のチャーリー・エリアの二つがある。どちらも速にとっては馴染みのある名前だ。懸念された天気が安定していたため、訓練はより広いチャーリー・エリアで行われている。何度も言うように兵器管制官《WCO》はモグラだ。太陽の光が差し込まない、風も匂いも感じない地下数メートルの暗い建屋の中で、じっとレーダーを見つめている。

三日目の今日は北部航空方面隊第2航空団隷下、千歳基地に所属する第２０１飛行隊との訓練が組まれている。千歳基地には二個飛行隊がおり、もう一つは第２０３飛行隊。こちらも２０１と同じくＦ－15を主力とする戦闘機部隊だ。訓練は２０３を二日、２０１を二日、最後に総仕上げという流れになっている。２０１の部隊マークはヒグマ、２０３は赤い稲妻状のラインと熊を合わせたシルエット。どちらも北の主を象徴したものだ。もう一つ、二つの部隊にはトップパイロットに与えられる称号が独自に存在することでも知られている。かつて映画の題名にもなった「ベストガイ」。速はＤＶＤでこの映画を観たことがあるが、陸の口からは聞いたことがない。おそらく知らないだろう。

速は管制をアイリスに任せ、斜め後ろからじっと動向を注視した。

「360《スリー・シックス・ゼロ》」

アイリスがアグレッサーに向けて、「全機、北へ」とオーダーすると、すぐに「エメリッヒ01、ウィルコー」と返答があった。今日のフライトリーダーは尾方隊長だ。TACネームは「テイル」。もちろん尻尾がモチーフではあるが、若い頃から後ろに張り付く、死角に入り込む名人だったと聞いている。

レーダーに映った四つの光点が次々に上に上がっていく。速はそのうちの一つ、もっとも左側に位置する光点を見つめた。エメリッヒ04。飛行禁止が解けた陸は四機編隊の四番目、ノブシのウイングマンとして飛んでいる。空を飛ぶことで心は解放されているだろう。ということは、また無茶をする可能性もあるということだ。アイリスで抑えが利かない場合はいつでも交代する心づもりでいる。

「レフト050・ゴー・AGRポイント」

アグレッサーが高度3万5000ftの目標地点に到達した。若干、緊張気味だが、アイリスの声は落ち着いている。

「コブラ、エメリッヒ01」

尾方隊長が呼びかけてきた。

「今、風はどのくらいだ？」

「150ノットです」

間髪入れずにアイリスが答える。

北日本の冬は西風が強く吹く。たとえ、真っ直ぐに飛んでいるつもりでも、右へ右へと流されてしまう。そんなことはアグレッサー側も百も承知のはずだ。尾方隊長があえて風の質問をしたのは、アイリスにそのことを強く意識させるためだと速は思った。

五分後に201、即ちブルー側が目標地点に揃った。アグレッサーはそれを待つ間、何度も旋回を繰り返してポイントに留まり続けた。西風を考慮して流されもせずにその場にいることは、簡単そうに見えて実はとても難しい。それをきっちりと足並み揃えて行うところが、さすがにアグレッサーだと言わざるを得ない。

アイリスがちらりと後ろを振り返った。準備はすべて整ったという合図だ。速は小さく頷いた。

「スタート・ミッション」

アイリスが訓練の開始を告げた。

4VS4《フォー・バイ・フォー》で始まった空対空戦闘訓練は201有利で進んだ。日頃からチャーリー・エリアで訓練を積み、強い西風を追い風として使うことに長《た》けている201に、アグレッサーは防戦を強いられた。気温が低いとエンジンのパワーは格段に上がる。加速感が増し、Gも激しくなる。要するにすべてのことがいつもより早く起きることになる。慣れていなければ即応するのは難しい。それを少しでもカバーするために、アイリスはオーダーを早め早めに送った。

俺の言った意図をしっかりと汲《く》み取っている。

後ろから腕組みをして状況を見つめている速は、アイリスの度胸の良さ、飲み込みの速さにあらためて感じ入った。それだけではない。思った以上にアイリスのオーダーは的確であり、女性ならではの声質が心地よく耳に響いた。パイロットから「もう一度」や「聞き取れない」というオーダーの再確認がなされていないことからもそれは分かる。当然だが、ダブルトランスミットなど皆無だ。とはいえ、アグレッサーが不利なのは今も変わらない。果たしてこの状況を立て直せるか否かが、これからの兵器管制官としての資質に大きく関わってくる。

訓練が進むにつれて状況に変化が出始めた。それまで防戦一方だったアグレッサーが、少しずつ攻撃に転じている。環境に慣れてきたというのはもちろんあるだろう。だが、それだけではない。エメリッヒ04の存在が戦況に変化をもたらしているのだ。

速はいつしかアイリスのことを忘れ、陸の動きを注視した。あきらかにこれまでとは飛び方が違っていると感じた。激しく、攻撃的な動きは薄れ、柔軟に、臨機応変に事象に対応している。常に長機や僚機を守りながら、編隊が不利にならないように細かく立ち回る。何より、今いてほしいと思う場所にいた。自分が主役になるのではなく、自分が個として立つのでもない。しいて言うならば、全体の中に溶け込む。どこにでも存在するという感覚だった。

あれほど優位に仕掛けていた201が、今や為《な》す術《すべ》なく防戦に回っている。攻撃の穴を作ろうとしても、ことごとく陸に邪魔をされ、逆に攻撃に転じられてしまっていた。

「ストップ・ミッション」

アイリスが訓練の終了を告げるまで、速は時の経つのを忘れて没頭した。腕に違和感を覚えて見てみると、びっしりと鳥肌が立っていた。こちらと横並びにあるレーダーの前で、201を管制した北警団の管制官達が溜息をつくのが聞こえた。一瞬でも勝てると思ったのだろう。だが、結果はそうはならなかった。ショットダウンされた機体は一機もなかったが、彼等にとってこの結果は負けも同然に感じているようだった。

アイリスがヘッドセットを外して速の方を向いた。頬が上気してピンク色に染まっている。

「疲れたか?」

アイリスは小さく首を振ると、

「サードさんが飛ぶ時、スピードがあんなに楽しそうな理由が分かりました」

アイリスも陸の動きに気づき、興奮していたのだ。

「想像以上に面白い奴だろう」

「はい」

資質は十分にある。

速ははっきりと確信した。

デブリーフィングを終え、基地の中の食堂で夕食を済ませた。部屋に戻った直後に携帯が鳴った。相手は陸だった。速は椅子に座ると、通話ボタンを押した。

「お久しぶりです」

なんのてらいもない、いつもの陸の声がする。

「久しぶりでもないだろう」

「そう……かな？　今大丈夫ですか」

「俺もお前に電話しようと思っていたところだ」

「なんですか？」

「お前から先に話せ」

「飛行禁止、解けました」

「知ってる。というか、知っていた。巡回教導のリストにお前の名前があったからな」

「あ、そうか」

「なぁ坂上」

「どうしたんですか、あらたまって」

「坂上隊長から電話を貰った。わざわざ実家に行って頼んでくれたそうだな」

少し間が空いた。見なくても陸の様子は分かる。

「今、頭を掻いただろう」

「え……？　どうして分かるんですか」

「照れた時のお前の癖だからな」

「そっかな……」

今、どんな顔をして苦笑いしているのかも、くっきりとイメージできた。

「親父、なんて言ってました？」

「自分で決めろと」

「そうですね。俺もそれがいいと思います」

「もう一つ付け加えられた。大きくなるためには殻を破るしかない」

「殻を、ですか……。なんかカッコつけてますね」

カッコつけてるか……。

そんな言葉は自分には言えない。実の親子であることがちょっと羨ましく感じる。速は椅子から立ち上がると、カーテンを開けて窓の外を見た。すでに日が暮れて辺りは暗闇に覆われ、ところどころに街灯の明かりが見える。

「お前は殻を破れたみたいだな」

「俺が……？」

「飛び方が以前とは違う。アイリスも――」

「アイリスって今日の子ですよね」

「そうだ。アイリスも驚いていた。いてほしいところにいてくれるパイロットに初めて会ったそうだ」

「へぇ」

「へぇじゃない。何があった？」

「アイドルです」

　速は眉をひそめた。

「……なんの話をしてる？」

「俺、アグレッサーになってからずーっとイライラしてたんですよね。自分にも周りにも。強くならないと意味がないと思って。でも、自分のためより誰かのために動く時の方が、思い切ったことができるんだなぁってあらためて気づいたんです。実家から戻って隊長に会ったら、顔が違うって言われました。お前から笑顔を取ったらなんの魅力もないって言われました」

　だからアイドルか。

「お前の良さはそこだからな。俺だけじゃなく、大安も笹木もガンモも、篠崎舞子だってみんな知ってる。もちろん尾方隊長もだ」

「そうそう、高岡さん、隊長に隠しネームがあるのって知ってました？」

　いきなり話が飛んだ。これも昔からの陸の癖だ。

「エースだろ」

「俺、この前初めて知りました」

「呆れたもんだな」

「こんなに身近に、エースって呼ばれる人がいたんだなぁって驚きましたよ」

　驚くのはこっちだ。

陸が戻ってきたと感じた。しかも、大きくなって。無意識ではなく、はっきりと自分の長所を、強さの源に気づいた。殻を破った陸はこれからさらに大きく、もっと高みに昇るだろう。自分も遅れてはならない。陸の成長についていかなければならない。かつて防大の入り口で交わした約束を守るためにも、自分自身の殻を破らなければならない。

「巡回教導が終わったら、見舞いに行こうと思う」

「ほんとですか……」

「いつまでも拘《こだわ》りたくないからな。会って、自分の中にあるものにケリをつけたい」

「高岡さんがそう決めたのなら、俺、応援します」

なんのてらいもない陸の言葉が、スッと胸に溶け込んでくる。

「坂上、話したいことがもう一つある」

「俺もう、あとは風呂入って寝るだけなんで」

「坂上隊長を空に戻したい」

浜松での事故のあと、陸が苦しんだことは知っている。大勢の記者に自宅を取り囲まれ、マスコミにコメントを求められたことも。学生だった杉崎1曹の両親から人殺しと呼ばれ、そんな父親とどう接すればいいのか分からなくなってしまったことも。一時期、空を嫌いにさえなりかけたこともだ。

速は息を潜め、陸の言葉を待った。

「いいですね、それ。ぜひやりましょう」

あまりにもあっけらかんとした物言いに拍子抜けして、速は返す言葉に詰まった。

「いいですねって……お前……」

「ずーっと昔からそうなればいいなぁって思ってたから。この前見たら日焼けして真っ黒なんですよ。どっから見ても農家のオヤジです。まぁそれもいいんですけど、やっぱり親父は空飛んでる時が一番カッコ良かったから。で、どんなアイディアがあるんですか？」

坂上……。

信頼されていると強く感じた。自分が言うからには当然、策があると信じて疑わない。聞いたら確実に実行する。

空地連携はパイロットと管制官の強固な絆があってこそ成り立つ。

カッと胸が熱くなった。

「ふふ……ははは」

「あれ？　俺、なんかへんなこと言いましたっけ」

「アハハハ」

「ちょっと、高岡さん！」

速は笑い続けた。目にいっぱい涙を溜めて。こんなに胸のすくような気持ちは久しぶりだと思った。

3

年も押し迫った十二月二十日。速は輸送機に乗り込み、入間基地から小松基地へと飛んだ。仕事ではない。まったくのプライベートだ。

千歳出張から戻ってすぐ、二つの出来事があった。一つは父親が亡くなったことを知らせる手紙が届いた。死んだと知らされても、以前のように感情を乱されることはなかった。淡々と「そうか」とだけ思った。結局、生きている間に顔を合わせることはなかった。声も分からず仕舞いのままだ。もう少し早く決断していれば死に目に会えたかもしれないが、そこは自然の流れだった。きっとこういう運命だったのだろう。

速は差出人の八谷志津子という女性に返事を書き、墓参りに行くことを伝えた。墓は富山市内から5㎞ほどの場所にある、吉祥寺という寺のそばの民営墓地にあるということだった。横浜で生まれ、横浜で育ち、航空自衛官になった。パイロットの夢を断たれたことで要撃管制官となり、それが縁で何度も小松を訪れることになった。なんの所縁《ゆかり》もない北陸で、見知らぬ父親と自分が繋がる。これもまた縁なのかもしれない。

もう一つは篠崎舞子からメールが来たことだ。

【高岡　速　さま

こんにちは。

すっかり寒くなりましたね。

その後、いかがお過ごしでしょうか。


えーっとですね、私、陸から振られちゃいました。見事に。完璧に。

はっきり断られたことはもちろんショックでしたが、それ以上にショックだったのは、陸が昔の陸の感じに戻ってたことです。何があったのかは分からないけど、私が一番好きだった頃の陸から「NO」と言われれば、それはもうどうしようもありません。


でも、陸が陸に戻ってこれてほんとに良かったと思います。やっぱりいいなぁって。

だから、私も決めました。私も私を曲げないで、私の生きたい道に進もうと思います。

やっぱり顔って大事ですよ。作られた顔じゃなくて自然体の顔。高岡さんも会ってみてそう思いました。いい顔してるなぁって。

生意気でごめんなさい。


いろいろとお騒がせしましたが、これで最後にします。ファンページも閉じます。

ありがとうございました。

【篠崎　舞子】

陸は舞子に会ってきちんと気持ちを伝えたのだ。この文面のどこにも菜緒のことは書かれてはいなかったが、陸の心が固まったのだと確信した。人は作られた顔じゃなく、自然体の顔に惹かれる。心からそうだと思う。この本質を知っている舞子なら、きっと何をやっても上手くいくに違いないし、素晴らしい出会いがあるだろう。速は舞子の活躍を祈りつつ、メールボックスからすべてのやり取りを消去した。

小松空港に着陸したC－1輸送機を降りて空を見上げる。時刻は十一時前だというのに辺りは薄暗い。北陸の冬空は相変わらずの分厚い雲に覆われ、太陽の光を地上に通さない。いつ雪が降ってきてもおかしくない空模様だ。速はロングコートの襟を立てて強い北風から体温を奪われないようにしながら、輸送機ターミナルから小松基地のランプ地区に向かって歩いた。

「お、来た来た」

待っていたのは大安菜緒だった。Gパンにクリーム色のセーター、上着はスカジャンといういで立ちで、相変わらずほとんど化粧っ気はない。

「寒くないのか」

マフラーもせず、スカジャンの前も開けっ放しの菜緒の姿は、見ているとこちらが寒くなる。

「別に。慣れてるしな」

速は軽く頷くと、辺りを見回した。

「陸ならここにはおらんで」

「そうなのか」

「正門で待ってる」

レンタカーでも借りたかな。

速は菜緒と並んで歩き出した。

先日、富山に墓参りに行くことを陸に伝えると、自分も付き合うと言い出した。やがて菜緒からも「ウチもいくで」とメールが届いた。もともと電車で日帰りするつもりだった。東京駅から北陸新幹線に乗れば富山駅までは３９１・９㎞、最速で二時間八分で着く。墓参りを済ませ、土産を買っても時間にはお釣りがくるくらいだ。それを輸送機に変更したのは、いつになく二人が強引に誘ったからに他ならない。

「墓参りだぞ。わざわざ付き合うこともないだろうに」

「まぁええやんか。あんたの顔見んのも、今年はこれで最後やろうからな」

「来年も何度か来ることになる」

「それはそれ。来年の話や」

他愛のない会話だった。でも、それが心地良い。

「坂上とは上手くやってるのか」

「なんも変わってへん。前のまんまや」

「付き合ってるんだろう」

「分からん」

「分からんって……お前」

「ずーっと一緒におってくれ。これって告白か？　好きとか付き合ってほしいとかやないねんで。ずーっと一緒におってくれって、今までもそうやったやんか。なんも変わらへん」

「なるほど」

速はふっと微笑んだ。菜緒はそれを見逃さず、「何がおかしいねん」と口を尖らせた。

「あいつらしいと思ってな」

それは実に陸らしい素直な言葉だと思った。

「お前が一番よく分かってるだろう」

菜緒は答えなかった。だが、横顔は優しく、穏やかに見えた。

やがて正門の向こうで大きく手を振っている男が見えた。

「どや、あれ。これ以上ないってくらい満面の笑みやで。恥ずかしいやろ」

「あぁ。恥ずかしいな。このまま回れ右したいくらいだ」

菜緒が苦笑する。

でも、あれが坂上陸という男だ。空の神様に最も愛された男なのだ。

「スピード、小松へようこそ」

「また、それか」

たまには違うことも言え。

「それよりなんだ、それは」

陸の隣には外車があった。あきらかにレンタカーではない。

「買ったんです」

「買っただと……？」

「アストンマーティンです」

「見れば分かる」

イギリスの自動車メーカーであるアストンマーティン。目の前にあるのはＤＢ９と呼ばれるワインレッドのオープンカーだ。

「ウチは止めろて言うたんや。せやけどこのバカが……」

だいたい想像はついた。衝動買いだ。

「高かっただろう」

「はい。でもいいんです。今まであんましお金使うことなかったから」

だから貯金をはたいたという訳か。多分、二千万円は下らないはずだ。

「パイロットならいい車に乗れってさんざん言われてきましたからね」

「アホ。ものには限度いうもんがあるやろ。初めて買ったのが高級外車とか、ほんまドアホとしか言いようがないわ。なぁ」

「似合わんな」

「ほら、見てみい」

菜緒が陸に向かって小さな顎を突き出す。

「似合わんが、そのうち見慣れてくるんじゃないか」

「ですよね！　ほら」

今度は陸が菜緒を見て、勝ち誇ったような顔をした。

「結局どっちやねん！」

「結局どっちなんですか」

ぴったり息のあったタイミングだった。

「お前達が強引に俺を誘ったわけが分かった。試し乗りするんなら早くしろ。寒い」

速は後部座席を開けると、さっさと中に乗り込んだ。

車内はシートにビニールが被せられ、新車特有の機械臭がした。

本当に下ろし立てなんだな。

真っ先に速を乗せようとしたのだろう。少し固めのシートに背中を預けながら、二人の心遣いを感じた。

菜緒が助手席に、陸が運転席へと座った。

「シートベルト、お願いしますね」

陸がバックミラー越しに言った。

「もうしてる」

「あ……すみません」

「これ、幌なんだな」

速は天井を指さした。

「そうなんですよ」

陸は得意げに、運転席にあるスイッチを押した。モーターの駆動音がしてゆっくりと幌が開いていく。

「開閉時間は約十七秒です」

完全に天井が開いた。明るくはなったが、せっかく温まっていた車内の空気は全部外に逃げてしまった。

「まさかこれで富山まで走るつもりじゃないだろうな」

「お望みとあらば」

「アホ。高岡、さっき寒い言うてたやろ」

今度は菜緒が運転席に身体を伸ばしてスイッチを押した。

「暖房もや。最強にするんやで」

「分かった」

ゆっくりと幌が閉まっていく。後部座席で速は腕を組み、前に並んでいる二人を見つめた。ばたばたと騒がしいが、いい雰囲気だと思った。

「運転とナビ、よろしく頼む」

「ウィルコー」

「まかせとき」

ウインカーを左に出す。陸はアストンマーティンを車道へと滑り出させた。

第八章　光彩陸離《こうさいりくり》

1

【一年後　秋】

統合演習
自衛隊統合演習（実動演習）
ア　訓練の概要
我が国防衛のための自衛隊の統合運用要領に係る訓練
イ　時期
一一月（約二週間）
ウ　場所
我が国周辺海空域、基地等

エ　主要参加部隊等
　統合幕僚監部、各主要部隊等
オ　重視事項
　武力攻撃事態における自衛隊の統合運用要領

統合幕僚監部

まだ頭の芯がぼーっとしている。陸は二度、三度と頭を振った。

明日から始まる演習のため、朝から夕方まで、三度のブリーフィング漬けだった。全体の打ち合わせに始まり、続いてパイロットや管制官が参加してのブリーフィング、さらには編隊別のブリーフィング。

……疲れた。

学生の頃から座学は苦手だった。黙って人の話を聞いていると眠くなるという特技がある。もちろんブリーフィングは座学とは違うし、パイロットにとって重要な情報が話し合われる大事なものだ。それは分かっている。だが、こうも立て続けとなると話は別だ。

陸は隊舎の屋上にいた。すぐ側には速と、少し離れた場所に笹木もいる。ここからは広大な敷地を誇る三沢基地の——ほんの一部が望め、右奥には随分と遠くに太平洋が見える。時刻は17時40分。基地も海も自分も、すべてが茜色に染められている。どんよりとした感覚を覚ますかのように、時折吹いてくる風が心地良かった。

「笹木さん」

陸が呼びかけると「お前の言いたいことは分かってる」笹木がぶっきらぼうに声を上げた。

「俺、まだなんも言ってませんけど」

陸が苦笑いすると、「ほらな」とうっとうしい顔を浮かべた。ブリーフィングの後、三沢基地を一望できる場所に行きたいと頼んだら、笹木がここに案内したのだ。

「向こうはどうなんです？」

陸は右奥を指さした。

「あそこはダメだ。障害物がある」

「じゃあこっちは？」

今度は左を指した。

「検問される」

「三沢、長かったんですよね」

「五年だ」

昨今の大規模な配置換えで第8飛行隊が築城基地に移る前まで、笹木はずっとここにいたのだ。

「ふーん」

「おい！　なんだ、そのふーんってのは」

「別に」

「あきらかにバカにしてんだろ」

「俺ならもうちょっと違う場所を見つけるかなって思っただけです」

「なんだと！」

「ここは米軍との共同基地だ。自由に行き来できない場所もある」

それまで黙って景色を眺めていた速が口を開いた。

笹木はほっとしたように、「ま、そういうことだ」と答えた。

「そういうことですか」

「いちいちトゲのある言い方すんな」

「笹木さんの真似ですよ」

笹木は鼻を鳴らしてそっぽを向いた。

風に運ばれてF－15のエンジンを吹かす音が響いてくる。演習の最中、機体に不良があってはならない。整備員が徹底的に調整を行っているのだ。ふと、築城基地に巡回教導に赴いた際、F－2のことをレクチャーしてくれた女性整備員の顔が浮かんだ。

あの子、確か……名前は宮下だったよな。

きっと宮下も先輩達に混じって懸命に整備作業をしているに違いない。

「整備してくれてる人達のためにも、明日は頑張らないといけませんね」

速が「そうだな」と答えた。笹木は……黙ったままだ。

「こっちはレッド。敵側だが、やる以上は手を抜かない。本気でぶつかるのが礼儀だ」

本気でぶつかる……。

総勢八十機以上が一度に参加する演習は、戦技競技会よりも遥かに大規模なものだ。それだけの数の戦闘機がレッドとブルーに分かれて空戦を行うなんて、ちょっと想像ができない。

アグレッサーは当然、侵略者の役割を担う。即ち対抗側のレッドだ。レッドの基地《ベース》はここ、三沢基地。アグレッサーを筆頭に、千歳基地の第201飛行隊と第203飛行隊の二個飛行隊。百里基地の第301飛行隊と第302飛行隊の二個飛行隊。笹木のいる第8飛行隊の合計六個飛行隊編成になっている。対する空自側のブルーは基地《ベース》を小松に置いている。小松基地の第303飛行隊と第306飛行隊を筆頭に、新田原基地に移った第305飛行隊、那覇基地の第204飛行隊と第304飛行隊の二個飛行隊。普段は三沢をベースにしている第3飛行隊という大部隊の編成になっている。

同じように戦闘機を管制する管制部隊も、レッド側は三沢基地に集結し、ブルー側は入間基地にいる。部隊は混成なので一人が四機編隊、もしくは八機編隊を受け持つことになる。速は陸を含めた八機の編隊に指示を出す。これだけでも空自全体を使った大規模なものだといえるが、凄いのは規模だけじゃない。今回の演習には海上自衛隊も参加しているのだ。ヘリコプター搭載型護衛艦の「いずも」をはじめ、四隻の護衛艦がすでに小松沖に停泊している。

「なぁ、Gエリアってのぁどうなんだ？」

笹木がどちらにともなく尋ねた。

「すごく広くて、下はひたすら海で――」

「バァカ！　そういうこと聞いてんじゃねぇんだよ」

「この時期は比較的安定してる。時々北から雲が入ることもあるが、演習中の天気は良さそうだし、概ね問題はないだろうな」

「なら、風の影響は」

「CエリアやBエリアで飛んでいたんだろう。それに比べれば大したことはない」

「笹木さん、もしかしてGエリアで飛んだことないんですか？」

「ほとんど知らねぇ。飛んだ回数は片手で数えれるくらいだ。お前らみてぇにしょっちゅうあっちこっちに行ってるわけじゃねぇからな」

所属している部隊の場所によって、日頃訓練する空域は限られてくる。陸もアグレッサーになる前は北の空域を飛んだことはほぼなかった。笹木が不安になる気持ちは分かる。空域にはそれぞれ特徴があるのだ。面積はもちろん、風の影響を受けやすかったり、高度制限があったりもする。気温もそうだ。演習の訓練空域は小松沖のGエリアで行われる。なんせこれだけの数の戦闘機が入り乱れて飛ぶわけだから、空自が持つ訓練空域で最も広いエリアを活用しなければどうにもならない。

「俺は演習初参加なんだよ……」

笹木の声が急に小さくなったので、陸は顔を横に向けた。夕焼けに染められた笹木の表情は燃えているというより、どこか心細げに感じた。

「隊長にメンバー入りを聞かされた時、嬉しいってよりヤベェってほうが強かった。一週間前になったら失敗する夢とか見だしてよ……。ガラにもねぇけど。レッドフラッグ・アラスカを経験したお前らにゃどうってことないんだろうけど」

「その気持ち、分かりますよ。俺もアラスカ行く前はそんな感じでした。実際、向こうでもやられ放題だったし」

陸は笹木から速に視線を移した。だが、あれだけ叩かれたから逆に開き直れたというのもある」

「ほんとうにな。だが、あれだけ叩かれたから逆に開き直れたというのもある」

「レッドフラッグ・アラスカ」での演習最終日、陸は速の管制で飛んだ。それまでは米軍や英軍の管制官だったので、今一つ感覚に馴染めずにいた。速との空地連携は遠い異国でも抜群の力を発揮した。陸は初めて米軍の指揮官《コマンダー》に「ナイス・フライト」と褒められた。ただ、「毎回そうであってほしい」との注文も付けられたのだが……。

「笹木さん、明日はまかせてください。しっかり道を作りますから」

レッド側の明日のミッションは、海上に浮かぶ「いずも」の破壊にある。まず、空対空で味方の航空優勢範囲を広げ、次に笹木が乗るF－2が低空で進行し、対艦攻撃を仕掛ける。「いずも」にミサイルを着弾させたらこちらの勝ちだ。だが、航空優勢範囲が確立されていなければ、味方航空機の主活動範囲は狭まる。当然、対艦攻撃などできるはずもない。

「相変わらず簡単に言ってくれるぜ、天神様はよ。だが、そう簡単にはいかねぇと思うぞ。なんつってもブルー側にはお前の天敵がいるんだからな」

笹木が天敵と呼んだのは浜名零児のことだ。ブルーインパルスで三年勤め上げた後、現在は那覇基地の第204飛行隊に異動したことは噂で知っていた。

「別に天敵なんかじゃありませんよ」

「知ってるぜ、いろいろとな」

片方の眉をあげてひねた笑みを浮かべる笹木に、陸は軽く微笑んだ。

「何、笑ってやがる？」

「実はちょっと楽しみでもあるんですよね」

「楽しみ？」

「ブルーを経験した浜名さんが、いったいどんな飛び方をするのか」

本心だった。アグレッサー経験者が部隊に戻っても、巡回教導に来たアグレッサーと立ち合うことはない。あくまでも部隊を強くするための後方支援という役割を担うからだ。だから、演習でもなければ浜名と空で立ち合う機会はないのだ。

「あの人に限れば、そんなの関係ねぇんじゃねぇのか」

「いや、あると思う」

言ったのは速だ。

「あれほど個人主義だった人がブルーで和を学んだんだ。個であり全。相当手強いと思うぞ」

浜名は東京オリンピックの開会式に五番機として飛んだ。夜空をバーティカル・クライム・ロールで垂直回転しながら駆け上がり、フレアをまき散らした。陸はその中継をテレビで見て息を呑んだ。その技はまさに【HANABI】という名に相応《ふさわ》しいと思った。本当に綺麗だと思った。あんなに激しく、抜き身の刀のような飛び方だった浜名が、これほどまでに人を魅了させる飛行を獲得したのだ。きっと並大抵の努力ではなかっただろう。

「ですね……」

陸は速に頷きつつも、

「でも、俺だってアグレッサーとしていろいろ学びましたから」

「学ぶねぇ」

「なんです？」

「俺は戦う相手として、ちゃんと間合いを取った方がいいと思ってるだけです。とか言ってたよな」

笹木が目だけを動かして陸を見る。

「あの時はなんかいろいろあって……悪かったと思ってますよ」

「お前の口から間合いとか出るなんざ、ほんとにびっくりしたぜ。あぁ、こいつもアグレッサーになって、普通のパイロットになっちまったなってな」

「昔から普通ですよ」

言った途端、笹木の「どこがだ」と速の「違うな」が重なった。

「なんでそこでシンクロ！」

笹木がいきなり笑い出した。速も笑い出した。辺りが薄暗くなって二人の顔ははっきりとは見えなかったが、大きく口を開けて笑っているのがなんとなく分かった。

「ぶっちゃけ、巡回教導でやったあん時より、今のお前の方がよっぽど強ぇと思うぜ」

ひとしきり笑った後、笹木が言った。

「なんでです？」

「なんも考えてねぇ素《す》の状態の奴が一番ヤバい。なぁ」

笹木が速に同意を求めた。

「そうかもな」

「なんか嬉しくないなぁ」

「別に褒めてんじゃねぇ。事実を言ったまでだ」

「ならそういうことにしときます」

陸は笑って頷いた。

「お前さ、ほんとに嬉しそうだな」

「浜名さんと向き合うことだけじゃないですよ。みんながそれぞれ自分のポジションを受け持ってる。それがね、なんかいいなぁって」

菜緒はこの演習中、ブルー側のベイルアウト（緊急脱出）したパイロットを救助するというミッションを担当することになっているし、アグレッサーを離れたガンモは第305飛行隊の一員としてブルー側の中にいる。大松も北部航空方面隊の運用課長として、レッド側の指揮を見守る立場にいる。演習とは直接関係ないが、ブルーインパルスの整備員を務める光次郎は相変わらず航空祭で大忙しだし、リーダーの長谷部ときたら、現在米国留学の真っ最中だ。次期導入予定のF－35のコクピットに座り、カッコよく親指を立ててポーズを決める写真が何枚も送られてきている。奥さんと娘の空美《そら》ちゃんももちろん一緒だ。それぞれが努力し、自分の力で自分の居場所を見つけ、今がある。

「いろいろあったけど、一人も欠けないでここまで来れた。それってけっこう凄いことだと思いませんか」

「振り返るのはあんまし好きじゃねぇが、防府北からここまで、まぁよく来たなって感じはするよな」

「でしょう」

「俺は一度、脱落したがな」

しまった。忘れてた。

おそるおそる速を見た。しかし、もう暗くて表情はまったく分からない。

「そのおかげで今があると思ってる」

笹木がほっと溜息をつくのが分かった。

「びっくりさせないでくださいよ……」

「何がだ。俺も事実を言ったまでだ」

「これだもんな」

速も変わった。もう、あの頃のようなピリピリしたムードはない。それに、速なりの納得の仕方で前に進んでいる。

「行きましょうか」

陸が声をかけた。

太陽もすっかり沈んだ。滑走路には照明灯がともり、海はすっかり見えなくなってしまった。再びここに光が射せば、いよいよ本番だ。

2

「なんかここ、暑くないですか……」とアイリスが呟いた。

いつもはひんやりとしている地下の防空指揮所《DC》だが、今日は違う。北警団の本拠地にははっきりと熱気が溜まっているのを速も感じていた。ここには総勢二十名ほどの管制官が会している。北警団、中警団（中部航空警戒管制団）、西警団（西部航空警戒管制団）の要撃管制官。飛行教導群のコブラだ。それぞれの管制官が四機編隊、または八機編隊を受け持ち、地上からパイロットを支える。編隊は混成部隊であるために、普段ならコブラ以外が管制することはないアグレッサーにも情報や指示を与えなければならないのだ。アグレッサーを管制することは、要撃管制官として計り知れない緊張とプレッシャーがのしかかるのは想像に難くない。

「それだけやる気が漲ってるということだろう」

速はレーダーコンソールの前に座ったまま、斜め後ろに立っているアイリスに言った。

「なんか他人事みたいですね」

「お前もコブラに来たんだ」

「常に冷静沈着。一瞬の隙を見逃さず、毒の牙を穿《うが》つ」

「分かってるならいい」

速はヘッドセットを頭につけ、マイクを自分の口元のベストの位置にくるよう調節した。

「ずっとそこにいるつもりなのか」

アイリスは演習には参加しない。あくまでも見学である。わざわざ小さなレーダーディスプレイを覗き込まなくても、中央にある大型モニターに戦局は映し出されるし、北空司令官や運用課長の大松、進藤班長らが居並ぶ場所の後方には、僅かだが見学用の席も設けられている。

「ここじゃダメでしょうか」

あくまでもアイリスは速の対応を近くで見たいようだった。

「なら、椅子を持ってこい」

アイリスは跳ねるようにして椅子を探しに行った。

「素晴らしい能力の子がいる」

進藤班長自らが太鼓判を押し、南混団から一本釣りしてきた。コブラが発足して初の女性管制官だ。空間把握や状況認識の能力は目を見張るものがある。すでに中級資格も得た。だが、所作はまだ軽い。女の子だ。そこらがもう少し落ち着いてくれれば、もっと伸びるし信頼もされると思っている。

アイリスが折り畳み椅子を持ってきた。速は後ろの方に視線をやり、大型モニター正面の一角に座っている進藤班長を見た。進藤班長が小さく頷く。「頼んだぞ」という合図だ。速はヘッドセットをつけるアイリスに、「全部見て、記憶して、いいところだけを自分のものにしろ」と告げた。

「はい。そうします」

アイリスの返事には淀《よど》みが一切ない。

「悪いところがあればの話だが」

付け加えると、アイリスは「え……」と絶句した。

「冗談だ」

「びっくりした……。スピードも冗談とか言うんですね」

「パイロットの無駄な緊張を解くのも大事なことだからな」

さらさらと後ろで音がする。アイリスがノートにメモを取っている。

ただ俺は、パイロットに冗談を言ったことはないがな。

そこは自分のオリジナリティーだ。これから後、アイリスならではのキャラを作ればいい。


10時21分、千歳基地から201と203の合計二十機の離陸を確認。その二分後、アグレッサーの尾方隊長以下八機が三沢を離れた。レーダーでは光点にしか見えないが、その中には陸もいる。ブルーマーダーに搭乗して、空に駆け上がっているはずだ。続いてその五分後、百里基地から301と302の合計十二機が佐渡沖の日本海に向けて高度を上げた。これで合計四十機。これが空対空を行うレッド側の航空機だ。航空優勢範囲を広げたら、ここからさらにF－2が六機現場に向かうことになっている。

「凄い……」

アイリスがレーダーを見つめて呟いた。

「銀河みたいです……」

なるほど、いい表現だ。

今やレーダーの中は光点で溢れている。レッドフラッグ・アラスカを経験している速としても、この状況にはさすがに興奮を覚えた。

「エメリッヒ０１」

ヘッドセットを付けている速の耳にズシリとした低音が響いた。今回、尾方隊長がレッド側全機を統括するミッション《Ｍ》コマンダー《Ｃ》を務めている。豊富な経験と統率力、高い指揮能力を考えれば、これ以外の選択はない。尾方隊長がＭＣにいることで、戦力はさらにアップした。昔に比べれば戦い方は大きく変化しているが、指揮官の有能さが戦いを有利に進めることは歴史が証明している。

「佐渡より北、東側、ともに視程良好。北西に低層雲がある。この雲はいずれ流れ込んでくるだろうな」

報告を受けながら、速は素早く頭の中でＧエリアの状況を想像した。

北西に低層雲。報告通り、偏西風に乗って訓練空域に流れ込んでくるのは間違いない。演習の高度制限はない。まったくの自由だ。よって空戦に差し支えはない。あるとすれば、対艦攻撃を行うＦ－２編隊の方だ。低層雲は海上を覆い隠す。これを上手く使えば相手側にＦ－２の視認を遅らせることができる。

想像しながら、素早く戦いの行方を計算していく。ピンポイントでものを見るパイロットと違って、大局観で物事を推し量る管制官は将棋や囲碁の棋士に似ていると思う。

「北西に低層雲。了解した」

進藤班長がはきはきと答えた。あえて「低層雲」と念を押したのは、速と同じくそのことに気づき、他の管制官の頭にも状況を貼り付けさせるためだった。

「本日の訓練内容に支障なし。ウェザーチェック、コンプリート」

「３００《スリー・ゼロ・ゼロ》」

進藤班長が全機の誘導を開始する。

「エメリッヒ０１、ウィルコー」

レッド部隊は尾方隊長を先頭にして、全機北の方へと上がっていく。その時、速の耳に陸の声が飛び込んできた。

「右前方の海に『いずも』が見える！　すげぇ、でっけぇー」

緊張感の欠片も感じさせない、いつもの陸の声だった。八機のフライトリーダーを務める陸の声が引き金となって、編隊を組むパイロット達が一斉に声を上げ始めた。

「おー、ほんとだ」

「初めて見た」

「こんだけデカけりゃ的《まと》としては申し分ないよな」

「いけるいける」

全体を統括している尾方隊長の無線周波数とは別に、八機には独自の周波数が設定してある。パイロット同士で会話することも可能だ。だが、それぞれの声が重なって耳に流れ込む管制官にはたまったものではない。事実、後ろにいる「アイリス」はさっきから顔をしかめたままだ。

「聞こうとするな。音として流せ」

速が小さく言うと、「でも……」とアイリスが困惑した。

管制官はパイロットの声を一言たりとも聞き逃してはならない。そう教育される。これは建前だ。管制官は聖徳太子ではない。大人数の声を一斉に聞き取るなど、不可能なことだ。拾う時はしっかり拾い、流す時はさらりと流す。メリハリが重要なのだ。

「いいんですか……、このままで」

「あぁ」

速はあえて「私語は慎め」と注意をしなかった。これから大規模な演習に臨むパイロット達はあきらかに緊張している。今まで無線の向こうからは静かな息遣いしか聞こえてこなかったが、こうして堰《せき》を切ったように話し始めたのが何よりの証拠だ。陸が先陣を切ることで、編隊の無駄な硬さが取れたのだ。しかし、速は知っている。陸本人はまったく意識しないでやったということを。「いずも」の姿を目の当たりにして、嬉しさのあまり声を上げたのだ。でも、陸が起こす奇跡はいつもこういうところにある。昨夜、笹木が言った「何も考えてない素の状態の奴が生み出す」力。まさにそれだ。

アグレッサーになって強さを追い求めるあまり、一時期は陸らしさが薄れてしまっていた。それももはや昔の話だ。今はただ純粋に空を見つめている。飛ぶことを楽しんでいる。まるで生まれた時から鳥のように、空を自分の居場所として羽ばたいている。そんな男だからこそ、誰もが素直に心の扉を開ける。速もまた、夢中になって陸を飛ばすことができる。思い切り、思い通りに、自分のイメージした如《ごと》く。そんな時、速は空を舞っている感じになる。遠くに浮かぶ雲を眺め、風の流れを摑み、空の高みに広がるとてつもない深い藍色を見つめる。空に愛された男は、ともに空を行く者に、残酷さより希望を見せる。それは決して弱さではない。むしろ、生きる力だ。命の限り、羽ばたこうとする力だ。

天神……。

それは空のどこかにいる神だと陸は言った。会えるものなら会ってみたいと。だが、と速は思う。

俺はもう、会っている気がする。その天神に……。

3

レッド側が目標地点に到達した。陸がリーダーを務める八機編隊は左翼を担うことになっている。

多数機編隊長　坂上陸　　飛行教導群　　サード　　＋尾瀬裕　バーニー

四機リーダー　土井眞一　第２０１飛行隊　ダヴィンチ
二機リーダー　山居有　第２０１飛行隊　ダンボ
二機リーダー　矢代正章　第３０１飛行隊　チャベス　＋田畑心　ハート
ウイングマン　白川俊一　第２０３飛行隊　リバー
ウイングマン　田辺満男　第２０３飛行隊　ポンプ
ウイングマン　岩本学　第２０１飛行隊　ガク
ウイングマン　仲上周太郎　第３０２飛行隊　パイ　＋山口慶介　ヤマ

コクピットから右を眺めると、壮観な光景が広がっている。Ｆ－15とＦ－４が群れをなして集結している。大編隊だ。

戦争ってこんな感じだったのかな……。

何度か若い頃の写真を見たが、それでも一八郎に青春時代があったことをうまく想像することはできなかった。でも今、この光景を目の当たりにしていると、はっきりと実感することができる。一八郎は数年の間、毎日のようにこんな光景を目にしていたのだ。だが、陸は嫌だとは思わなかった。怖いとも思わなかった。こんなに仲間がいる。頼もしく、嬉しい。自分の右と左にいる僚機。尾翼にはヒグマやカエルが描かれている。それぞれの場所で空を守る仲間達だ。巡回教導で出会った者もいるが、初めて顔を合わせたメンバーもいる。

全員で基地に還ろう。

陸は心に誓った。

10時30分ジャスト、「スタート・ミッション」の掛け声とともに、大編隊は移動を開始した。

「こっちも行こう」

陸は自分の編隊に呼びかけると、加速して進行する大編隊から離れた。

事前に尾方隊長から陸に与えられたミッションはこうだ。

「いいかサード、目標の『いずも』はブルー側の下にある。ブルーは航空優勢範囲を押し込まれないように鉄壁の防御態勢を取るだろう。まずはこちらの二十機編隊で正面からぶつかり、態勢を崩しにかかる。当然向こうも死にもの狂いで来るだろうから、正面は拮抗《きっこう》すると思う。そこでお前の出番だ。高度を上げて大きく左に迂回し、ブルー側の横っ腹から痛撃を浴びせ、一気に食い破れ」

尾方隊長は地図を指しながら、最後に一言付け加えた。

「迅速果敢にな」

陸は打ち合わせ通りに左寄りに飛びながら、「スピード」と無線で速に呼びかけた。

すかさず進行角度と高度が示される。陸は速がオーダーした通りに機首を向けた。

「そろそろ先鋒がぶつかるぞ」

もう？

思っていたよりも早い。そうだ、先鋒はノブシだった。猪突猛進《ちょとつもうしん》のノブシなら、フルスロットルで相手に突っ込んでいったとしてもなんら不思議ではない。

「やばくないですか……」

コクピットの中に不安げな声がした。陸の操縦するブルーマーダーの後席には、ガンモと入れ替わるようにして異動してきた尾瀬裕《おぜゆたか》3尉が座っている。TACネームはバーニーだ。一般大学からパイロットを目指してやってきたバーニーは背がひょろりと高く、細面《ほそおもて》。顔は全然似ていないが、ちょっと頼りない素振りはどこか長谷部を思い起こさせた。

「こっちも早くぶつからないと、共同作戦が成り立たないのでは……」

確かにグズグズしていられない。陸は少し加速しようとスロットルレバーを握る手に力を込めた。

「まだだ。焦るな」

まるで隣で自分のすることを見ているかのように、速の声がした。

「このままでいい」

速の声は絆だ。速が「このままでいい」と言うなら、それに従えばいい。決して間違うことはない。

「ウィルコー」

陸は速度を維持したままで高度を上げた。空が見慣れた青から深い藍色へと変化していく。高度3万9000ft。外気温はマイナス六〇度近くに達する。さっきまで冷たさを感じなかったコクピットの中が、急激にひんやりとしてくる。代わりに、太陽の光は鋭さを増す。背反する世界。遮るものが何もないと、すべてが剝き出しになるのだ。

高度計が4万ftを指した時、

「ライト050・ゴー」

速から進路変更のオーダーが入った。陸は操縦桿を傾けて機体を右に倒した。右旋回しながら首を伸ばして周囲を確認する。僚機はすべて右旋回をかけており、主翼の後ろには白い筋雲が伸びていく。こんな最中だが、綺麗だと思った。

ちょうど旋回が終わるか終わらないかのギリギリのタイミングで、速が再びオーダーを出した。

「アナザー170度40マイル、高度2万3000ft」

速の声がはっきりと脳裏に刻まれる。ここからは一気に降下して、相手の横腹にぶつかればいい。

「全機、続け」

陸は短く声を張り上げると、アフターバーナーを点火した。ほどなくしてブルー側の機体がレーダーではなく肉眼で視界に入った。

「見えた！　三機！」

「え、え、どこですか！」

バーニーが懸命に周囲を見回している。陸は答えず、その内の一機をヘッド《H》アップ《U》ディス《D》プレイのミサイルシーカーに瞬時に重ねた。相手はまだこちらに気づいていない。飛び方で分かる。

迅速果敢に奇襲して、ブルーの左サイドの陣形をかき乱す。

「ＳＨＯＯＴ」のサインが出た。陸は迷わずピックルボタンを押した。落下速度をプラスしてブルーの陣地へ猛然と突っ込んでいく。あらぬ方向から敵機が現れたことに、慌てふためいてブルー機が四散するのが見える。

よし、行ける。

相手が態勢を整える前に横腹を食い破る。そう思った瞬間、逃げ惑うブルー側から一機のＦ－15が飛び出してきた。そのまま真っ直ぐにこちらに向かってくる。先頭の陸めがけてだ。全身が粟立《あわだ》った。

圧が凄いっ……。

「ぶつかる！」

バーニーが悲鳴を上げた。

陸は操縦桿を引くと、ブレイクした。左急旋回。降下速度と相まって凄まじいＧが全身にのしかかる。オーバーＧを示す警告音が鳴り響く。首がへし折れそうになりながらも、陸は必死で身体を捩《ねじ》り、相手を探した。すれ違いざまにチラリと尾翼が見えた。白頭鷲《イーグルヘッド》の横顔。最強のイーグル飛行隊を自負する那覇基地の第２０４飛行隊だ。

浜名さん……。

コクピットの中は見えなかったし、見えたとしてもヘルメットとバイザーで顔は分からない。でも、この圧力は全身が覚えている。

間違いない。

はっきりと感じた。

ならば、危ない。

浜名なら態勢を崩したこの機を見逃すはずがない。たとえこちらが数の上では有利でも、そんなことはお構いなく襲いかかってくる。それが浜名零児というパイロットだ。

もう一度急旋回して機首を浜名に向ける。Ｆ－15は目の前から消えていた。浜名が自分の陣地へと飛び去っていくのが見える。信じられない思いだった。浜名がいたことではない。浜名の行動にだ。以前の浜名零児であれば、絶好の機会を逃すはずはない。絶対に。

自分が囮になって突っ込むことで、味方が態勢を整える時間を稼いだのか……。

「サード、どうした」

速が呼びかけてきた。突如、ブルー側に突っ込むのをやめて反転し、そのまま空に留まっている陸の行動が不自然だと感じたのだろう。

「奇襲失敗。浜名さんに抑えられた……」

陸は呆然と呟いた。速は「なぜ分かる」とは聞かなかった。空のことはパイロットに任せているからだ。代わりに「それで」と状況を尋ねてきた。

「左翼側は完全に防御態勢を整えた」

それだけで速には状況がイメージできると思った。

「戦況は？」

今度は陸が聞いた。

「ノブシとホッパーが頑張っているが、それほど崩せてはいない」

まだ、レッド側は航空優勢範囲を広げることはできていないようだ。

「こうなったら力押ししかないな」

速が言った。陸もそれしかないと思った。

もう、奇襲は使えない。時間もない。そして、目の前には浜名零児がいる。かつて空で向き合った時とは違う、切り裂くような飛び方ではない。「空は死に場所」と言い捨てた男は、ブルーインパルスを経て、あきらかに変化していた。味方を守るために自らが囮となる。浜名は新たな浜名として、戦う空に戻ってきたのだ。自分のための翼ではなく、仲間のための翼を身に付けて。向き合っているだけでも伝わってくる。浜名と仲間達が作り上げた見えない鉄壁の壁が。あの壁を壊すのは容易なことではない。

何度も身体が震えた。笑みが浮かんでいた。浜名は強い。以前より何倍も強くなっている。そんな浜名と戦えることが、嬉しくて仕方ない。幸せだ。

「サードより各機。これより全機で突入する。リーダー機には手を出すな。俺に任せろ」

陸は無線を切ると、真っ直ぐに相手を見た。浜名の乗る機体はこちらと同数、八機編隊の中央にある。

行きますよ、浜名さん。

心の中で呟くと、陸は猛然と突っ込んだ。


レッドどブルーの攻防は一進一退が続いていたが、時が経つにつれてじりじりとレッドが押し込み始めた。やはり地力に勝るアグレッサーの存在は大きいと速は思った。それに、左翼を完全に釘づけにしている陸の行動も、戦局をこちらの優位に動かすことに大きく役立っていた。だが、まだこちら側が定めたボーダーラインを突破するところまでは至っていない。なかなか出撃命令が出ないことに、笹木は苛立っていることだろう。

速が管制する八機編隊の内、これまでに失った機体はない。一方、陸に相対しているブルー側にも撃墜された機体はなかった。左翼の空戦が始まってすでに三十分近くが過ぎているのに、敵、味方に拘らず離脱した機体が一機もないのは信じられないことだった。

理由は陸と浜名だ。お互いに一騎打ちをしながらも、常に味方のバックアップに廻《まわ》っている。決して自分の戦いのみに意識を集中せず、周りに気を配り続けている。もちろん速のバックアップが功を奏していることもある。だが、それ以上に二人のパイロットが常識を超えているように感じられた。

「ヤバい！　後ろにつかれた！」

パイが叫び声を上げた。これでもう三度目だ。パイロットの腕の問題ではなく、性能差が著しいF－15とF－4ではどうしてもこうなってしまう。

切り捨てるか……。

速は一瞬考えた。ここまでF－4を助けるために、陸はかなりの無茶を強いられている。

「スピード、アナザーの位置は！」

陸の声がした。声の感じで分かる。苦しいのだ。

まだ、助けに行くのか……。

「アナザー、180度、高度2万3000ft！」

速もすかさず位置を伝える。仕方がない。陸が望めばそうするより他はない。

陸の機体を示す光点が移動を始める。追うように別の光点も移動する。浜名機だ。速は祈るように光点を見つめる。速は浜名が陸を追えないようにするため、懸命に味方機に指示を送り続ける。浜名もまた、ブルー側の機体が窮地に陥ればそれを助けにいくことを繰り返している。

すっと浜名が陸から離れた。別の場所でタイミングよく2VS1の状況ができた。レッドの二機がブルーの一機を挟み込んでいる。このタイミングを逃してはならない。

「サード、アナザー、1万7000に降下」

間に合うか……。

パイの背後に食いついていた光点がゆっくりと戦列を離れていく。陸がキルしたのだ。よし。これで一機減った。

そう思ったのも束《つか》の間だった。

「スピード、燃料がヤバい」

陸が告げてきた。これだけの攻防をやり続けているのだ。燃料の消費量は激しくて当然だった。

演習は実戦さながらに行われる。燃料が減ったからといっていちいち基地に帰投はしない。レッド側にもブルー側にも特定の空域にKC－767（空中給油機）が飛んでいる。そこで給油を受けるのだ。

「一度下がって給油しろ」

空中給油にかかる時間は十分から十五分。行って帰ってのインターバルを含めれば、合計三十分近くを要する。陸がいなくなるのは痛手だが、その間にすり減った体力と神経を回復させることもできる。

「サード」

陸は答えなかった。ここを離れたあとの戦況を想像しているのだろう。

「もう一度言う。下がれ」

「まだあと五分は飛べる」

「ダメだ。下がれ」

陸が再び黙る。

「行ってくれ、サード」

会話の中に別の声が混ざった。

「ここは踏ん張る」

「さっきの恩返しもあるからな」

「任せろ！」

戦いの最中、パイロット達が声を絞り出して陸の背中を押した。誰一人、楽な状況ではない。陸がいなくなれば果てしないパワーダウンだ。みんな分かっている。分かってはいるが、声を上げた。敵機と向き合い、激しく戦い、その中にあって尚、僚機を守ろうと動いた陸の行動がパイロット達を突き動かしていた。

「仲間を信じろ」

速は気持ちを言葉に乗せた。陸の顔がはっきりと見えていた。心の中で念じた。

「ウィルコー」

レーダーに映る光点の一つが、ゆっくりと戦列を離れていった。

4

真っ青な空には何もない。さっきまでと同じ空だとは思えないくらい静かで、美しい景色だった。よほど体力と気力を消耗したのか、バーニーは何も言葉を発しない。時折、「シュー、ゴーッ」と呼吸音を響かせているだけだ。

「エメリッヒ05、レディ、1（一番機）イン」

ブームオペレーターの指示がきた。陸はKC－767のホールディングポイントへと向かう。ゆっくりと背後からレフトポイントに近づいていく。高度7000m、時速750㎞で飛行しながら、慎重に軸線を合わせていく。給油機から伸びるノズルを向かって左手に見ながら、ブルーマーダーの左翼の付け根にある給油口を開く。決して焦ってはいけない。心を落ち着けてやらないと必ず失敗する。やがて「ガコン」という振動が伝わり、ブームオペレーターが「コンタクト」と告げた。

「さすが、速いですね」

ようやくバーニーが口を開いた。

「慣れだよ」

レッドフラッグ・アラスカのメンバーに選ばれた後、集中的に空中給油の練習をした。焦って失敗すると、「はい、墜落」と仲間に揶揄された。長い長いアラスカまでの道のりでは、五回ほど空中給油をしなければならない。できなければ海に真っ逆さまだ。だから、必死になった。

ここから十分……。

燃料計のメモリがフルになるまで、ディレクター・ライトを見ながらひたすら位置をキープする。

この静かな空に続いている場所で、仲間達は今も必死で戦っている。気が気ではなかったが、無線のスイッチをオフにし、HUDを見ることもしなかった。データリンクしているので、離れていても常に戦況が分かるのだ。

信じる……。

誰一人やられていないことを。速が全力で支えてくれていることを。

陸はKC－767とランデブーしながら、さっきまでのことを思い返した。空がスクリーンとなり、機動がありありと脳裏に浮かび上がる。

浜名さんはやっぱり強い……。

あらためて思った。捕まえられそうで捕まえきれない。ロックオンしようとすると、ひらりと躱される。F－15を操っているとは思えないほどの身のこなしだった。同じ時間、同じくらいに機体を動かしたはずなのに、燃料の消費量は陸の方が多かった。もちろん一概にそうとは言い切れないところもあるが、陸が離脱するまで浜名はまだ飛んでいた。操縦に無駄がないから燃料の消費を抑えられる。それだけでも陸の完敗だった。

いつからかアグレッサーが最強だと信じ込んでしまっていた。そのせいで、見えているものが小さく、狭くなっていた。そのことを周りから指摘されても、一切耳を貸さなかった。信じている時は何も見えない。見えていても信じようとしない。

ずっと高みを目指してきた。天神に会いたいと願ってきた。でも、強さを追い求めるあまり、飛ぶことの素晴らしさそのものを忘れてしまっていた。子供の頃、いつも空ばかり見上げ、いつかはそこへ行きたいと一途《いちず》に願っていた。ただ空が飛びたかった、そんな気持ちを。

（やっと思い出したか、バカタレ）

突然、声が頭の奥に聞こえてきた。仲間のパイロット達ではない。速でもない。

祖父ちゃん……？

（そうたい）

どこ……？

（ここたい）

辺りを見回すと、右手に黒い粒が見えた。やがてすーっと空を滑るように近づいてきた。ゼロ戦だった。コクピットの中には航空頭巾を被り、航空眼鏡にマフラー姿の一八郎がいた。

祖父ちゃん！

陸が呼びかけると、一八郎は航空眼鏡を取ってこっちを向いた。悪戯小僧のような目をした一八郎が笑っている。

祖父ちゃん……！

懐かしさと嬉しさが溢れ、涙が込み上げてくる。

（泣くな、男やろうが）

泣いてねぇし。

一八郎がニッと歯を見せた。

何してんだよ……。

（そりゃぁ俺はパイロットやけんな。飛ばんとどうする）

一八郎がさも当然というように答えた。

（気持ちよかぁ）

祖父ちゃん、一つ教えてほしいことがある。

（なんや）

【空を飛ぶ者よ】って詩の意味さ。

（あれを見つけたとか）

陸は頷いた。そして、詩を諳んじた。

強さを厭うな。空では強くなければならない。強くなければ、家族も仲間も、己も守れない。空を飛ぶ者よ、忘れるな。弱きは罪だ。

（そん通りたい。はぁ、我ながらよう書けとうなぁ）

そうじゃなくってさ。

（あぁ、意味やったな。お前はどう思うとか）

俺は……。

陸はこの一年で自分なりの答えを追い求めてきた。特に、弱きは罪だということについて、考え続けてきた。

空を飛ぶ者よ、強さだけを求めるな。空では信じなければならない。信じなければ、家族も仲間も、自分も守れない。空を飛ぶ者よ、忘れるな。飛びたいと願った日のことを。

一八郎は陸の言葉を反芻するかのように、じっと目を閉じ黙ったままだったが、やがて目を開けると言った。

（陸、お前はなぜ飛びたいと思ったとか）

最初は祖父ちゃんや親父みたいになりたかったから。でも、だんだんそういうことじゃなくなってきて、ただ無性に飛びたいって気持ちになった。

（それで、飛んだらどうやったか）

むちゃくちゃ気持ち良かった。

途端、一八郎が口を開けて大声で笑った。

（そいでよか。俺達もみんなそうやった。でも、時代がそうはさせてくれんやった。で

もな、陸。空を恨んどるパイロットは一人もおらん。みんな、空が好きな奴ばっかりたい。空バカたい）

一八郎が空を仰いだ。陸も釣られるように見上げた。

……うわっ。

そこには光の道があった。ずっと向こう、天高くまで続いている。よく見るとそれはすべて飛行機だった。機体に太陽の光が反射して煌《きらめ》いているのだ。昼間なのに天の川を見ているようだった。

（どうや、凄かろうが）

あれ、どこまで昇ってるのかな。

言いながらも、なんとなく答えは出ている気がしていた。

（天神のところまで繋がっとる）

やっぱりそうか……。

（陸、祖父ちゃんはこれから天神のところに行く。昔、助けてもろうたお礼ば言わんといかんからな）

一八郎は再び航空眼鏡を付けた。

俺もいつか会えるかな、天神に。

（お前が、お前に与えられた空でめいっぱい飛べば、そのうち兆しが見える）

兆し？　どんな？

（それを知るためにも、お前はお前の空で飛べ）

一八郎が敬礼した。陸も返礼した。

（しっかりやれ、陸。空から見とるぞ）

わかった。

ゼロ戦が右に機体を倒し、スーッとその場を離れていく。空中で一回転すると、光の帯へ向かって上昇した。あえてしないでもいい一回転をするところが、いかにもカッコつけの一八郎らしいと思った。でも、やっぱりカッコいい。一八郎もパイロットだったのだ。三代続く空バカの血。春香が嫌がって陸と名付けたが、それも効果がなかった。それほど空に憧れる血が自分の中には流れている。

「——ド」

ハッとした。

「ん？」

「んじゃないですって。さっきから呼ばれてますよ！」

後部座席からバーニーが喚いた。給油が終わったのだ。

「エメリッヒ05、バックオフ・アンド・バックオン。ミッション・フレック。グッド・デイ」

「タンカー、エメリッヒ05。ミッション周波数に戻します。ありがとうございました」

ブームが外れた。陸は機体をライトウイングに移動させるとKC－767から離れた。ふと空を見上げる。もう、どこにも光の帯は見えない。どこまでも真っ青な空が広がっているだけだ。

見ててよ、祖父ちゃん。俺は、俺の空でめいっぱい飛ぶから。

レッド側は優勢だが、左翼だけは圧倒的に押されている。すでに味方機を三機も失った。陸が戻るまではと誰もが懸命に踏ん張ってはいるが、浜名をリーダーとする統制の取れた戦法に翻弄され続けている。いつもよりワンテンポ早く、速はパイロットに指示を送り続けている。常日頃コブラが相手をしているのはアグレッサーだ。こうして部隊のパイロットを相手にすると、アグレッサーがどれだけ機敏かがあらためて分かる。

速は顔をしかめた。さっきから目の奥がズキズキと痛む。演習がスタートしてからずっと目を見開き、瞬《まばた》きする間も惜しんでレーダーを見続けている。そのせいなのはあきらかだ。それでも、ここで目を閉じるわけにはいかない。一瞬でも気を抜けば、瞬く間に状況は悪化する。

「チャベス、アナザー、レフト」

速は味方機に注意を促した。距離はまだ開いてはいるが、どうにも位置が気になる。すべてが光点であり、識別番号までは表示されないため、それが浜名機かどうかは分からない。――と、いきなりその光点が動き出した。まるで引力に引き寄せられるかのようにチャベスの光点に寄っていく。

「チャベス、アナザー接近！」

正面の敵に意識を集中していたチャベスは「マジか！」と叫んだ。その時にはもう、背後に張り付かれていた。

「ヤバい！　例の奴だ」

チャベスが叫んだ。

ブルー側のパイロットが、誰がどの機体に乗っているかなどは認識していない。しかし、空で一度でも機動を見れば、そのパイロットがどれほどの実力を持っているのか分かる。白頭鷲のエンブレムに機体番号８５９、第２０４飛行隊の一機はずば抜けて強い。それはパイロット同士のやり取りの中で何度も飛び交っていた。速は敵味方の光点の位置を読むと、「ライトターン」とオーダーした。チャベスがライトターンした。背後にピッタリと浜名の光点が続く。右に行けば敵に挟まれる心配はない。上手くすれば味方機と合流できる可能性がある。だが、その味方機も格闘戦の最中だ。自らも戦いながら、チャベスの後方より迫り来る浜名機に牽制をかけるなど、至難の業《わざ》だろう。

また失うのか……。

口惜しさと歯がゆさに奥歯がギリっと音を立てた。

ここに陸がいれば……。

速がそう願った時、北東方向から急速に光点が接近してくるのが見えた。

「スピード」

陸が呼びかけてくる。何度も聞いている陸の声を、こんなにも頼もしく感じたことはなかった。

「アナザー、130度30マイル、高度2万ft」

即座にオーダーした。光点が速のオーダーした方向へと曲がる。速いと思った。アフターバーナーを全開にして向かっているのだ。

いけ、サード！

心の中で叫んだ。

チャベスに食らいついていた光点が離れた。浜名も陸の接近に気づいたのだ。いや、浜名だけじゃない。ブルー側の光点がじりじりと下がり出した。耳を塞ぎたくなるくらい、スピーカーから味方機からの歓声が響いた。パイロットだけじゃなかった。すすり泣く声が聞こえ、後ろを見ると、アイリスが両手を握りしめながら身体を震わせている。速も震えていた。味方の士気を高め、戦わずして敵を去らしめる。

まるでエースじゃないか……。

空に愛され、空を飛ぶために生まれてきたような男は、いつの間にかこんなにも大きくなっていたのだ。速ははっきりと認識した。

「サード。休んだ分、しっかり働いてもらうぞ」

「ウィルコー」

速の耳に届く陸の声は涼しく、青空のように澄んでいた。

陸はフルスロットルでブルー編隊の中に突っ込んだ。

まだやれる。この仲間達とならば飛べる。

それがたまらなく嬉しかった。

祖父ちゃん、俺、ここでめいっぱい飛ぶよ。どんどん高みに昇ってみせる。いつか天神の兆しを見つけるその時まで。

身体が熱い。でも、心は穏やかだ。

空は青く、どこまでも続いている――。

エピローグ

元旦の高速道路は想像以上に空いていた。朝が早いこともある。小松を出たのがまだ夜が明ける前の四時頃だった。曇ってはいたが、この時期にしては珍しく雪は降っていない。万が一のためにと買ったタイヤ用のチェーンもトランクの中だ。現在、時刻は八時二十分。中国自動車道神戸ジャンクションから山陽自動車道に入り、順調に西進中。愛車アストンマーティンＤＢ９のエンジンもすこぶる快調だ。

「腹具合はどうや」

菜緒は助手席に座っている。灰色のパーカーを着て、頭にはニット帽、椅子に深くもたれて眠そうな目をしている。

「ぼちぼちかな」

奈緒はおもむろに身体をねじって後部座席の下に手を伸ばした。ちらりと見ると、小さなバスケットを手にしている。

「ジャーン」

バスケットを開けて、中から取り出したのはサンドイッチだった。

「どうしたの」

「作ったに決まってるやろ」

「全部？」

数にして二十個はありそうだ。

「半分だけ店で買うアホなんかおるか」

夜中に起きてサンドイッチを作ってくれたんだ。どうりで眠いワケだな。

陸が笑うと、「あんたが車で行くとか言わんかったら、もうちょっと楽やったんや」と文句を言った。

「運転は最後まで俺がするよ」

菜緒はそれには答えず、

「こっちがシーチキン入りマスタードソース味。これが定番のカツサンドで、隣がサラダを和風ドレッシングであえた――」

「ごめん、見れない」

菜緒がムッとするのが気配でわかったが、じっくりと見れないから仕方がない。

「マスタードソース味にする」

奈緒は黙ったままサンドイッチの一つを摑むと、強引に陸の口に押し込んだ。膨らんだ口の中を動かすと、シャキシャキと野菜っぽい感触がする。だが、味はマスタードではなく、和風ドレッシングだった。間違えるはずなんかない。ワザとやったのだ。

「どや」

もごもごと口を動かしながら、「美味い」と言った。

「なんやて？　よう分からん」

「美味い！」

大声を張り上げると、

「よーし」

菜緒は満足そうに微笑んだ。

「味は大田のおばちゃん仕込みやからな。ハズすわけない」

「習ったの」

「サンドイッチだけやないで。他にもいろいろとな」

「ピンクのバンダナ巻くとか」

「アホ。ウチがするわけないやろ」

「でもさ、あのバンダナには哀しい想い出があるんだって」

「哀しい想い出？」

陸はいつか大田のおばちゃんが話してくれた息子さんとの話をした。哀しい記憶。だが、話し終える前に「ククク」と菜緒が笑い出した。

「なんだよ、よく笑えるな」

「そやかて、その話、全部嘘やもん」

「……え？」

「大田のおばちゃんの子供、息子やのうて娘やし。あのバンダナも、ウチが買い替えの時に付き合うたし。古いの、ポンってゴミ箱に捨てよったで」

　菜緒は片手でバンダナを捨てる仕草をした。

「マジか……」

「そんで、大田のおばちゃんの決めゼリフはなんやったんや？」

「やらないで後悔するより、やって後悔しろって……」

「まぁ、あれやな。あんたのこと励まそうと思うて作り話してくれたんや。悪う思いなや」

　それでも菜緒はまだ口元に笑みを浮かべていた。


　正月休みを利用して、陸の実家と菜緒の実家に顔を出すことに決めたのは、師走に入ってすぐのことだった。小松駅近くの居酒屋でのどぐろの塩焼きにかぶりついていた時、「あんた、休みはどうするんや」と菜緒に聞かれた。

　そうか、もう一人じゃないんだ……。

　不思議な気分になった。

　正月は実家に戻ろうと決めていた。護と春香が実家に戻ってくるからだ。沖縄県宮古列島の一つ、下地島《しもじしま》。ここには国内パイロットの養成訓練場がある。以前はＪＡＬやＡＮＡも使用していたが今は二つとも撤退してしまった。だからといって閉鎖されたわけではない。護は教官として、琉球エアーコミューターや海上保安庁、国土交通省航空局の小型機の操縦を教えている。

もう一度、空に戻ってほしい。

陸と速の願いを受け、護は再び空を飛ぶ決意をした。下地島空港での教官の仕事は、速のアイディアだった。仕事の内容、教官の空き状況や待遇面など事細かに書面にまとめてあった。こういうことは自分にはできない。ただ、気持ちを伝えるだけでなく、先のことまで見越したプランを立てる。さすがは速だと感心する思いだった。護は陸だけが言っても、速だけが言ったとしても、首を縦には振らなかった気がする。二人が望んだから、もう一度空に戻ったのだ。

ただ、陸が驚いたのは春香も「ついて行く」と言い出したことだ。南の島でのんびりしたいという子供っぽい理由にも、陸の知らない母親の意外な一面を見た気がした。留守中の家は姉の雪香が時々立ち寄って掃除をすることになり、一八郎が残した博物館は近所の人達が管理をしてくれることで落ち着いた。

そうそう、空を飛ぶ決意をした人がもう一人いる。篠崎舞子は金沢大学を卒業した後、なんと航空自衛隊に入隊した。奈良基地の幹部候補生学校に一般幹部候補生として入学し、女性初の戦闘機パイロットになるべく、現在は芦屋基地で訓練に励んでいる。

【恋人として陸の隣にはいられなかったけど、仲間として隣にいられるようにする】


一度だけそんなメールが送られてきた。

菜緒は舞子のことが相変わらず気に入らない。いずれ階級も抜かれるし、何より「あんな子がファイターやなんて！」と怒っているのだ。自分達が訓練生だった頃は女性が戦闘機パイロットになることは許されてはいなかった。ただ、これも運命だと思う。そして、舞子ならきっとなれる。そんな気がしていた。


「なぁ陸」

あらかたサンドイッチを平らげたあと、菜緒が切り出した。

「ん？」

「二人でいきなり行ったら、迷惑なんやないかなぁ」

「なんで」

「なんでて……」

菜緒が言葉に詰まって俯くのが分かった。

「菜緒はなんて言ったの？　大阪の実家に俺が行くこと、話したんだろ」

「まぁな」

「だから」

「うるさいなぁ。女に言わす気か」

都合のいい時だけ女に返るもんなぁ……。

「うちの親、最初はびっくりするだろうけど、きっと喜ぶと思うよ」

「ほんまか……。そうやったらええなぁ」

陸が笑うと、菜緒は満足そうな笑みを浮かべ、ドスンと座席を倒した。いつの間にかどこかから大きめのタオルを取り出している。

「なんだよいきなり」

「寝る。肌を急速充電で回復させる」

「一、二時間寝たってそんなに変わるもんじゃないだろ」

と言った途端、脇腹にパンチが飛んできた。

「飛行機にしとけばこんな思いはせぇへんかったんや。なんで飛行機乗りが陸路で九州とか行くねん」

「しょうがないだろ。これ運転したかったんだから」

「そのワガママに付き合ったってるんや。しっかり前見て運転せぇ」

「はいはい……」

「はいは一回でえぇ」

懐かしい。このやり取りは昔から変わらない。初めて菜緒と航学時代に会ってから、いったい何度このセリフを言われたことだろう。きっと、この先も、何度も言われ続けるに違いない。

「ふふっ」

思わず笑いが漏れた。

「なんや、気持ち悪っ」

頭からタオルを被った菜緒が顔を出した。

「いや、別に」

「はっきり言え」

「なんかさ、なんか……幸せだなぁって思った」

チラリと隣を見ると菜緒と目が合った。途端、菜緒はくるりと反対を向いた。

「ウチもや」

それっきり、菜緒は黙った。

陸は手を伸ばすと、菜緒の肩からずり落ちたタオルをそっと元の位置に戻した。

この作品は、集英社文庫のために書き下ろされました。

取材協力　井上　和彦
防衛省　航空幕僚監部　広報室
航空自衛隊　築城基地
芦屋基地
小松基地
新田原基地
入間基地

小森陽一の本

DOG×POLICE
警視庁警備部警備第二課装備第四係

国際指名手配犯による無差別爆弾テロを防ぐため、装備第四係のメンバーが立ち上がる。新人警官勇作と警備犬シロの成長と活躍を、『海猿』の作者小森陽一が描く。

集英社文庫

小森陽一の本

天神

親子三代での飛行機乗りを目指す陸と、国を守るため航空自衛隊に入隊した速。二人の青年の人生が交差するとき、壮大で熱いドラマが生まれる。空の男たちの物語。

小森陽一の本

音速の鷲

宮崎の新田原基地に配属された新米戦闘機パイロットの陸は、憧れのF－15を操縦できることに興奮を隠せない。しかしそこでは教育課程と違う厳しい現実が待っていた——。「天神」シリーズ第２弾！

集英社文庫

小森陽一の本

イーグルネスト

小松基地に着隊した陸はF‐15乗りとしての第一歩を踏み出す。過酷な訓練を繰り返す日々の中、飛び込んできたのは全国から選ばれたパイロットが技術を競う、戦技競技会の知らせだった——。

集英社文庫

小森陽一の本

風招きの空士　天神外伝

航空自衛隊でファイターパイロットの仮想敵として恐れられた浜名が異動を言い渡された先は、ブルーインパルス。ある者は魅せるため、ある者は救うため、ある者は教えるため、それぞれの空を飛ぶ！

集英社文庫

小森陽一の本

オズの世界

ディズニーランドで働くことを夢見ていた久瑠美が配属された先は九州のローカル遊園地!?都会と田舎のギャップに困惑しながら、地方で人を感動させることの大切さを見つけてゆく成長物語!

集英社文庫

集英社文庫　目録（日本文学）

集英社文庫

ブルズアイ

2017年9月25日　第1刷　　定価はカバーに表示してあります。

著　者　小森陽一《こもりよういち》
発行者　村田登志江
発行所　株式会社　集英社
東京都千代田区一ツ橋2-5-10　〒101-8050
電話　【編集部】03-3230-6095
【読者係】03-3230-6080
【販売部】03-3230-6393（書店専用）
印　刷　中央精版印刷株式会社　株式会社美松堂
製　本　中央精版印刷株式会社

フォーマットデザイン　アリヤマデザインストア　　マークデザイン　居山浩二

ISBN978-4-08-745640-0 C0193